AF215446

FSC
www.fsc.org

MIX

Papier aus ver-
antwortungsvollen
Quellen
Paper from
responsible sources
FSC® C105338

Geschichten von verpassten Gelegenheiten und ausgefüllten Leben, die nicht erfüllend sind. Geschichten vom Mut, der in jedem von uns steckt, und von Fehlern, die uns ein Leben lang verfolgen. Geschichten über Momente, die alles verändern.

Erzählungen von einem Arzt, dessen Erfolge zu seinem Untergang führen, von einem Interview in tiefster Dunkelheit, von einem Krieg zwischen Schneeflocken und einem Zigeunerfluch, dem man auch nach dem Tod nicht entkommt.

Christin David wurde 1984 bei Berlin geboren und lebte in Deutschland, Dänemark und Spanien. Von ihren Reisen, dem Schreiben und Hintergründen zur Entstehung ihrer Werke erzählt sie mehr auf ihrer Webseite sites.google.com/view/christin-david. Die Autorin ist als @CDavid_Fiction auf Twitter zu finden.

Seufzer des Bedauerns

Christin David

Kurzgeschichten

Bibliografische Information der Deutschen Nationalbibliothek

Die Deutsche Nationalbibliothek verzeichnet diese Publikation
in der Deutschen Nationalbibliografie; detaillierte bibliografische
Daten sind im Internet über http://dnb.d-nb.de abrufbar.

© Christin David 2019
Herstellung und Verlag:
BoD – Books on Demand, Norderstedt

ISBN: 9783749433919

Inhalt

Leben!	11
Der letzte Tanz	23
Jeder Tag birgt eine Chance	51
Das Interview	85
Das Silberbesteck	127
Das seltsame Schicksal von Sanssoleil	157
Der Leuchtturm am Sund	165
Das Meisterwerk	217
Traumfrau?	233
Glückssache	259
Werwölfe	283
Der Segen	295

Die am Tag träumen,
kennen viele Dinge,
die den Menschen entgehen,
die nur nachts träumen.

– Edgar Allan Poe –

Leben!

Ein rasselnder Atemzug lässt die ausgetrock-
neten Kapillaren erbeben. Der Blütenkelch
neigt sich demütig herab. Ein Blütenblatt
löst sich aus seinem schwachen Griff und
gleitet sanft durch die Luft, segelt zu Boden.

Eine starke Hülle umschließt die junge
Knospe. Vorsichtig testet der Blütenstengel
das ungewohnte Gewicht in der frühsommer-
lichen Brise. Er beschützt die Knospe vor
Wind und Wetter, doch die Pflanze spürt tief
in sich drin, dass es seinen Schatz nicht ewig
für sich behalten kann, es auch nicht tun
sollte. Langsam öffnet sich die Umhüllung der
Knospe und zum ersten Mal bemerkt diese die
Außenwelt. Bisher war ihr die Kälte der Nacht
und die Wärme des Tages in einer dumpfen
Ecke ihrer Wahrnehmung aufgefallen. Sie
hatte nur gedämpft Geräusche wahrgenom-

men, die sie mit dem Atmen und Rauschen des Wassers in den Adern des Blütenstengels assoziiert hatte. Doch nun, da zum ersten Mal die Sonne freundlich die noch starren Blütenblätter streifte, nicht nur mit ihrem warmen Lächeln, sondern auch mit ihrem strahlenden Licht, erkannte die schläfrige Blüte in ihrem Erwachen, dass es etwas gab, das jenseits von ihr lag. Jenseits von allem, das sie bisher gekannt hatte. Erschrocken beobachtete sie die Wolken, die die Sonne verschluckten, ihr Licht und ihre Wärme nahmen, nur um sie kurze Zeit später wieder freizugeben. Sie beobachtete die Vögel, die frei über ihr durch den Himmel zogen und sie fragte sich, ob sie selbst in einer Wolke saß.

Die schützende Hülle öffnete sich jeden Tag ein bisschen mehr und die Knospe jauchzte bei jedem Windstoß vor Freude auf. Bei stärkerem Wind lehnte sich ihr Blütenstängel sanft gegen das saftige Gras, in dem die junge Pflanze wuchs. Die Knospe lernte, dass ihr Himmel grün war und ihre Wolken mächtige Baumkronen, die im Wind raschelnd tanzten. Seltsame kleine Vögel mit dicken Rückenpanzern brummten über das Grün und krabbelten geschickt über saftige Blätter.

Bisher hatte die Blüte nur ein *Ich* gekannt, ihre eigenen Bedürfnisse in dieser Welt. Das erquickende Wasser, das der Himmel ihr an wolkenverhangenen Tagen schenkte, sandte ihr Blütenstängel aus den gierig im Erdboden saugenden Wurzeln herauf. Die frische Luft, die sie atmete, erquickte sie bei Tag und sandte ihr Träume von grünen Himmeln, in denen zwitschernde Baumkronen vorbeizogen, während auf den stillstehenden Stämmen am Waldrand stumme, weiße Wolken thronten und wenn sie sich im Winde zur Seite neigte, kuschelte sie mit einem weichen Vogel, ein kleines, dunkles Wölkchen mit flatternden Ästchen.

Solche Träume wären ihr nie möglich gewesen in der dunklen Sicherheit ihres Schutz gebenden Blütenkelches. Nie hätte sie erfahren, was es jenseits ihres *Ichs* und ihres Heims gab. Nie hätte sie erfahren, was es bedeutete, ein Teil dieser Welt zu sein.

Es gab Geräusche, die die Blüte nicht verstand. Sie hörte das Lachen und Spielen von erdgebundenen Vögeln, die meist weit von ihr entfernt ihren mysteriösen Bahnen folgten. Sie hörte das tiefe Stottern und Brummen von kleinen Gewittern, ebenfalls auf ihrer Seite des Himmels. In immer gleichem Abstand jagten sie sich am Tage, während sie des Nachts wohl schliefen.

Vorsichtig öffnete sich die Blüte weiter. Ihre empfindlichen Blütenblätter erschauerten lustvoll, als die ersten Strahlen der Sonne sie streiften. Sie zitterten genüsslich, als der erste Regenschauer sich über sie ergoss und sich Wassertropfen wie Küsse auf sie legten und in den Blütenkelch schmiegten. Die Blüte erstrahlte in kräftigen Farben und bald war sie so schwer und gereift, dass der ganze Blütenkelch sich zur Seite neigte.

Das eröffnete ihr neue und unerwartete Perspektiven auf die Welt.

Sie besah ihren grünen Himmel und die vielen bunten Punkte darin, die im Wind leuchteten und blinkten. Endlich erblickte sie die tschirpenden Vögel, die lachend durch ihre Welt flogen. Es gab große auf zwei Beinen und kleine, bellende auf vier Beinen. Nie müde die Welt zu betrachten, sah sie scheue Bewohner des Wolkenwaldes, die morgens und abends mit ins Gras gesenkten Köpfen über ihren grünen Himmel auf vier langen Beinen graziös zogen.

Eine solche Vielfalt an Freuden für ihre Sinne ließ die Blüte erstrahlen und seufzen:
Ich lebe!

Eines Tages, als die Sonne schien und der Himmel über ihr blau erstrahlte, beobachtete die Blüte wieder die Zweibeiner. Kleinere tollten über den grünen Himmel und größere bewegten sich langsam und würdevoll mit ihnen. Sie gestikulierten mit ihren Flügeln und lehnten sich aneinander, ohne vom Wind getrieben zu werden. Sie kamen den Wolkenbäumen immer näher bis die Blüte ihr Tschirpen vernehmen konnte.

„Mache dir keine Sorgen, mein Sohn, es wird schon alles gut gehen."

„Es ist ja nur, ich fühle mich so hilflos, ich kann nichts machen, um zu helfen."

„Glaube mir, mein Junge", sagte der Zweibeiner mit dem weißen Gefieder lachend, „deine Hilfe ist nicht erwünscht. Wenn es soweit ist, dann wirst du schon das Richtige tun."

„Und sicher auch Einiges falsch machen," versuchte der Vogel mit dem dunklen Gefieder zu scherzen. Seine Nervosität war sichtbar, hörbar und spürbar. Je näher die beiden großen Zweibeiner kamen umso mehr konnte man sie riechen und die Blüte streckte sich neugierig aus dem gut gewachsenen Gras.

„Sieh mal, dein Bruder hat es auch geschafft und wir helfen euch natürlich, womit wir nur können."

„Danke, Vater. Ich danke dir. Es ist nur, ich bin so nervös und das Warten macht mich ganz verrückt."

„Natürlich, mein Junge, natürlich. Bald ist es soweit, dann wirst du dir wünschen, es wäre alles nicht so schnell gegangen."

Freundschaftlich klopfte der weiße Vogel

dem Anderen auf den Rücken und kurz legten sie die Flügel umeinander.

„Sie mal, Opa!", schrie ein kleiner, zweibeiniger Vogel direkt neben der lauschenden Blüte.

„Ist die nicht wunderschön!"

„Ja, Kleines, die ist sehr hübsch!", rief der weiße Vogel herüber.

„Darf ich die für Tante Lena mitnehmen?", fragte der nahe Vogel und beugte seinen plötzlich riesigen Kopf über die Blüte, sodass die Sonne blockiert wurde.

„Deine Tante Lena würde sich bestimmt sehr freuen", antwortete der Vogel mit dem dunklen Gefieder.

Daraufhin griff der kleine Vogel nach dem Blütenstängel und zog mit aller Kraft daran, bis der Stängel nahe am Boden mit einem knackenden Geräusch riss. Die Pflanze an die Brust gedrückt, rannte der kleine Vogel zu den beiden Großen hinüber und überreichte sie feierlich.

„Sagst du Tante Lena, dass ich sie ganz doll lieb habe?", fragte das Kleine brav.

„Selbstverständlich!", versicherte der dunkle Vogel und lächelte strahlend auf das Kleine.

Die Blüte war verwirrt.

Die Bewegung, das Rennen, das laute Rufen machten sie schwindelig und sie fühlte sich unwohl. Was geschah mit ihr?

Eine plötzliche Welle von Schmerz drang vom verletzten Blütenstängel auf. Die Wunde brannte ungewohnt heiß und betäubte die Sinne der Blüte. Sie wurde eine Weile in den fleischigen Flügeln der zweibeinigen Vögel gehalten und dann zu einem grotesken Metallkasten gebracht. Sie lag auf einer kratzigen, grauen Fläche und erschrak bis ins Mark, als das Blech zum Leben erwachte. Die Blüte erkannte, dass sie inmitten des seltsamen, stotternden und röhrenden Gewitters lag, dessen Blitze sie nie sehen konnte. Sie spürte eine ziehende Kraft und ein Schaukeln und einen überwältigenden Schmerz und ergab sich der schwärzenden Ohnmacht.

Als sie zu sich kam, befand sie sich in einer befremdlichen Welt. Ihr schmerzender Stängel steckte in kühlem, frischen Wasser. Sie spürte keine Wurzeln, die ihr Halt geben konnten, und trotzdem lehnte sie nahezu aufrecht an einer unsichtbaren, kühlen Schulter.

Es war still hier. Tag und Nacht zogen vorüber wie einst, doch die Blüte sah nie mehr die Sonne und spürte nie wieder den Wind oder den Regen. Vor Sehnsucht klagend klopften die Wassertropfen an die Wände des großen, stillen Kastens, der ihre Aussicht völlig verstellte. Die Blüte war an die unendliche Weite des Raumes gewöhnt, hier drückten nahe Wände auf ihr Gemüt.

Sie hatte Angst.

Dieses Gefühl war ihr nicht völlig unbekannt, aber diese Veränderungen waren so absolut und ihre Angst so pur und ungetröstet. Alles um sie her war fremd. Sie war verletzt und obwohl sie spürte, dass ihre Wunden heilen würden, so war sie doch für immer entwurzelt. Langsam, aber immer bestimmter, wurde ihr klar, dass es kein Zurück gab, dass sie nie wieder zwischen dem grünen und dem blauen Himmel leben würde.

Sie hatte Angst.

Sie wollte leben, aber so? Ihrer Würde, ihrer Freuden und Freunde beraubt, was gab es noch, das ihr Leben lebenswert machte?

Die Tage vergingen in schrecklicher Stille, nur der Donner der rasenden Metallkästen war gedämpft zu hören, ein Geräusch ohne Herz und Seele und die Blüte war voller Kummer.

Das Wasser schwand, kein Regen füllte den unsichtbaren Boden und die Kapillaren ächzten vor Anstrengung, die Feuchtigkeit direkt aus der Luft zu ziehen. Doch kein Wind wehte und die gespenstische Stille war das Echo ihrer eigenen Hoffnungslosigkeit. Die Blüte strahlte in kräftigen Farben, doch ihr Blütenstängel verlor zusehends an Kraft.

Schlaff neigte er sich unter dem Gewicht der leuchtenden Blüte. Ohne Wasser, ohne die Hilfe des Stängels schwanden auch die Kräfte der schönen Blüte. Nach und nach lösten sich einzelne Blütenblätter aus dem schwächelnden Kelch und bald bildeten sie ein leuchtendes Muster wie frisches Blut auf dem starren, hellen Untergrund, auf dem die Pflanze sich seit einer gefühlten Ewigkeit befand.

Einer der stotternden Metallkästen erstarb in nächster Nähe. Gedämpft vernahm die sterbende Blüte Lachen und Rufen. Das schlagende Öffnen und Schließen von Öffnungen in Metall-, Stein- und Holzkästen ertönte.

„Endlich zu Hause!", rief jemand und die Blüte glaubte den zweibeinigen Vogel mit dem dunklen Gefieder in der Stimme wiederzuerkennen. Der Vogel, der sie zum Sterben herbrachte.

„Es ist überraschend ordentlich!"

„Aber Lena", ereiferte sich der dunkle Vogel lachend. „Natürlich habe ich hier Nichts verändert. Dass heißt", räumte er ein, „ich habe die letzten Tage bei meinem Bruder verbracht."

Der andere Vogel antwortete scherzend mit seiner klaren, hellen Stimme:

„Ich habe mich schon gewundert, wieso man den liegengebliebenen Abwasch nicht überall im Haus riechen kann."

„Es ist nichts liegengeblieben!"

„Doch! Bei deinem Bruder, du alter Lausbube!"

Die Vögel neckten sich, ganz wie in den Wolken und Wäldern. Die geschwächte Blüte lächelte.

„Oh! Was haben wir denn hier?"

Ein goldener Vogel stand nahe der Blüte und blickte sorgenvoll herab. Er presste ein Bündel fest an sich. Hinter ihm trat der dunkle Vogel durch einen schmalen Durchgang ein.

„Das arme Ding. Habe ich ganz vergessen. Mit lieben Grüßen von deiner Nichte", erklärte er.

„Das ist lieb von ihr. Du hättest die Blume mit ins Krankenhaus bringen sollen."

„Tut mir leid. Es ging alles so schnell. Ich habe sie vergessen."

„Ist ja kein Problem", sagte der goldene Vogel mit der hellen Stimme. Er setzte sich nahe der Blüte nieder, fast vollständig in dem Boden versunken, auf dem die Blüte stand. Er streckte einen Flügel aus und berührte die vertrockneten, farblosen Blätter, die bereits herabgefallen waren. „Es ist nur schade", fügte er hinzu.

Das Bündel in seinem Arm zappelte und mit einem quietschenden Gähnen streckte sich ein winziger Flügel heraus. Die großen

Vögel lachten vergnügt und schauten liebevoll auf den winzigen Vogel, der in warme Decken gewickelt war. Der mit dem dunklen Gefieder nahm die Blüte aus ihrem Gefäß und drehte sie nachdenklich in seinem Flügel. Der helle Vogel lächelte ihn an und drehte das Bündel herum. Es war tatsächlich ein winziger Vogel, viel kleiner als jene zweibeinigen Vögelchen, die in dem grünen Himmel tobten und lachten. Dieser hier war so klein und hilflos, noch ganz ohne Gefieder.

Die Blüte staunte. Es war das erste Mal, in dieser neuen Umgebung, dass sie Freude empfand. Das kleine Kerlchen verzog verschlafen den Mund. Die Blüte kam dem Gesichtchen immer näher, bis der dunkle Vogel sie dem Kleinen unter die Nase hielt.

„Schau mal, wie das duftet!"

Winzige Nasenflügel bebten und der kleine Körper erzitterte wegen dieses neuen Eindrucks. Sanft strich der dunkle Vogel die wenigen verbliebenden Blütenblätter über die Wange des Vogelkindes. Ein Ausdruck von Überraschung stahl sich auf das warme Gesichtchen und die beiden großen Vögel freuten sich.

„Gib mir ein Blütenblatt!", verlangte der goldene Vogel und sein Partner folgte dem Ruf ohne Umschweife. Ein spitzer, heißer Schmerz fegte durch den letzten Rest des Seins der Blüte. Doch sie verspührte keine

Angst mehr. Fasziniert beobachtete sie, wie der goldene Vogel das ausgerissene Blütenblatt in den kleinen Flügel legte. Winzige Glieder schlossen sich um das Blütenblatt und gähnend rieb sich das Vögelchen die Augen mit seinen geschlossenen Fäustchen.

Bisher hatte die Blüte vor allem das *Ich* empfunden. Dann hatte sie das *Außen* entdeckt. Nun, da ihre Zeit zu Ende ging, erkannte sie, dass es ein *Wir* gab. Es war in ihrem grünen Himmel und in dem Blauen. Es war in den Baumwolken, aber auch hier in diesem Steinkasten, der so lange still und leer gewesen war.

Das *Wir*, das steckte nicht nur in der Gegenwart. Die Blüte hatte Freude erfahren und anderen bereitet. Sie kannte Kälte und Wärme und hatte durch die Einsamkeit erkannt, was Gemeinschaft für sie bedeutete, für jeden Einzelnen von ihnen bedeuten musste.

Sie spürte, dass sie ihre Pflichten auf Erden nun erfüllt hatte. Es gab immer ein Morgen, mit oder ohne sie, und die Freude würde nie aussterben, solange es Wesen gab, die nur ein Ziel gemeinsam hatten:

Leben!

Der letzte Tanz

Die Gewissheit, dass er ein gemachter Mann war, überkam ihn, als er bedächtig die Stufen aus italienischem Marmor zur prächtigen Villa der Andersons hochstieg. Aus den hell erleuchteten Fenstern drang fröhliche Musik, das Klirren von teuren Kristallgläsern und das unbekümmerte Lachen der Reichen und Mächtigen. Zwar war er an diesem Abend weder reich noch mächtig, aber mit jedem Schritt, der ihn höher führte, wurde ihm klar, dass ihm niemand seine jüngsten Erfolge nehmen konnte. Er war auf dem besten Wege dazuzugehören und ein Lächeln umspielte seine bisher verkrampften Lippen.

Vor den weiten Eingangstüren nahm ein livrierter Diener seine Einladungskarte entgegen, sah kurz auf die goldenen Buchstaben und seinen mit schnörkeliger Schrift eingefügten Namen und studierte eine Liste auf einem Pult neben sich.

„Seien Sie willkommen, Herr Henley", sagte er mit einer Verbeugung und bedeutete ihm mit der Hand die Villa zu betreten.

Markus Henley ermahnte sich zum wiederholten Male, seine Aufregung vor den anderen Gästen zu verbergen. Er wollte sich den Anschein geben, als ob er häufig an solchen Festen des Adels teilnahm. Ein weiterer Diener nahm seinen warmen Umhang und Hut in Empfang und von einem dritten ließ er sich in den Tanzsaal führen. Trotz aller Vorsätze glotzte er mit aufgerissenen Augen ungläubig auf das Spektakel.

An den Wänden hingen Spiegel, die das glanzvolle Innere vervielfachten. Drei schwere Kronleuchter warfen ein gelbes Licht durch den Saal und erhellten jeden Winkel, brachten die Gläser zum Leuchten, das Silber zum Glänzen und die Juwelen an Fingern und in Dekolletés zum Erstrahlen. Die illustren Gäste standen in einem stillen Wettstreit um auffällige Kleidung und Insignien ihres Wohlstands. Im hinteren Bereich des Saales wurde getanzt, dass die schweren Stoffe im Kreise flogen und das Parkett unter dem Stampfen vieler Füße erbebte. Das Orchester spielte den Wiener Walzer schneller und immer schneller, bis das Lachen in hysterisches Gekreisch überging.

Markus gab sich einen Ruck, drückte den Rücken durch und schritt maßvoll durch den Raum, nickte nach links und rechts unbekannten Menschen zu. Er spürte, wie sich die Leute nach ihm umdrehten. Ein paar von ihnen mussten ihn erkannt haben. Sprachen sie über ihn? Er lächelte, schloss für einen Moment die Augen und lief wie auf weichen Wolken über das Parkett.

„Das ist Markus Henley! Der Schauspieler!", flüsterten sie in seinem Geiste.

Jemand zupfte ihn von hinten am Arm.

„Verzeihen Sie meine Unverfrorenheit, mein Herr", lispelte eine üppige Matrone in sein erschrockenes Gesicht. Sie besah ihn sich genau, von oben bis unten. Als ihre Blicke sich wieder trafen, zischelte sie kokett:

„Sie waren ganz entzückend als Don Juan!"

Sie lächelte ihn frech an, während sie sein Gesicht mit Blicken förmlich aufsog. Er wusste, dass er gut aussah. Hellbraunes Haar umrahmte in sanften Wellen sein Gesicht, sinnliche Lippen und grüne Augen schmeichelten seinen jugendlichen, weichen Gesichtszügen, und sichtbar männliche Kraft unterstrich seine schlanke, muskulöse Statur.

„Vielen Dank, Madam", erwiderte er und verbeugte sich übertrieben galant zum Handkuss. Die Matrone kicherte als sein Atem ihren Handrücken berührte.

„Ich habe das Stück erst letzte Woche gesehen. Es ist einfach fantastisch!"

Sie ergab sich in einem Schwall aus Komplimenten, was zur Folge hatte, dass andere Personen sich um sie gesellten, um zuzuhören. Markus wurde sich plötzlich bewusst, dass er durch diese Frau in den Mittelpunkt der Aufmerksamkeit geraten war. Er überlegte schnell, wie er den Redeschwall der Matrone stoppen konnte, um sich selbst besser zu inszenieren.

„Madam", begann er mit einem süffisanten Lächeln, „es ist mir eine große Freude, das geneigte Publikum kennenzulernen. Durch Euer hingebungsvolles Lob und Eure schonungslose Kritik können wir unser Repertoire ständig verbessern und uns als Schauspieler weiterentwickeln.

Ihres ist die wertvollste Rolle von allen", fügte er mit leicht gesenkter Stimme und einem Augenzwinkern hinzu.

Die Matrone kicherte erneut und hätte sicher weiter mit ihm geplaudert, wäre nicht die Neugierde der Umstehenden geweckt worden. Weitere Festteilnehmer erwähnten, dass sie ihn im aktuellen Stück am Staatstheater gesehen haben und seine Darbietung wurde viel gepriesen. Markus nahm dies demütig entgegen, auf das Höchste entzückt in seinem Inneren.

Der Abend versprach besser zu werden, als er anfangs angenommen hatte. Ein Kellner brachte süßlichen Champagner und endlich erlaubte sich Markus zuzugreifen. Er versuchte sich die Namen und die Stellung der Menschen einzuprägen, die sich ihm vorstellten. Bald war er überwältigt von der schieren Anzahl seiner Bewunderer. Die, die ihn bereits als Don Juan gesehen hatten, versprachen, ihn im Theater zu besuchen. Wer in den letzten Wochen keine Zeit für derlei Vergnügungen gehabt hatte, würde dies bald nachholen, versicherte man ihm.

Den ganzen Abend schwamm er auf einer Welle der Euphorie. Er war als Junge mit seiner Familie wie ein heimatloser Vagabund durch das Land gezogen. Ihr Wandertheater hatte mäßige Erträge gebracht und sie waren kaum über die Runden gekommen. Notgedrungen hatten sie sich am Anfang des letzten Jahres in der Großstadt niedergelassen und bei einem schäbigen Theater am Hafen zu arbeiten angefangen. Seine Mutter verstand es, herrliche Kostüme zu nähen, sein Vater war ein geschickter Bühnenbildner und beide hatten ihm das Schauspielern in die Wiege gelegt.

Diese grässliche Zeit lag endlich hinter ihm. Er wollte nie wieder eingesperrt wie ein Tier leben, ob in einem Wagen über Land reisend oder in einer kleinen Kellerwohnung, immer den Geruch von Salz und Fisch in der Nase. Es war die richtige Entscheidung gewesen, von diesem armseligen Theater im Hafenviertel wegzugehen, auch gegen den Willen seiner Eltern. Endlich arbeitete er in einem gut besuchten Haus und welch ein Publikum aus reichen und adligen Menschen! Stolz erkannte er, dass er seinem Talent diesen Erfolg zu verdanken hatte. Andererseits war ihm bewusst, dass er sich weiter bemühen musste, um seinen Status in der besseren Gesellschaft zu festigen. Heute Abend tat er die ersten Schritte in diese strahlende Zukunft.

Er stellte sich sein neues Leben vor, dem eines echten Don Juans nicht unähnlich. Markus lächelte und seine Adern pulsierten vor Aufregung. Die erste Welle des Interesses flaute ab und er schnappte sich ein junges Fräulein um ein paar Runden zu tanzen.

Markus trank und sprach viel an diesem Abend, immer bemüht, bescheiden und demütig aufzutreten, um die Zuneigung der Leute zu gewinnen. Es war kurz vor Mitternacht, als er der ungewohnten Aufmerksamkeit überdrüssig wurde und sich mit einem gut gefüllten Teller vom exquisiten Büfett an einen einsamen Tisch setzte. Als er gegessen hatte, zog er sich ins Raucherzimmer zurück, obwohl er es nicht wagte, eine der ihm dargebotenen Zigarren anzunehmen. Seine bescheidenen Mittel hatten es ihm nie erlaubt, das Rauchen zu probieren und er wollte sich nicht in aller Öffentlichkeit blamieren, weil er beim ersten Mal etwas falsch machen könnte. Er steckte unauffällig ein paar Zigarren ein und nahm sich vor zu rauchen, sobald er wieder allein war, zu Hause oder im Theater.

Am Kamin lehnend ging er im Geiste Namen und Gesichter des heutigen Abends durch und überlegte, wen er nachher ein zweites Mal ansprechen würde, um ihre Bekanntschaft zu bekräftigen. Während er in seinen Gedanken versunken war, schob sich jemand in sein Gesichtsfeld.

Ein blonder, nicht restlos gebändigter Schopf, erschien, geschmückt mit einem warmen, schüchternen Lächeln und Augen blau wie ein Tag im Juni. Der Bursche war älter als Markus und deutlich feiner, wenn auch etwas altmodisch, gekleidet. Seine vorgeschobenen Schultern ließen den Neuankömmling unterwürfig erscheinen.

Markus zwang sich ein Lächeln auf, er wollte diesen nächsten Bewunderer nicht durch eine durchscheinende Laune verprellen.

„Guten Abend", begann Markus ermutigend mit einem Kopfnicken. Die Augen des blonden Mannes leuchten auf wie ein

Signalfeuer in der Nacht und eine leichte Röte stahl sich auf seine Wangen.

„Guten Abend", erwiderte er und senkte die Augen, um dann ruckartig den Kopf zu heben und Markus direkt anzublicken. Eine Eigenart, die er im Gespräch ständig wiederholte.

„Mein Name ist", kurz wandte er den Blick zu Boden, sah Markus dann mit ungewöhnlicher Intensität an, „Christian."

Die Stille, die darauf folgte, wurde Markus schnell unangenehm. Hätte er wissen müssen, wer der Mann war? Er war ein Neuling in diesen Kreisen. Daher entschied er sich für ausgesuchte Höflichkeit.

„Es freut mich, Sie kennenzulernen, Christian. Ich bin ... "

„Es ist mir egal, wie Sie heißen!", unterbrach ihn sein Gegenüber unerwartet schroff, indem er die Hände abwehrend hochhielt. „Ich wollte nur", setzte dieser in peinlich berührtem, ruhigeren Tonfall fort, „also, ich wollte Sie um den nächsten Tanz bitten!"

Markus starrte ihn ungläubig an. Beinahe hätte er laut gelacht, doch es war klar, dass der Mann jedes Wort ernst meinte.

„Den nächsten Tanz?", echote Markus vorsichtig, nicht wissend, wie er sich in dieser Situation verhalten sollte. Christian nickte heftig, dass seine Locken einen wilden Csárdás aufführten. Markus hatte lebhaft die Dorffeste in Erinnerung, zu denen seine Familie normalerweise ging. Er schüttelte den Gedanken aus einer anderen Welt mit einer heftigen Kopfbewegung weg.

„Wieso nicht?", erkundigte sich Christian in einem vorsichtigen Tonfall. Er musste Markus' Reaktion missverstanden haben, aber das war Markus recht. Selbstverständlich würde er nicht mit ihm tanzen!

„Das wäre nicht angemessen."

Markus hatte sich gefasst und sprach die Worte schlicht und nach seinem ehrlichen Empfinden. Christian lief vollends rot an und Markus sorgte sich, dass es ein Anzeichen von Wut sein könnte.

„Was wollen Sie damit sagen?"

Das brachte Markus erneut aus dem Konzept. Er fand die Antwort darauf offensichtlich, aber er ahnte, dass er sie seinem Gegenüber nicht direkt ins Gesicht sagen konnte. Wieso also fragte er? Wollte er eine Konfrontation erzwingen? Der aufstrebende Schauspieler kannte höfische Manieren gänzlich aus Theaterstücken und überlegte fieberhaft, wie er diesem Menschen und dem unangenehmen Gespräch entrinnen konnte.

„Alle haben heute Abend ihren Spaß", stellte Christian mit einem freundlichen Lächeln fest. „Ein Tänzchen in Ehren kann niemand verwehren", fügte er mit spitzbübischem Ausdruck hinzu und vollführte eine ausladende Drehung, dass sich ein paar Köpfe überrascht nach ihnen umdrehten. Markus spürte Wut in sich aufsteigen. Er konnte es sich nicht leisten, bei seinem ersten Auftritt in der gehobenen Gesellschaft durch delikates Verhalten aufzufallen.

„Was soll das?", bellte Markus, dabei unterdrückte er die Lautstärke seiner Worte und es klang wie ein Knurren. Christian blickte ihn erschrocken an und nahm wieder Haltung ein.

„Bitte verzeiht, ich wollte Euch nicht veralbern. Ich möchte nur so gerne tanzen."

Die Aufrichtigkeit in diesen Worten konnte Markus nicht anzweifeln. Das Glitzern in den blauen Augen flammte erneut auf, als diese sich hoffnungsvoll auf den jungen Schauspieler richteten.

„Wollt Ihr mir nicht diesen einen Wunsch erfüllen?"

Markus erkannte, dass Christian die Schultern vorgestreckt hielt, weil er ein gutes Stück größer war und sich beim Sprechen stets nach vorn beugte. Diese Eigenheit drängte sich Markus mit einem Mal als zu intime Geste auf. Er ging einen bewussten Schritt rückwärts und räusperte sich. Dann sah er auf den Boden und seufzte:

„Ich bin mir sicher, dass es im Ballsaal

Dutzende Frauen gibt, die gerne mit Ihnen tanzen würden."

Er sagte und meinte dies aufrichtig. Gleichzeitig legte er eine solch boshafte Betonung auf Frauen, dass er im selben Moment erkannte, es musste als Gemeinheit verstanden werden.

In der Tat lief Christian hochrot an und diesmal sprühte Wut aus seinen weit aufgerissenen Augen. Seine Kiefer mahlten und Markus spürte, dass er etwas sagen, vielleicht sogar schreien wollte. Mit einer enormen Willensanstrengung verbeugte sich Christian und murmelte kaum hörbar:

„Ich wünsche Ihnen noch einen schönen Abend."

Er drehte sich auf dem Absatz um und verließ das Raucherzimmer.

Markus blieb eine Weile wie gelähmt im vernebelten Rauchersalon. Diese Begegnung hatte ihn verwirrt. Er war sich sicher, dass er gemäß der geltenden Etikette gehandelt hatte und sich nichts vorwerfen musste. Wer hatte so etwas schon einmal gehört? Männer, die miteinander tanzten! Vielleicht in fremden Religionen, vielleicht bei einem Trinkgelage unter alten Freunden. Sicher keine ehrenvollen Männer, die an einem herzoglichen Ball teilnahmen. Sie waren einander fremd und keine Kinder mehr.

Solcherlei Gedanken warf Markus für eine Weile hin und her. Er fragte sich verwundert, ob Christian direkt zu einem nächsten Auserwählten gehen würde und den ganzen Abend lang die Gäste irritierte. Würde jemand einen Schutzmann rufen?

Letzten Endes verließ er den Salon, der für die männlichen Gäste reserviert war. Er war besorgt, ohne genau sagen zu können, wieso. Es kostete ihn einige Kraft, sein Selbstbewusstsein zurückzugewinnen, und sein ursprüngliches Ziel weiter zu verfolgen. Er wollte sich heute Abend unbedingt persönliche Einladungen zum Tee oder Dinner von ein paar der Anwesenden sichern. Mit seinem bescheidenen, leicht aufgezwungenem Lächeln, hatte er alsbald Zugang zu den verschiedenen Gesprächsrunden gefunden und hier eine Adresse erhalten und dort die seine hinterlassen. Er nahm sich in Acht, stets die Frauen mit Höflichkeiten zu umgarnen und von ihren Männern die Einladung ausgesprochen zu bekommen.

Am Rande seines Blickfelds bemerkte er Christian. Mal lehnte dieser an einer Wand und mal stützte er sich auf eine Stuhllehne. Stets starrte er offen in Markus' Richtung. Dieser konnte auf die Entfernung sein Gesicht, seine Stimmung nicht deuten und versuchte, sich nicht aus der Ruhe bringen zu lassen. Mit gespielter Gelassenheit lachte und scherzte er, ganz im Bewusstsein, dass Christian jede seiner Bewegungen mit den Augen verfolgte.

Nach einer guten Stunde war Markus mit seiner Ausbeute zufrieden und sandte mit einem Fingerzeig nach einem Glas Champagner. Als der Kellner sein Tablett mit einer leichten Verbeugung anbot, war der junge Schauspieler nicht der einzige, der zugriff.

„Wie ich sehe, amüsiert Ihr Euch gut", begann Christian zaghaft und nippte von seinem Glas.

Markus war sofort angespannt und verspürte keine Lust auf ein Gespräch wie vorhin.

„Haben Sie in der Zwischenzeit einen passenden Tanzpartner gefunden?", fragte er bissig, als der Kellner außer Hörweite die anderen Gäste bediente.

Christian sah ihn seltsam traurig von der Seite her an.

„Ich möchte mit Ihnen tanzen. Die Nacht ist noch nicht vorüber. Ich würde mich daher freuen …"

„Nein!" Markus Worte waren scharf wie ein Messer. „Sie können nicht von mir verlangen mit Ihnen in aller Öffentlichkeit zu tanzen. Was würden die anderen Gäste denken?"

Das Glück nimmt viele Formen an."

Christians Augen leuchteten geheimnisvoll auf. Markus sah seinen Ruf gefährdet.

„Ich sagte Ihnen bereits, suchen Sie sich für solchen Spaß eine Frau!"

„Ich mache mir aber nichts aus Frauen."

Die Direktheit dieses Fremden erstaunte Markus. Es war bewundernswert und gleichzeitig beängstigend. Er sah sich um, wie um Sicherheit in dem Umstand zu finden, dass sie nicht allein im großen Saal waren.

„Dann suchen Sie sich eben einen anderen Mann", grummelte Markus nicht unfreundlich. Christian verzog schmerzhaft sein Gesicht.

„Mein Herz hat Sie heute Abend auserwählt. Mein Innerstes brennt vor Sehnsucht nach einem Tanz mit Ihnen."

Die stahlblauen Augen bohrten sich in Markus Kopf, der sich peinlich berührt abwandte.

Wieso erzählt er mir diese Dinge? Er kann nicht ernsthaft hoffen, mich zu gewinnen? Hoffentlich hört uns niemand zu.

„Ich bitte Sie inständig", setzte Christian flehentlich an, „um einen Tanz, einen einzigen Tanz. Ich werde Sie danach nie wieder belästigen, ich möchte noch einmal glücklich sein."

Er verstummte, als er sich seiner Worte verlegen bewusst wurde. Nach einer kaum merklichen Pause fügte er ruhiger hinzu:

„Heute Abend ist die einzige Gelegenheit."

Eine leise Neugierde regte sich in Markus. Vielleicht ging dieser Mann fort. In einen Krieg im Namen seiner Majestät, in ein fernes Land. Musste er morgen jemanden heiraten, den er nicht liebte, nicht lieben konnte? Er presste seine Augen zusammen und unterdrückte das Bedürfnis hilfsbereit zu sein.

„Es tut mir leid."

Markus legte mehr Schärfe in seine Worte als beabsichtigt. Er war zu sehr durcheinander und hatte seine Stimme – sein ganzer Stolz, sein wichtigstes Werkzeug! – nicht gut unter Kontrolle. Er holte einmal tief Luft und wiederholte sanfter:

„Es tut mir wirklich leid, aber das geht einfach nicht."

Dabei sah er Christian offen in die Augen und spürte, wie dessen Traurigkeit über ihn schwappte. Er ignorierte erneut ein aufkeimendes Gefühl des Mitleids.

„Ich verstehe", sagte Christian und ein wässriger Schleier legte sich über seine Augen.

Er verbeugte sich tief vor Markus, als hätte ihm dieser einen großen Gefallen erwiesen, anstatt einen zu verweigern. Dann drehte er sich auf dem Absatz um und verließ gemessenen Schrittes den Saal. Bei jedem Schritt sank sein Kopf tiefer zwischen seine Schultern.

Markus sah ihm hinterher und ein unerklärlicher Schauer lief über seinen Rücken.

Gegen zwei Uhr morgens richteten sich alle Gedanken von Markus auf seine neueste Eroberung. Sie hieß Tatjana. Ein niedliches, junges Fräulein, dass mit dem Herzog verwandt war. Er hatte sich von ihr entführen lassen. Sie besaß freien Zugang zu den Räumlichkeiten in der Villa. Das nutzten die beiden, um sich von den Feierlichkeiten zu entfernen. Hastige Küsse wurden ausgetauscht und ungeduldige Hände pressten sich an anschmiegsame Körper.

Ein Geräusch im Gang ließ sie auffahren. Markus legte einen Finger auf Tatjanas Lippen während er den Kopf zur Seite neigte, um zu lauschen. In einem Winkel seines Bewusstseins bemerkte er erfreut, dass sie warm, weich und feucht waren. Ihr helles Haar kitzelte ihm in der Nase.

Als sich die Schritte draußen entfernten, fragte Markus:

„Sollten wir einen Raum weiter gehen?"

Tatsächlich war er in Sorge. Er könnte beim Gastgeber in Ungnade fallen, sollten sie erwischt werden. Tatjana hingegen glaubte, er hätte einen anderen Grund, sie weiter und weiter fortzuführen. Dieser Gedanke missfiel ihr nicht, denn sie war in ihrem eigenen Tagtraum, einem Abenteuer voller Liebe und Intrigen, gefangen. Die fehlende Ähnlichkeit mit der Realität war für sie Nebensache.

Markus war ein armer, galanter Schauspieler, ein hübscher junger Mann, der ebenso hübsche Dinge sagen konnte. Sie wollte seinen Liebesgedichten die ganze Nacht lauschen, vorzugsweise im Dunkeln in ihr Ohr geflüstert. So nah, dass seine Lippen ihr Ohrläppchen berührten. Sie seufzte vor Aufregung.

„Ja, lassen wir uns treiben", rief sie verzückt, raffte ihre Röcke und rannte mit jauchzendem Lachen davon. Markus schaute verdutzt hinterher. Dann folgte er ihr ermutigt durch die Dunkelheit.

Ein guter Abend, wirklich ein verdammt guter Abend.

Tatjana stieß die verzierte Doppeltür aus dunklem Holz am anderen Ende des Salons auf, in dem sie sich gerade befanden. Sie führte auf einen engen, langen und schlecht durch das Licht von Fackeln unten im Hof erleuchteten Gang hinaus. Dieser Bogengang, der wie eine Brücke zwei Gebäudeteile miteinander verband, war nicht verglast. Markus wurde sofort von der kühlen Nachtluft ergriffen. Das Mädchen war bereits in den nächsten Wohnraum gelangt und rief ihm irgendetwas zu, das er nicht hörte.

Sein Verstand blockte alle äußeren Eindrücke aus. Dort war Christian und starrte ihn aus der Dunkelheit an. Der Atem stockte ihm und die Beine versagten ihm unvermittelt den Dienst. Alle Geräusche waren aus Markus' Kopf verbannt. Einzig das Rauschen seines eigenen Blutes pulsierte wild durch seine Adern. Es war ein Porträt von ihm, bemerkte der junge Schauspieler verstört. Im ersten Moment jedoch, in der fast vollkommenen Dunkelheit, drohte eine Panik ihn zu übermannen. Diese stahlblauen Augen konfrontierten ihn weiter und erhoben still Anklage.

Doch es war nur ein Porträt.

Es hing auf der linken Seite in einer Parade von weiteren Gemälden anderer Menschen, sicher alle mit dem Herzog verwandt. Dazwischen die ovalen Öffnungen, die einen Blick auf den Hof erlaubten. Die Ähnlichkeit des Bildes mit dem Original war frappierend und Markus formte ein lautloses Lob für den Künstler mit seinen Lippen. Etwas an dem Werk war seltsam. Markus trat einen Schritt vor und konnte auch bei näherer Betrachtung nicht sagen, was es war.

Plötzlich stand Tatjana wieder neben ihm. Er hatte sie bis eben nicht bemerkt und fuhr erschrocken zusammen.

„Was ist denn los? Warum kommen Sie denn nicht?", fragte sie mit genervter Stimme.

Sie wollte herausfinden, ob er in Liebesdingen bewandert war, und er stand hier und starrte auf vom Alter geschwärzte Gemälde. Ihre Füsse schabten vor Ungeduld auf dem

Boden. Sie war eine Dame von Stand und Ansehen, die gerne vergessen wollte, dass sie seit kurzem einem langweiligen, reichen Tuchhändler versprochen war. Sie würde ihre Unschuld sicher nicht an einen greisen Unternehmer verlieren! Ihr auserkorener Liebhaber hielt sich jedoch nicht an ihren schönen, nächtlichen Plan.

Markus sah sie mit geweiteten Augen an.

„Fräulein Tatjana", begann er vorsichtig, „wissen Sie, wer das hier ist?"

Er deutete mit einem Kopfnicken zu Christian. Seine unruhigen Augen blieben an ihr haften. Tatjana hob eine Augenbraue in gekonnter Missbilligung an, warf dem Porträt einen oberflächlichen Blick zu und zuckte schließlich mit den Schultern. Nichts hiervon passte in ihr romantsiches Abenteuer.

„Das ist, glaube ich, ein Groß-Großonkel vom Herzog. Das hier sind alles unsere Vorahnen an den Wänden."

Sie verzog ihren Mund zu einer schmollenden Schnute, hoffte, sie könnten bald wieder auf aufregendere Dinge zurückkommen.

„Groß-Großonkel? So alt scheint er aber nicht zu sein?", erwiderte Markus verwirrt. Tatjana sah verdutzt drein, dann lachte sie schallend auf.

„Herr Henley, da müssen Sie eben das Alter des Gemäldes dazu rechnen", gab sie ihm schnippisch zur Antwort, drehte sich betont abrupt um und ging langsam, aber bestimmt in den angrenzenden Raum. Sie war sich sicher, dass er ihr folgen würde. Er musste. Sie war reich und er war es nicht.

Markus' Gedanken waren zäh wie Honig. Er konnte oder wollte nicht recht verstehen, was sie meinte. Es passte nicht zu dem, was er heute Nacht gesehen hatte. Da Tatjana ihm keine weitere Hilfe leisten würde, drehte er langsam seinen Kopf. Er suchte den unteren Rand des Bildes ab. Dort stand, neben der Signatur des Künstlers, eine Jahreszahl. Markus blinzelte. Seine Augen weiteten sich. Seine Knie wurden weich und er drohte einzuknicken, also stützte er sich schwer auf eine niedrige Kommode unterhalb des Porträts.

Das Gemälde war zweihundert Jahre alt! Der Mann darauf war um keinen Tag älter als der Blondschopf, den er heute Abend kennengelernt hatte! Was hatte das zu bedeuten?

Der Mantel!, schoss es ihm durch den Kopf. Eine plötzliche Eingebung sagte ihm, dass der Bursche von heute Abend genau den selben, altmodischen Mantel trug, wie der Adlige auf dem Porträt.

Markus brach kalter Schweiß aus und er fühlte eine Atemnot in sich aufsteigen. Er ging bis an die gegenüberliegende Wand rückwärts, lehnte sich gegen eine schmale Bogensäule und schloss für einen Moment die Augen. Er zwang sich, ruhiger zu atmen und war dankbar für die Kühle in der Luft und die Kälte der Wand, die durch seine Kleidung drang.

Als es ihm besser ging, schaute er kurz zum Zimmer auf der rechten Seite, wo Tatjana eine gefühlte Ewigkeit auf ihn wartete. Er stieß sich von der Wand ab, warf einen trotzigen Blick in diese ewig stolzen Augen in Christians Abbild und ging schnellen Schrittes in den Ballsaal zurück.

Seine Schritte nahmen eine ruhigere Gangart an, kurz bevor er wieder unter Menschen war. Er hatte eine einfache und logische Erklärung für die Ähnlichkeit zwischen dem Mann, den er heute Abend kennengelernt hatte, und dem zweihundert Jahre alten Porträt gefunden. Christian war ein direkter Nachfahre dieses Groß-Großonkels und in ihm waren alle Charakteristiken seiner Erblinie aufgetreten. Fall gelöst. Er würde Christian davon erzählen, wie er das Gemälde entdeckte und ihn zu seiner Verwandtschaft mit dem Herzog befragen. Auf diese Weise könnte er ein freundschaftliches Gespräch führen und dem jungen Mann eine Freude machen. Immerhin war er ein Adliger, es wäre gut für Markus, ihn zum Freund zu haben. Sicher würden sie über den heutigen Abend noch lachen können.

Markus Henley suchte den Ballsaal ab, suchte im Esszimmer und im Rauchersalon. Er fand Christian nicht. Er blieb eine Weile bewegungslos mit einem Glas Champagner in der Hand und einem hart erkämpften Lächeln auf den Lippen in einer Ecke des Tanzsaales stehen und betrachtete all jene, die an ihm vorüberzogen. Christian begegnete ihm kein weiteres Mal. Er musste einsehen, dass – welche Gründe es für Christian gegeben haben mag, solche Dringlichkeit in seinen Wunsch zu legen – er bereits das Fest verlassen hatte.

Markus nahm sich vor, den Herzog und die Herzogin anzusprechen. Es hatten sich zu viele Fragen in seinem verwirrten Gemüt angesammelt. Früher an jenem Abend hatte er ein paar Höflichkeiten mit den Gastgebern ausgetauscht und Markus war sich bewusst, dass seine Neugierde unangebracht war und er sich in Acht nehmen musste, nicht den Unmut dieser noblen Menschen auf sich zu ziehen.

Er näherte sich gemessenen Schrittes, den Blick auf den Herzog gerichtet, der mit seiner Frau und seiner Mutter oder Schwiegermutter an einem Tisch saß. Erst als der Herzog seinen Wunsch bemerkte, sie anzusprechen, und mit einem Kopfnicken sein Einverständnis gab, dass Markus näher trat, wagte er sich vollends an den Tisch heran. Sie tauschten erneut ein paar Floskeln aus, aber Markus war nicht mehr davon abzubringen, sie mit einem ernsten Thema zu überraschen.

„Verzeihen Sie bitte meine Neugierde, My Lord", bemerkte Markus höflich, „Ist es nicht traurig, dass Ihr Verwandter," hier machte er eine Pause, tat so, als könne er sich nicht gleich an den Namen erinnern, „Christian, ja, dass Herr Christian bereits die Festlichkeiten verlassen musste?"

Es war bereits nach zwei Uhr morgens und die Herzogin hob eine Augenbraue, die besagte, es wäre an der Zeit, dass alle langsam nach Hause gingen. Die Augen des Herzogs richteten sich zur Decke und seine Stirn legte sich in Falten. Er schien den Namen Christian vor sich hinzumurmeln, sein dichter, grauer Bart bewegte sich, ohne dass die Worte seine Lippen verließen.

Schließlich beugte er sich vor, das Gesicht noch immer zusammengezogen.

„Es tut mir leid, Herr Henley, aber ich kenne keinen . . .", begann er vorsichtig, als ob er sich nicht sicher war, ob man ihm einen Streich spielen wollte.

„Christian Anderson?"

Die alte Frau in ihrer Mitte hauchte den Namen über ihre vor Trockenheit spröden Lippen.

„Ja, Madam", ermunterte Markus die Alte

mit einem Kopfnicken zum Weiterreden, "Sie haben ihn doch sicher auch gesehen?"

Die Alte brachte einen kurzen, abrupten Laut hervor, der ein geckerndes Lachen oder ein verbales Schulterzucken hätte sein können. Markus wurde langsam mulmig, er verstand das Verhalten dieser Menschen nicht.

Das Interesse der Herzogin an ihrem Gespräch erwachte mit Vehemenz.

„Herr Henley", rief sie tadelnd, „Sie werden doch nicht glauben, dass sie uns mit dummen, alten Legenden Angst einjagen können?" Markus Augen weiteten sich und sein Oberkörper schoss im Lehnstuhl rückwärts, bis er von der hohen, weichen Lehne gestoppt wurde.

„Ich verstehe nicht . . . ", setzte er an.

„Sie sollten besser nach Hause gehen, Herr Henley. Ich glaube, Sie haben etwas zu viel getrunken heute Abend."

Die Worte des Herzogs ernteten ein anerkennendes Nicken von seiner Frau und dann wurde Markus von ihrer beider Blicke durchbohrt. Markus stand auf, murmelte eine Entschuldigung und entfernte sich.

Markus hatte nicht vor, wie ihm nahegelegt worden war, das Fest zu verlassen. Er hielt sich im Raucherzimmer auf, ein Ort, der sich zum Nachdenken eignete. Es waberten

Rauchschwaden durch die Luft und alle Gespräche drangen gedämpft zu ihm herüber, als ob der würzige Nebel sie verschluckte.

Als sich ihm ein Diener des Herzogs näherte, stand er seufzend auf. Hier hatte er mit einer einfachen Bemerkung einen schlechten Eindruck hinterlassen. Der Diener sah mit Erstaunen, dass Herr Henley gleich aufstand, und führte ihn wortlos in einen Salon, wo er ihm einen Stuhl zuwies. Erst hier wurde Markus bewusst, dass er nicht hinaus begleitet wurde. Überrascht bemerkte er, dass ihm die alte Dame gegenüber saß, nahe eines wärmenden und Licht spendenden Feuers. Sie hatte Tatjana an ihrer Seite. Ein ungewöhnlich harter Zug lag um den Mund, der in seiner Erinnerung weich und wohlwollend war. Verwirrung stand in ihren jungen Augen, obwohl sie vor kurzem vor allem Wut empfunden hatte. Er war ihr in diesem Moment völlig fremd.

Trotz der Jahrzehnte, die diese beiden Frauen trennte, sah man verwandte Züge im Gesicht, die Stirn, die Nase, kleine Details, die sich Markus ohne sein Zutun aufdrängten, damit er sich nicht die naheliegendsten Fragen stellte.

„Herr Henley", raffte sich die Alte auf und das Sprechen kostete sie einige Mühe. Tatjana zog ein Kissen in ihrem Rücken zurecht, blieb an ihrer Seite stehen, eine Hand Schutz suchend auf die Stuhllehne gelegt.

„Haben Sie heute Nacht tatsächlich Christian Anderson gesehen?"

Markus blickte Tatjana um Hilfe bittend an. Er musste seine Frage nicht laut aussprechen, sie antwortete ihm prompt:

„Du hast heute vor seinem Porträt gestanden."

Ihr Tonfall machte deutlich, dass sie nicht glaubte, dass er einen Menschen aus Fleisch und Blut gesehen hatte, sondern einen aus Ölfarben und Pinselstrichen.

Markus blickte der alten Frau direkt ins Gesicht und in seiner Stimme lag vollste Überzeugung, als er ihr berichtete:

„Madam, ich habe heute Christian Anderson kennengelernt. Wir unterhielten uns und ..." Die Alte hob eine sehnige Hand und schüttelte den Kopf, wobei die Hand sich ebenfalls hin und her bewegte.

„Zu welcher Uhrzeit war das?"

Markus runzelte die Stirn. Das war nicht gerade eine Frage, die er erwartet hatte. Er dachte kurz nach und sagte dann:

„Das muss in der Stunde vor Mitternacht gewesen sein, wir trafen uns im Rauchersalon und später sah ich ihn auch im Tanzsaal."

Die Alte nickte und schwieg dann eine Weile. Markus wollte endlich Gewissheit.

„Sicher ist der junge Herr, den ich heute traf, ein direkter Verwandter von dem Mann auf dem Gemälde."

Unruhig wartete Markus auf eine Reaktion, aber die Alte sah müde und teilnahmslos vor sich hin. Immer wieder suchte Markus mit Tatjana Blickkontakt aufzunehmen. Bald wurde ihm klar, dass sie genauso wenig wie er wusste, was hier vor sich ging. Endlich sprach die Alte wieder:

„Es tut mir leid, Herr Henley, aber Christian Anderson starb kinderlos."

Diese einfachen Worte schockierten Markus bis ins Mark. Eine Uhr tickte leise. Das Feuer hinter der Alten knisterte. Dann hatte Markus sich wieder im Griff, räusperte sich und fragte, ohne recht zu wissen, warum:

„Wie?"

Seine nervösen Augen trafen den Blick der Alten und sie fuhr fort.

„Er wurde von seinem Vater erschlagen."

Markus zuckte zusammen, als wäre er selbst geschlagen worden.

„Sein Lebensstil hatte ihm nicht zugesagt."

Markus fasste sich an seine Kehle. Ihm war heiß geworden. Waren das Tränen, die sich in seinen Augen sammelten? Wieso sprach die Alte mit solcher Kälte in der Stimme? Kannte sie kein Mitgefühl?

„Das war gestern. Vor genau zweihundert Jahren."

Die Alte beobachtete Markus' Reaktion genau.

„Die Legende besagt, er sucht seine Verwandtschaft jede Generation einmal auf. Sucht nach Erlösung, nach der Erfüllung eines letzten Wunsches auf Erden, bevor seine Seele die lang ersehnte Ruhe finden kann."

Markus sah durch einen Tränenschleier auf die alte Frau. Auf Tatjana. Dann sprang er von dem Sessel auf und verließ die Villa in schnellem Schritt. Niemand hielt ihn auf, obwohl er ohne Hut und Mantel ging. Er blickte nicht zurück und wurde erst langsamer, als die Lichter der Villa hinter ihm verblassten und die Muskeln seiner Beine sich in der Kälte versteiften. Er verstand nicht, was geschehen war an diesem Abend. Hatte eine rastlose Seele ihn um Erlösung gebeten? Hätte er nur seine Hand ausstrecken müssen, um zu helfen? Wieso hatte er es nicht getan? Aus Angst um sein Ansehen, seinen Ruf? Aus Angst vor dem Gerede anderer? Würde jemand in den nächsten zweihundert Jahren wagen, was sich in den letzten zweihundert Jahren niemand traute, was er heute Abend nicht bereit war zu tun? Er spürte, dass es lange dauern würde, bis Ruhe in sein Herz und in seine Gedanken einkehren könnte.

Jeder Tag birgt eine Chance

Jeder Tag brachte eine neue Chance.

Eine Chance für Ronald, dem Tollhaus zu entkommen, das nicht umsonst den liebevollen Beinamen *Schnatterhaus* trug. Sie ließen ihn ungern gehen und er wartete jeden Tag geduldig einen günstigen Moment ab. Wenn alle während und nach dem Mittagessen beschäftigt waren, konnte er ihrer hingebungsvollen Aufmerksamkeit leicht entkommen.

Er liebte es, am frühen Nachmittag durch den Park spazieren zu gehen. Dieser lag wenige Minuten zu Fuß von Ronalds Heim entfernt. Die frische Luft tat ihm gut und mit etwas Glück – und er lächelte bei diesem Gedanken – mit etwas Glück würde sie wieder auf der Bank sitzen, Vögel füttern und singen.

Ronald verlangsamte dann seine Schritte, setzte seine Füße sanfter auf, um den Gesang zu genießen. Denn eines wusste er genau.

Wenn die Vögel ihn wahrnahmen und sich von den Brotkrumen – oder was immer die Frau ihnen hinwarf – erschrocken in die Lüfte erhoben, dann hörte sie zu singen auf. Dann tat sie, als hätte sie nie gesungen. Sie hielt regelrecht den Atem an. Bis er vorbeigegangen war. Er fand das schade, denn ihre Stimme war außerordentlich schön. Er war natürlich kein Experte, für ihn klang sie einfach wundervoll. Es fiel ihm schwer zu sagen, wann es angefangen hatte, also, wann er sie zum ersten Mal im Park sitzend antraf. Ein paar Wochen nun begegnete sie ihm fast jeden Tag, nur an den Wochenenden saß sie nicht auf der Bank hinter den Birken und hängenden Weidenbüschen versteckt. Ronald wusste nicht, wovor sie sich versteckte, doch dass sie es tat, schien ihm klar. Außerdem bemerkte er, dass den Vögeln nicht allein ihr Interesse galt. Sie zog sich anscheinend hierher zurück um ihr eigenes, bescheidenes Mittagsmahl zu sich zu nehmen.

Seit einer Weile wollte Ronald sie ansprechen. Er hatte damit begonnen, sie zu grüßen, ihr einen schönen Tag zu wünschen. Sie murmelte leise irgendetwas Unverständliches zu ihm zurück. Wie konnte jemand mit so einer herrlichen Stimme es nicht schaffen, den Mund aufzumachen und mit Selbstbewusstsein und voller Stolz den Tag anzubrüllen, wie schön er war?

Der Sommer ging zur Neige. Immer häufiger ärgerte sich Ronald, wenn er seinen Schal liegen ließ. Die Düfte in der Luft erstarben (außer natürlich den Abgasen von der Straße, aber Ronald war zu sensibel veranlagt, um solch einen Gedanken zuzulassen, wenn er im Park seine Runden drehte) und der Wind blies immer öfter kühl über das Meer herüber. Er war warm angezogen, aber der Schal fehlte ihm trotzdem, denn der Kragen seines Hemdes war zu kurz, um ihn vor einem kräftigen Windstoß zu schützen, und er lehnte sich gegen die Ratschläge auf, bereits jetzt einen Rollkragenpullover anzuziehen.

Er überlegte, wie er am besten ein Gespräch anfangen sollte. Das Wetter war ja immer ein gutes Thema, um mit einem fremden Menschen ein paar Worte zu wechseln. Er wollte freundlich sein und ihr endlich sagen, wie sehr ihm ihr Gesang gefiel. Ja, er wollte soweit gehen, sie zu fragen, welche Lieder sie gerne sang und wenn eines seiner Lieblingslieder dabei wäre, würde er sie gerne bitten, es für ihn zu singen. In seinem Geiste war er häufig mit ihr in eine Diskussion über Musik und Vögel und den Park versunken gewesen. Ronalds Mut und Abenteuerlust war nicht ungebrochen. Vielleicht würde er sie ängstigen oder wütend machen, wenn er sie einfach aus heiterem Himmel her ansprach.

Manchmal glaubte er, dass Mut Etwas war, das ihm nur in einer bestimmten Menge zur Verfügung stand. Hatte er sein Kontingent an Mut bereits aufgebraucht? Wenn dieser Gedanke ihn überkam, dann streckte er protestierend den Rücken durch, dass es kräftig knackte und die Tauben aufstiegen und die Frau mit der schönen Stimme zu singen aufhörte. Wenn das geschah und er sich früher als nötig den Vögeln verraten hatte, dann sank Ronald ein Stück weit in sich zusammen, ruckelte an der Bank mit der schüchternen Frau vorbei, nickte freundlich und bot ihr ein schüchterndes "Guten Tag" an, dass sie in vielen Wochen stets flüsternd beantwortet hatte.

Jeder Tag brachte denselben Trott. Die gleichen stillen Ärgernisse und Demütigungen.

Marina hatte es satt. Jeden Tag hatte sie es von neuem satt. Für sie gab es keine Chance, dem Leben, dass sie lebte, zu entkommen. Sie brauchte das Geld, also musste sie wohl oder übel jeden Tag aufstehen, ihr Haus verlassen und diesen Job ausüben. Einen anderen würde man ihr kaum geben. Dabei war die Arbeit gar nicht mal das Schlimmste. Das Haus zu verlassen, das war schwierig. Die Anstrengung, jeden Morgen aus dem Bett zu steigen und sich im Bad „präsentabel" herzurichten, nahm jeden Tag zu. Wenn sie dann, angezogen, ordentlich gekämmt und mit frischem Atem vor ihrer Haustür stand, zögerte sie. Jedes Mal ein bisschen länger. Ihre rechte Hand lag auf dem Drehknauf und ihre Linke müsste als Nächstes die Sicherheitskette darüber aushaken. Diese linke Hand ruhte manchmal sekundenlang in der Luft und Marinas Kopf war wie leergefegt. Leer bis auf den einen Gedanken: Warum eigentlich? Warum machte sie sich jeden Tag diese Mühe? Seit zwölf Jahren schleppte sie sich aus ihrem Haus und zu ihrer Arbeit. Welchen Sinn hatte es? Sie hatte niemanden, um den sie sich kümmern musste. Außer sich selbst natürlich, aber ... warum eigentlich?

Es gab einen Moment jeden Tag, den sie genoss. Eine Stunde Zeit, die sie zwischen ihren beiden Schichten zum Mittagessen in den Park ging. Der Park war Teil des Bankenviertels und wenige hundert Meter entfernt von dem Hochhaus, in dem sie Knochenarbeit erledigte, um Tische, Schränke und Fußböden sauber zu halten. Beinahe jeden Tag dachte sie, wie unfair es war, weniger zu verdienen als die Menschen, die dort den ganzen Tag am Telefon saßen und ... nun, was machten sie eigentlich? Eskimos Kühlschränke verkaufen, vermutete sie. Bankgeschäfte eben. Ihr Job als Putzhilfe dort war sicher nicht schlecht.

Er war krisensicher, so viel stand fest. Doch glücklich machte er nicht. Glücklich machte sie die eine Stunde, die sie mit ihren mitgebrachten Sandwichs auf einer Bank sitzend im Park verbrachte. Sie brachte stets ein trockenes Brötchen mit, dass sie in dieser Zeit an die Vögel verfütterte. Es waren eine Menge und sie mochte ihnen zusehen, wie sie sprangen und flatterten. So, wie sie sich stritten und zankten und einander das Brot aus dem Schnabel zu stehlen versuchten, erinnerten die Tiere sie an die Menschen in dem Geldinstitut, in dem sie arbeitete. Fressen oder gefressen werden, unter Menschen galt das gleichermaßen. Niemand musste Marina daran erinnern. Sie war selbst gefressen worden. Vor langer Zeit. Nein, eigentlich jeden Tag.

Ihre liebste Stelle lag ein Stück weit vom Zentrum und abseits von den Wegen, wo die Besucher der Stadt angelockt von den Zierbrunnen gingen, unter einigen Bäumen und Büschen versteckt. Der Ort gefiel ihr, denn sie war geschützt vor den Blicken der Menschen. Das war das Schlimmste. Der Grund, warum sie nicht aus dem Haus gehen wollte. Der Grund, warum sie sich die letzten zwölf Jahre jeden Tag, jeden Schritt quälte. Die Blicke der Anderen. Die unerträglichen Blicke. Fragend, schockiert, angewidert, mitleidig. Egal, welches Gefühl sich auf den

Gesichtern ihrer Mitmenschen abspielte, es war eine Qual für sie. Zwischen den gutbezahlten, schwerbeschäftigten Bankern war sie zumindest beinahe unsichtbar. Allerdings putzte sie das Gebäude nicht allein und ihre Kollegen waren wie die Vögel im Park, die sich um Brotkrumen stritten.

Jeder Tag brachte Veränderungen. Die Welt verändert sich in kleinen Schritten, die wir kaum wahrnehmen oder denen wir keine Beachtung schenken.

Ronald sah diese Veränderungen nicht, aber er spürte sie. Marina sah diese Veränderungen, doch lösten sie kein Prickeln auf ihrer Haut aus, stellten sich ihre Nackenhaare nicht auf, um sie vorzuwarnen.

Seit einigen Wochen fühlte sie sich gestört. Sie saß auf ihrer Bank und teilte mit den Vögeln das einzige Vergnügen, das ihr auf dieser Welt geblieben war. Sie sang. Sie wusste, die Vögel würden nicht das Gesicht verziehen, würden sich nicht von ihr abwenden, also sang sie. Auf der Bank, umgeben von den Vögeln, schloss sie die Augen und erst zaghaft, dann immer vehementer sang sie, was immer ihr in den Sinn kam. Sie sang selten zu Hause in ihrer kleinen Wohnung mit ihren dünnen Wänden, wo sie sich nie unbeobachtet, beziehungsweise unbelauscht fühlte. Hier im Park, der umkreist wurde vom städtischen Verkehrslärm, atmete sie freier und war gleichzeitig abgeschotteter als anderswo. Sie legte den Kopf in den Nacken, schloss die Augen und genoss die Freiheit, zu singen, was ihr gefiel.

Seit ein paar Wochen wurde sie gestört.

Plötzlich stoben die Vögel auf und durch die eintretende Stille – nicht nur ihr Gesang, sondern auch das Gurren und Gurgeln und Tschirpen aus vielen Kehlen und das Scharren vieler Krallen hörten auf – vernahm sie ein ungewohntes Geräusch. Die ersten Male war sie äußerst irritiert gewesen, denn sie wusste nicht, was dort schabend und schlurfend ihren Weg entlang kam. Mittlerweile war sie an die Töne gewöhnt, die der alte Mann mit seinem Stock machte. Seine eingesunkene, vorgebeugte Körperhaltung sorgte für eine besonders laute Gangart. Als ob er seine Schritte durch sein eigenes Gewicht verstärkte. Ebenso erschrocken wie die Vögel, ohne die Möglichkeit ihre verbrannten Schwingen zu öffnen und davonzufliegen, blieb Marina wie erstarrt auf ihrer Bank sitzen und starrte den Mann aus großen Augen an. Auf die Füße. Denn woanders hin schaute sie bei keinem Menschen. Sie sah seinen Stock und wie wenig er die Füße hob bei jedem Schritt, wie er mehr über den Sandweg rutschte als zu gehen. Sie sah ihn nicht und er sah sie nicht.

Das fand sie gut so. Das ersparte ihr die stillen Ärgernisse und Demütigungen. Sie entkam der Qual, denn sie sah nicht, was er sah, sah nicht, wie er auf ihren Anblick reagierte.

Langsam brachte jeder Tag kleine Veränderungen.

Ronald schlich immer geschickter an die Vögel heran und es dauerte jeden Tag etwas länger, bis sie ihn bemerkten und davonflogen. Vielleicht gewöhnten sie sich an ihn? Deswegen konnte er Marinas Gesang einen weiteren Moment genießen. Er getraute sich, sie zu grüßen, ihr einen schönen Tag zu wünschen, und Marina, die seit langem keinen Tag als schön empfunden hatte, verwirrte die konsequente Freundlichkeit dieses Mannes. Daher kam der Tag, er kroch unaufhörlich näher, als sie sich traute, ihn anzublicken. Ihm ins Gesicht zu schauen, obwohl sie wusste, welche Qualen das für sie während ihrer liebsten Stunde des Tages bedeuten musste.

Es war das erste Mal, dass sie sah. Und für einen kurzen Moment lang spürte sie die Veränderungen, spürte sie die Chance, die ihr dieser Tag brachte. Ronald ging an ihr vorbei, wie er jeden Tag vorbeigegangen war in den letzten Wochen. Sie murmelte ihm eine Antwort auf seinen Gruß. Als er um die nächste Ecke bog und hinter den Birken verschwand, wunderte sie sich noch immer, wieso ihr nicht früher aufgefallen war, dass der alte Mann blind war. Dass der Stock, den er geräuschvoll vor sich herschob, ein Blindenstab war.

War sie so sehr mit sich selbst beschäftigt gewesen? Mit dem Schutz von dem letzten Rest ihrer geschlagenen und mit Füßen getretenen Eitelkeit?

Es war nicht der Tag, an dem Marina ihre Chance ergriff.

Jeder Tag brachte Gefahren mit sich.

„Wie konntest du die letzten Tage nur ohne Schal rausgehen?", ereiferte sich Helena. Sie war nicht die Schönheit, für die die Trojaner in den Tod gegangen wären, aber vor langer Zeit war sie es einmal gewesen. Damit ließ sich erklären, warum sie alle herumkommandierte wie eine Feldherrin. Es war eine Frage der Gewohnheit.

„Das hast du nun davon!"

Sie hob abwehrend die Arme, als sich Ronald in dem Rollstuhl vorbeugte, die Augen zusammenkniff und . . .

„Wage es ja nicht! Hörst du, wage es nicht zu . . . "

. . . kräftig nieste.

Der Herbst war schön, bisher blieb es trocken, die bunten Blätter hingen wie reife Früchte an den Bäumen. Doch der Wind, der vom Meer her kam, war kühl und gnadenlos.

Man ließ im Seniorenheim *Mark Twain* die Heizungen aufdrehen und die Fenster hielt man geschlossen, solange sich jemand im Raum aufhielt. Durchlüften nur bei strenger Abwesenheit! Eine Pflegerin kam aus der Kochnische mit einem dampfenden Tee in den weiten Aufenthaltsraum.

„Ist da auch Honig drin?", erkundigte sich Helena.

Natürlich, Helena, ich würde doch den Honig nicht vergessen."

Anna, die Pflegerin, die fast im gleichen Alter war wie ihre Schützlinge, zuckte nicht einmal zusammen. Sie wäre eine stolze Kriegerin im Kampf um Troja gewesen.

„Hier, Ron, da hast du deinen Kamillentee."

Sie stellte dem Alten die Tasse auf ein Holztischchen neben dem Rollstuhl ab, nicht ohne noch einmal darüberzupusten, und kniff ihn leicht in den Arm. Das war ein geheimes Zeichen dafür, dass sie nie Honig in Kamillentee tun würde. Ronald zwinkerte und grinste zur Antwort. Hatte Anna Rum für ihn hineingetan? Ronald kicherte. Das würde sie natürlich nicht tun, aber niemand konnte ihm verbieten, sich das vorzustellen.

Während er dankbar hin und wieder von dem heißen Gebräu schlürfte, fragte er sich, ob bei dem zusehends kälteren Wetter seine geheimnisvolle Freundin sich aus dem Park zurückziehen würde in wärmere Gefilde. Vielleicht müsste er auf sie verzichten bis zum kommenden Frühjahr, wie auf die Zugvögel, die in immer größeren Schwärmen gen Süden unterwegs waren. Er griff nach einem Taschentuch und schneuzte sich und atmete schwer, da er kaum Luft durch die Nase bekam.

„Ron, wenn du so weiter machst", warnte ihn Anna scherzend, "muss ich dich in dein Zimmer bringen."

„Sonst liegt bald das ganze Haus krank im Bett", setzte Helena angewidert hinzu.

„Und wer muss sich dann um all die kranken Hühner kümmern? Ich natürlich!"

„Bok, bok", gackerte Ron und sein Lachen ging in Husten über.

Helena hielt in einer gepeinigten Geste schützend ihre Arme vor ihren Körper, dabei saß Ronald viele Meter von ihr entfernt.

„Am besten rufe ich gleich mal beim Tierarzt an", seufzte Anna und nun gackerte auch Helena.

Marina war irgendwie froh, dass der alte Mann nicht mehr kam. Sagte sie sich. Glaubte sie ganz fest. Er hatte sich nicht an ihrem Äußeren gestört, nicht daran stören können, weil er blind war. Das war wirklich traurig. Irgendwie wäre es ihr lieber gewesen, er hätte sie sehen können. Dann hätten sie es hinter sich gehabt. Er hätte diesen Weg gemieden, wäre woanders lang gegangen, um sie nicht sehen zu müssen, und es wäre mit ihrem Leben weitergegangen wie bisher. Das hätte sie beruhigt. Ihr Innerstes war aufgewühlt. Sie vermisste den alten Mann und fragte sich jeden Tag, was passiert sein könnte. Denn er war hier jeden Tag seit dem Sommer zur nahezu gleichen Zeit entlang spaziert. Hatte sie zuletzt freundlich gegrüßt, seit ein paar Wochen schon grüßten sie sich. Doch erst vor kurzem war ihr seine Blindheit aufgefallen. Erst seit kurzem fragte sie sich, ob seine Blindheit für sie ein Chance war.

Sie schämte sich. Was für ein absurder Gedanke. Seine Blindheit ausnutzen? Um einen Freund zu gewinnen? Er war in gewissem Sinne noch verletzbarer als sie, denn er würde ihre Falschheit nicht sehen können. Sie schämte sich sogar sehr.

Zehn Tage lang kam Ronald nicht und Marina quälte sich zehn Tage lang mit einem schlechten Gewissen. Weil sie beinahe etwas getan hätte, auf das sie nicht stolz gewesen wäre. Was für ein Bild würden sie abgeben, sollten sie zusammen durch den Park spazieren gehen? Marina zog die Vögel den Menschen als Freunde vor, sie forderten nichts von ihr und machten ihr nie Vorwürfe.

Sie saß auf ihrer Bank und fragte sich, warum eigentlich? Warum die Mühe, sich morgens anzuziehen und aus dem Haus zu gehen? Warum der Versuch, zwischen ihren Mitmenschen zu wandeln, ohne von ihnen gesehen oder sonst wie wahrgenommen zu werden?

Als Ronald, ein wenig angeschlagen, aber deutlich kräftiger als in der letzten Woche, wieder seine täglichen Spaziergänge aufnahm, da traf er die Frau mit der hübschen Stimme nicht an. Die Parkbank war leer. Die Vögel saßen in den Bäumen und auch sie vermissten die Frau und ihre Gaben. Seit Tagen kam sie nicht mehr her.

Es schmerzte ihn, dass er sie verpasst hatte, schob es auf die zunehmende Kälte, dass sie irgendwo im Warmen zu Mittag aß. Ein paar der folgenden Tage ging er diesen Weg und dann beschränkte er seine Spaziergänge auf den Vorgarten des Seniorenheims. Mit der Kälte blieben die meisten seiner Mitbewohner im Heim und das *Schnatterhaus* machte seinem Namen alle Ehre.

Marina blieb die Mittagspausen in den Räumlichkeiten des Finanzinstituts, das ihr Arbeitgeber war. Sie saß an einem Tisch mit ihren Kolleginnen, die schwatzten und aßen und versuchten, nicht in ihre Richtung zu schauen. Sie saßen an den entgegengesetzten Enden des langen Esstisches im Pausenraum der Banker und beachteten sich nicht.

Es war ihr zuwider. Sie hörte die anderen tratschen über ihre Familien, ihre Kinder und Ehemänner. Marina hatte nichts dergleichen und sie würde nie Teil eines solchen Lebens sein. Warum eigentlich machte sie sich diese Mühe? Sie dachte häufig an den alten Mann. Er hatte sicher eine Frau und Kinder, Enkel, vielleicht sogar Urenkel. Sie würden ihn bestimmt oft besuchen? Stets ging er allein durch den Park. Nie war er in Begleitung. Er grüßte sie freundlich und ohne den Kummer in der Stimme, den sie bei einem alten, einsamen Mann erwartet hätte. Wenn er einsam war, warum machte er sich dann eigentlich die Mühe? Sicher hatte er ein erfülltes Leben gelebt, dem es kaum noch Höhepunkte hinzuzufügen gab.

Warum war er ausgeblieben? Sie hätte die Uhr nach ihm stellen können und sorgte sich um ihn.

Ihre Kolleginnen waren sehr dankbar, als sie sich entschloss, ihre Mittagspause wieder woanders zu verbringen. Sie ging zurück in den Park. Sie trug einen dicken Rollkragenpullover und eine gefütterte Jacke mit Kapuze. Eigentlich mochte sie die kalte Jahreszeit lieber als den heißen Sommer. Dick eingepackt, konnte sie sich versteckter zwischen den Menschen bewegen. Sie ging in den Park und saß auf ihrer Bank. Die Vögel freuten sich für kurze Zeit. Marina war aufgewühlt, sie hatte zwar wie sonst ihre belegten Brote und ein altes Brötchen für die Tiere dabei, saß aber kerzengerade und starrte, ohne sich zu regen, in die Richtung, aus der der alte Mann normalerweise kam. Während der nächsten Tage kam er nicht vorbei und Marina regte sich in ihrer Pause nicht auf ihrem Platz im Park, vergaß die Vögel zu füttern und warf das trockene Brötchen als Ganzes auf den Boden.

Sie sah eine letzte Möglichkeit und schalt sich für ihre Dummheit, diese Idee nicht gleich zu Beginn geprüft zu haben.

Statt in den Park zu gehen, umkreiste Marina diesen nun, sah in die Wege hinein, besah sich die Häuser auf den gegenüberliegenden Straßenseiten. Es waren Hotels, es waren Banken, die sich kaum von der ihren unterschieden. Es waren viele Menschen unterwegs und Marina zog ihre Kapuze tief in ihr Gesicht und band sich einen Schal um, bis dicht unter die Nase. Sie fand nicht, wonach sie suchte und so blieb ihr nichts weiter übrig, als einen Menschen anzusprechen.

Sie rief die Auskunft an. Es war ein Abend im November und ihre Stimme zitterte vor Aufregung. Ja, ihr ganzer Körper zitterte, als sie die Dame bei der Auskunft bat, zu überprüfen, ob sich nicht nahe des Parks ein Altersheim befand. Die Dame von der Auskunft fand das Haus schnell, dessen Existenz Marina vermutete. Tatsächlich stand es versteckt von den Hauptstraßen, nicht weit vom Park entfernt.

Marina hatte einen Entschluss gefasst. Sie backte Kuchen. Sie packte ihn ein. Sie verließ ihr Haus am nächsten Morgen ohne zu zögern und mit einem ungewohnten Lächeln auf den Lippen.

Die Vögel im Park waren verwirrt und enttäuscht. Der Wind blies kalt durch ihr Gefieder und sie rückten auf den kahlen Ästen dicht aneinander. Ausgerechnet zu dieser Jahreszeit sahen sie die Frau mit den trockenen Brötchen nicht wieder. Sie zwitscherten ein Klagelied.

Manchmal genügte es, an einem einzigen Tag mutig zu sein.

Das heißt nicht, dass man Fallschirmspringen gehen oder seinen Kopf in ein Löwenmaul stecken muss. Es genügt, etwas zu tun, was man nie zuvor getan hat. Etwas, das einem ein bisschen Angst macht, vielleicht sogar vor dem eigenen Mut. Die meisten Menschen begegnen Veränderungen mit Angst. Marina verließ das Bankgebäude wie sonst zur Mittagspause, aber dann lief sie einen neuen, einen unbekannten Weg. Mit Stolz hielt sie den selbstgebackenen Kuchen vor ihre Brust, hob ihn an wie ein Schutzschild. Ihre ersten Schritte waren voller Schwung und Selbstvertrauen. Mit jedem Schritt auf dem neuen Pfad jedoch wurde sie sich des Abenteuers bewusst, das sie auf sich nahm. Warum eigentlich?

Nicht alle alten Menschen waren blind.

Sie wusste seinen Namen nicht, man würde sie nicht hineinlassen.

Sie hatte keine Verwandten dort.

Ihr Gesicht war kaum imstande, große Gefühle auszudrücken, selbst wenn ihr Inneres wie jetzt überkochte. Sie würde die alten Menschen, die, die nicht blind waren, zu Tode erschrecken mit ihrem furchtbaren Anblick! Wie konnte sie nur? Irgendjemand würde einen Herzinfarkt bekommen und es würde in den Zeitungen stehen und man würde über sie lachen, ihre Kolleginnen würden bestimmt über sie lachen. Warum eigentlich machte sie sich diese Mühe?

Sie stand mit pochendem Herzen vor der Eingangstür zum Altersheim. Ein junges Pärchen verließ gerade das Innere des Gebäudes und Marina drückte sich zur Seite, dass heißt, sie drehte ihren Kopf, damit sie nicht ihr Gesicht sahen. Ein Gesicht, eingehüllt in einen Schal und verdeckt von ihrer Kapuze, bei dem es sowieso Nichts zu sehen gab. Doch die Blicke. Egal von wo, egal wie viel sie sahen. Die Blicke der Anderen, das war seit jeher das Schlimmste.

„Entschuldigen Sie, junge Frau, kann ich Ihnen weiterhelfen?"

Hinter ihr war eine Frau an sie herangetreten. Sie trug zwei schwere Einkaufstüten in der Hand und ein Beutel hing, ebenfalls bis oben angefüllt, über ihrer Schulter.

Marina murmelte eine Entschuldigung, da sie ihr sicher im Weg stand, und trat einen Schritt zur Seite, weiter vom Eingang weg.

„Ist der Kuchen für jemanden aus unserem Heim?", befragte Anna weiter die seltsame Frau. Die Antwort war ein widerstrebendes Nicken. Die Kapuze machte die Bewegung nicht mit, weswegen die Augen der Frau mal zu sehen und mal nicht zu sehen waren. Wirklich sehr seltsam, dachte sich Anna. Sie seufzte.

„Dann kommen Sie doch direkt hinter mir her. Ich bin ohnehin auf dem Weg zur Küche. Da können wir gleich alles für die Kaffeezeit vorbereiten."

Anna war schon immer eine Frau gewesen, die keine große Umschweife machte. Die Senioren, um die sie sich tagaus, tagein kümmerte, konnten manchmal tagelang keine Entscheidung fällen. Anna war es daher gewohnt, Empfehlungen auszusprechen, denen andere Folge zu leisten hatten.

Sie stieß ihre Hüfte gegen den automatischen Türöffner, der für die Rollstuhlfahrer in niedriger Höhe und guter Entfernung zum Eingang an einen Pfosten montiert war. Dann lief sie schnurstracks, ohne die fremde Frau weiter zu beachten, hinein und um eine Ecke und eine Treppe hoch. Der Ballast schien sie überhaupt nicht zu stören.

Marina ging zögernden Schrittes hinterher und verlor dadurch fast den Anschluss. Es waren kaum Menschen in den Gängen, ein Mann saß an einer Art Rezeption und nickte freundlich, als er von seiner Zeitung aufblickte. Er hatte anscheinend nicht viel zu tun.

Überall an den Wänden hingen Herbstdekorationen. Girlanden aus Kastanien und bunte Blätter aus Papier. Drachen flogen die Tapeten entlang, flüchteten vor einem unsichtbaren Wind. Im ersten Stockwerk hörte Marina das Klappern von Tellern und Besteck. War sie direkt in die Mittagspause des Altenheims hineingeplatzt? Unschlüssig blieb sie am Treppenabsatz stehen. Anna hatte ihre Tüten auf einem Küchentresen abgestellt, der den Speiseraum überblickte. Dann sprang sie Marina entgegen.

„So, nun geben Sie erstmal her. Dann können Sie sich die warmen Sachen ausziehen, so kalt ist es hier drin bestimmt nicht!"

„Nein, hier drin ist's nicht kalt", kam ein Stammeln aus dem Speisesaal.

„Was? Dir ist schon wieder kalt?", dröhnte ein rauher Bariton. „Zieh dir endlich deine Winterklamotten an, altes Weib!"

„Charly!" Anna konnte sich kaum Gehör verschaffen.

„Mir ist nicht kalt!" Das Stammeln war kräftiger, aber weiterhin zittrig. „Ich sagte: 'Hier drin ist es NICHT kalt'!"

„Mann, wie kann man sich denn mitten im November nicht vernünftig anziehen?", brummelte der Bariton vor sich her.

Anna packte den Kuchen aus und rollte mit den Augen. Es war eigentlich immer das Gleiche, insbesondere die Streitgespräche.

Sie blickte zu der fremden Frau hinüber und als diese zurückschaute, winkte sie sie heran.

„Wir haben gleich dort drüben einen Kleiderständer", sagte Anna sanft.

Sie war davon überzeugt, dass es gesünder war, sich in einem warmen Raum die Winterkleidung auszuziehen. Der November war dieses Jahr recht mild, insbesondere gab es weder Regen noch Schnee.

„Für wen haben Sie den Kuchen denn mitgebracht?", versuchte Anna weiterhin ein Gespräch anzufangen. Die fremde Frau ließ ihren Blick über die alten Menschen schweifen, auf der Suche nach jemandem, den sie anscheinend nicht fand.

Anna knuffte sie in die Seite.

„Verzeihung, für wen ist der Kuchen?"

„Für, äh ... nun, für alle?"

Marina stammelte mehr als die alte Frau, der nicht kalt war.

Annas Gesicht erstrahlte in einem breiten Lächeln.

„Uh, das wird die Rasselbande aber freuen!"

Sie senkte die Stimme, blickte schräg in den Speisesaal und fügte verschwörerisch hinzu:

„Bei Kuchen drehen sie förmlich durch. Ich muss aufpassen, dass ich die richtige Zahl an Stücken abschneide."

Marina wurde bleich.

„Der Kuchen ist bereits geschnitten."

Ihre Stimme war ebenfalls bleich geworden, aber das Stammeln war weg.

Anna sah sie erschrocken an. Mit dem Gesichtsausdruck, den Marina machte, konnte sie ein Lachen nicht länger zurückhalten. Sie prustete und schnappte nach Luft.

„Was ist denn da los?", rief jemand aus einer Sitzecke mit lauter Sesseln, die aussahen, als ob sich besser kein älterer Mensch dort hineinsetzen sollte, wenn er jemals von allein aufzustehen gedachte. „Was ist denn so lustig?"

„Ja, Anna, erzähl', was gibt es da Feines?"

Helena stemmte sich von ihrem Sitz hoch und griff nach ihrem Rollator. Sie fühlte sich wie die Chefin hier und musste stets über alles Bescheid wissen, also auch über den Neuankömmling heute und die Gabe, die verdächtig nach … Helenas Augen wurden groß und bekamen ein Leuchten wie dreimal Weihnachten zusammen. In wenigen Sekunden war sie am Küchentresen, Anna gegenüber. Selten bewegte sich die alte Dame derart schnell und agil, dachte Anna, insbesondere, wenn man sie bat, aus dem Weg zu gehen.

Helena blickte den Käsekuchen an und die großzügig geschnittenen Stückchen. Anna verfrachtete ein Stück auf einen Teller und drehte sich zum Kuchen um, damit sie die nächste Portion in Angriff nehmen konnte, bis alle Teller gefüllt waren. Helena war auf dem Rückweg zum Tisch. Das Stück Käsekuchen lag auf einer glatten Fläche ihres Rollators wie eine Kriegstrophäe. Sie grinste nach links und nach rechts und demonstrierte ihre Überlegenheit.

„Helena", brummte Anna enttäuscht, als sie das Fehlen des ersten Stückes bemerkte.

„Ja, mein liebes Kind?", säuselte Helena zuckersüß. Anna seufzte.

„Fang bitte nicht ohne die Anderen mit dem Nachtisch an."

„Nachtisch?"

„Nachtisch!"

„Was gibt es denn?"

„Hast du's nicht gesehen?"

Es kam Leben in den Raum. Obwohl sie mit dem Mittagessen beschäftigt waren, wollten sie sich ihr Stück Kuchen sichern. Wer gut laufen konnte, ob mit oder ohne Schwung, das machte keinen Unterschied, und wessen Ungeduld den Unwillen ein paar Schritte zu tun überwog, stand sofort auf und lief zur Küche. Zum Glück hatte Anna ein paar weitere Teller gefüllt.

„Entschludigen Sie bitte", richtete sie sich einmal mehr an die unbekannte Frau. Sie hielt ihr zwei Teller mit Käsekuchen hin. „Könnten Sie die hier zu denen bringen, die nicht aufstehen können oder wollen? Ach, und wie heißen Sie eigentlich?"

„Ich bin Marina Bettridge", antwortete Marina durch den dicken Schal hindurch. Da der Winter noch fern war, trug sie recht dünne Handschuhe, die ihre Hände bedecken sollten. Sie nahm die Teller entgegen und tat unschlüssig ein paar Schritte um den Tresen herum. Es war im Moment kaum möglich, sich durch die älteren Menschen hindurch einen Weg zu bahnen. Aber der Speisesaal war lang und hatte mehrere Eingänge vom Korridor aus. Daher holte Marina tief Luft, dass heißt sie saugte Mut ein, entschwand aus der Küche und erschien kurze Zeit später am hinteren Eingang zum Saal. Von hier aus konnte sie besser sehen, wer bereits ein Stück Kuchen hatte, wer auf den Beinen und wer sitzen geblieben war.

Dann sah sie ihn. Es war ein kurzer Moment des Schreckens, als sie ihn erkannte. Die anderen waren Unbekannte für sie, doch wegen ihm war sie hergekommen. Als sie sich von ihrem Schreck erholt hatte, ging sie zur Sitzecke mit den ledernen Sesseln und bot die zwei Teller den Männern an, die dort saßen.

„Mensch, Ronny, so einen tollen Kuchen gab's hier lange nicht mehr!", sagte der rauhe Bariton zu dem zarten Blinden.

Der blinde, alte Mann kicherte.

„Ja, gesundes Essen gibt es viel zu oft!"

Der Bariton lachte und Kuchenkrümel fielen ihm aus den Mundwinkeln.

„Ronny, du Strolch!"

Marina stand unentschlossen vor ihnen und wusste nicht, was sie sagen sollte.

„Jetzt hört mal alle her!"

Anna schlug mit einem Löffel an ein Glas, als ob sie bei einer Hochzeit eine Rede halten wollte. Ronny kicherte erneut.

„Der Kuchen heute wird euch spendiert von unserer neuen besten Freundin, Marina."

Anna zeigte auf die Frau, die wie versteinert im hinteren Teil des Raumes stand, mitten unter den Senioren. Sie standen auf und klatschten. Sogar der Bariton stand auf und verbeugte sich vor ihr.

„Vielen Dank, gute Frau", sagte Ronny, der ebenfalls klatschte, es aber vorgezogen hatte, sitzen zu bleiben. Er blickte wage in ihre Richtung und lächelte. Marina verstand langsam, dass man nicht die gleichen Standards von allen verlangen konnte und es in dieser seltsamen Gemeinschaft völlig natürlich war, dass jeder mitmachte, so gut er konnte. Doch wenn nicht, machte man ihm keine Vorwürfe.

Manche kamen herüber, um ihr auf den Rücken zu klopfen und weitere Worte des Dankes auszusprechen. Marina fühlte sich seltsam. Sie fühlte sich zum ersten Mal seit langer Zeit geborgen. Obwohl sie in voller Montur war, zwängte sie sich in den Ledersessel neben Ronald.

„Guten Tag", wagte sie nun endlich zu sagen und es klang laut in ihren eigenen Ohren.

„Guten Tag, Marina. Ich heiß Ronald Waud. Man nennt mich auch Ron und manche sogar Ronny", fügte der Blinde mit gespieltem Ärger hinzu und der Bariton lachte leise. „Der Große dort drüben", er zeigte mit seiner Gabel zum Bariton, „Das ist Charles Henders. Er ist ein alter, derber Haudegen."

Der Bariton lachte lauter und winkte mit seiner Gabel, um seine Unschuld zu beteuern.

„Störe dich aber nicht daran, Marina, er meint es gut."

„Ronald, wissen Sie", begann Marina.

„Ach, bitte, wir dutzen uns hier alle. Sie sind doch jetzt unsere Freundin", sagte Ronald mit Bestimmtheit und hob den Teller an, auf dem ein halbes Stück Käsekuchen lag. „Der Kuchen ist wirklich gut!"

„Ja, das ist er!", stimmte Charles sofort zu und mampfte weiter.

„Ronald", setzte Marina noch einmal an, „wir haben uns im Park getroffen. Weißt du wer ich bin?"

Das Sprechen fiel ihr schwer. Ronald schaute erst überrascht drein, dann, langsam wie ein Sonnenaufgang, hellte sich sein Gesicht auf und auch für ihn wurde dieser Tag endgültig zu Weihnachten.

„Marina, das ist ja toll!", rief er aus, „ich wollte mich schon immer mal zu dir auf die Bank setzen, doch ich wusste nicht, ob ich dich vielleicht stören würde." Er seufzte. „Wie dumm von mir, dass ich ein solcher Feigling bin."

Marina staunte. Er hatte wenig Mut? Es hatte sie ihre letzte Kraft gekostet, heute hierher zu kommen.

„Oh." Charles, der Bariton, dehnte das Wort in die Länge. „Habt ihr euch etwa immer im Park verabredet? Wolltest du deshalb unbedingt raus gehen? Obwohl du doch so krank warst, Ronny."

„Krank?"

„Ja, mein Liebes, ich hatte mich erkältet. Jetzt ist alles in Ordnung", versicherte Ronny ihr. Er war es gewohnt, mit besorgten, alten Damen zu sprechen.

Marina war besorgt gewesen, das war ihr klar, aber sie wollte es vor den Männern nicht zugeben.

„Es ist schön, dass es dir wieder gut geht. Es ist kalt geworden, da geht man nicht mehr gerne vor die Tür."

„Haha", der Bariton schüttelte sich und Krümel sprangen auf seinen Teller zurück. Lachen schien nebst Kuchenessen seine liebste Beschäftigung. „Bist du deshalb wie im tiefsten Winter angezogen, Marina? Du hast ja nicht mal deine Jacke abgelegt. Das wird Anna gar nicht gefallen. Von Helena ganz zu schweigen."

Ronald schaute überrascht, er sagte aber nichts. Es wäre unhöflich von ihm gewesen, seine Hände auszustrecken, um Charles Aussage zu überprüfen, daher unterdrückte er diesen Impuls.

Marina erhob sich ruckartig.

„Ja, also, ich wollte nur mal Hallo sagen und nicht lange stören. Es hat mich gefreut,

Sie alle kennenzulernen und auch, dass Ihnen der Kuchen geschmeckt hat."

„Ja, eine tolle Überraschung!", fiel ihr Charles ins Wort.

Marina lächelte verunsichert, was hinter dem Schal niemand sah.

„Ich bin dann mal weg. Muss zurück zur Arbeit." Ein Blick, wie auf die Uhr. „Huch, wie die Zeit vergeht, ich muss mich sputen. Tschüss!"

Sie sprang aus der Sitzecke und durchquerte den Speisesaal an seiner kurzen Seite zum Durchgang am hinteren Ende zum Korridor. Das ging so schnell, dass Anna, die gerade an einem der Tische saß und selbst mit einem Stück Kuchen beschäftigt war, es nicht mitbekam. Sie hätte sich gerne von der neuen Freundin verabschiedet. Insbesondere wollte sie ein paar Worte allein mit der Frau wechseln.

Es war Ronny, der ihr hinterherrief:

„Marina! Komm uns gleich morgen wieder besuchen. Du kannst deine Mittagspause gerne immer bei uns verbringen."

Die anderen nickten und riefen ihre Zustimmung.

„Wir würden uns sehr freuen. Du musst auch nicht unbedingt Kuchen mitbringen!"

Charles und ein paar Andere protestierten hier:

„Kannst du aber!„

Marina lief, als ginge es um ihr Leben. Und irgendwie tat es das auch.

Bald brachte jeder Tag Freude mit sich.

Marina besuchte das *Mark Twain* nun regelmäßig, kam in der Mittagspause, aß ihre belegten Brote und es wurde ihr zur Gewohnheit, jeden Montag einen Kuchen mitzubringen, den sie am Wochenende buk. Es hatte sie einige Überwindung gekostet, ihre Winterjacke und den Schal abzulegen, denn sie fürchtete noch immer die Blicke der Menschen. Es war schwer, ihnen ihr entstelltes Gesicht zu zeigen, und es war schwer, von dem Autounfall zu erzählen, der ihr vor zwölf Jahren alles genommen hatte. Inklusive den einzigen Mann, der bereit gewesen war, den Rest seines Lebens mit ihr zu verbringen. Seither schlug sie sich allein durch das Leben, hatte keinen neuen Partner gefunden, geschweige denn eine Verabredung gehabt.

Es war schwer, sich zu öffnen vor so vielen fremden Menschen, aber sie wagte den Schritt. Und es gab keine Herzinfarkte. Sicher gab es das übliche Mitleid, die üblichen erschrockenen Blicke. Außerdem gab es Tränen und Umarmungen und Beteuerungen, dass sie eine fantastische, mutige Frau war. Sie erzählte ihnen von ihrem Beruf, den sie nicht mochte, dass sie versucht hatte, etwas

Anderes zu finden, doch man wollte sie nicht, wollte ihren verbrannten Körper nicht und all die Umstände, die damit für einen gesunden Menschen verbunden waren.

Marina erzählte von sich und sprach zum ersten Mal seit Jahren über ihre Vergangenheit. Sie fühlte sich bald mit den Senioren verbunden und erfuhr ihre Lebensgeschichten, die alle auf einzigartige Weise aufregend und bewegt waren. Sie sprach oft mit Anna, lernte die anderen Pfleger im Heim kennen, und die beiden Frauen wurden gute Freundinnen. Letztendlich war es Anna, die ihr eines Tages vorschlug:

„Du könntest dich doch umschulen lassen und Altenpflegerin werden. Dann könntest du hier jeden Tag verbringen", sie machte eine ausholende Geste, die das ganze Gebäude umfasste, „und mit Menschen arbeiten, die dir mit Respekt begegnen. Hier wird dir niemand das Leben schwer machen wegen deinem Aussehen. Nicht deswegen", fügte sie mit einem Zwinkern hinzu. Marina kannte mittlerweile die meisten extravaganten Eigenschaften der Senioren im *Schnatterhaus*.

„Als Altenpflegerin zu arbeiten ist nicht besser und nicht schlechter, als in Büroräumen zu putzen. Ich würde sagen", setzte Anna überzeugt an, „dass die Arbeit hier zumindest abwechslungsreicher ist. Und wir lachen häufiger. Putzen und Aufräumen ist ein großer Teil der Arbeit. Aber die Senioren stehen an erster Stelle und die wollen eigentlich fast immer schwatzen."

Marina versprach, darüber nachzudenken, obwohl sie ihren Entschluss längst gefasst hatte.

In den nächsten Monaten ließ sie sich zur Altenpflegerin ausbilden und sie arbeitete in Teilzeit im *Mark Twain*.

Sie fing wieder zu singen an und war glücklich wie lange nicht mehr. Und Ronald, er konnte sie endlich um seine Lieblingslieder bitten.

Sie hatte etwas gefunden, von dem sie lange nicht zu träumen gewagt hatte. Eine Familie.

Es heißt, man bekommt im Leben nur eine Chance, seinen Mitmenschen zu zeigen, wer man wirklich ist. Eine Chance im Leben, das zu erreichen, wovon man am meisten träumt. Einmal kann man vor das Weltpublikum treten um von den eigenen Qualitäten zu überzeugen.

Doch das stimmte nicht. Die Senioren und die Pfleger im *Mark Twain*, Ronald und Marina, sie alle wussten es besser. Es war wie ein gemeinsames Geheimnis, eines der tiefen Geheimnisse des Lebens, das ihnen erst spät offenbart worden war. Sie hüteten es wie einen Schatz. Nicht, weil sie ihn nicht mit anderen Menschen geteilt hätten, sondern einzig, weil sie wussten, dass jeder von selbst das Geheimnis entdecken musste.

Jeden Tag bekam man seine Chance, seinen Mitmenschen zu zeigen, welches Potenzial man selbst und andere und die ganze Welt hatten. Jeder Tag birgt eine Chance, alten Ballast loszuwerden und neue Freunde zu gewinnen.

All das konnte in einem Lächeln stecken.

Das Interview

Kenan Galford rannte durch die Straßen von New York und spürte den Boden unter seinen Füßen nicht. Er war glücklich und die Menschenmassen drohten nicht wie an anderen Tagen, ihn wie ein Schwarm riesiger, lästiger Mücken zu zerdrücken. Vielmehr tänzelte er elegant um Menschen, Laternen und Müllkörbe herum. Seine Brust drohte vor Stolz zu platzen, denn er hatte geschafft, was vor ihm noch niemandem gelungen war. Sogar sein Chefredakteur Anderson hatte ihm freundschaftlich auf die Schulter geklopft, als Kenan zu diesem einmaligen Interview aufbrach.

Einmalig, in der Tat. Wenn er nur nicht zu spät zum Treffen kam.

Das Hupen der Autos im Spätnachmittagsverkehr drang unvermittelt in seinen vom Glück gefüllten Kopf. Er musste sich kurz orientieren, da er kaum auf die Richtung geachtet hatte, in die er lief. Ein Blick auf die Uhr verriet ihm, dass er es zu Fuß nicht mehr pünktlich schaffen würde. Um die Ecke lag eine Metrostation und Kenan spurtete los, um etwas Zeit mit dem Zug wett zu machen. Ein Taxi hätte ihm nichts geholfen, die Straßen waren verstopft.

Kenan konnte auch im Zug nicht still sitzen. Mit den Spitzen seiner Schuhe klopfte er einen schnellen Takt, der seinen hüpfenden Puls widerspiegelte. Einen Mann wie Alexander Tenzing ließ man nicht warten. Er musste den Mann nicht persönlich kennen, um das zu wissen. Es musste so sein, denn Tenzing war ein wohlhabender Geschäftsmann, ein vielbeschäftigter Mann. Sein Name war durch zahlreiche Spenden für Projekte im Gesundheitswesen und in der Jugendarbeit stadtbekannt. Er galt als Samariter, doch wollte er nie, dass sein Name mit Benefizveranstaltungen in Verbindung gebracht wurde, daher tuschelten die Bittsteller hinter vorgehaltener Hand von ihm. Vorschläge für Hilfsprojekte, die er unterstützten könnte, ließ er sich von niemandem machen. Seine Spenden kamen dann meist unerwartet und in Millionenhöhe.

Wer war dieser Mann und woher rührte seine Großzügigkeit? Wieso gab er für eine Stadt, die nicht seine Heimat war, in einem Land, in dem er nicht geboren wurde, sein Geld her?

Warum spendete er nie für Tierschutzprojekte? Niemand wusste es. Es wurde gemunkelt, er verabscheue Tiere und Kenan hatte sich fest vorgenommen, ihn darauf anzusprechen. Vielleicht war er ja mal gebissen worden?

Das Besondere an Kenan Galfords Gespräch mit Alexander Tenzing lag eben darin begründet, dass der Mann ein Unbekannter war, ohne unbekannt zu sein. Nie sah jemand sein Gesicht, stets wies er Gesuche zu Interviews ab. Kenan platzte förmlich vor Neugierde, vergaß vor Aufregung das Atmen und fühlte sich fiebrig vor Anspannung. Wenn er dieses Gespräch heute zu einem guten Abschluss brachte, dann konnte er sich seinen nächsten Arbeitgeber aussuchen. Für welche Nachrichtenagentur würde er in Zukunft arbeiten können? Würde ihm das Fernsehen ein Angebot machen? Eine hartnäckige Idee, die seit Jahren in seinem Hinterkopf steckte, erfasste ihn in Form eines Hoffnungsschimmers. Zu gerne wäre er Nachrichtensprecher für eine nationale Sendung. Damit würde sich sein größter Lebenstraum erfüllen. Dann würden seine Eltern im ländlichen Massachusetts endlich einsehen, dass es kein Fehler gewesen war, das Medizinstudium abzubrechen um nach New York zu gehen und alles für diesen genauso anspruchsvollen und nicht weniger edlen Job zu riskieren.

Der Zug hielt an und Kenan sprang von seinem Sitz auf, schob sich weiter durch die Massen, die nach Hause wollten und diejenigen, die ihm auf dem Weg zur Spätschicht entgegenkamen. Er nahm ihre Gesichter kaum wahr. In einer Stadt mit Millionen von Menschen war das eine unsägliche Mühe, überflüssig und meist unerwünscht. Wenn er erstmal die Nachrichten im Fernsehen las, dann würde man ihn erkennen, wo immer er hinging.

Kenan blickte auf den Zettel, wo er sich die Adresse von einem Restaurant notiert hatte. Man hatte ihn eingeladen, mit Mr. Tenzing zu Abend zu essen und ihm währenddessen einige Fragen zu stellen. Ein Essen, das bedeutete, sie würden Zeit haben. Natürlich konnte man nicht ununterbrochen reden, aber es war entspannter als sich in einem leeren Raum ohne weitere Ablenkungen gegenüber zu sitzen. Womöglich würde Mr. Tenzing in jedem Fall alle paar Minuten auf eine teure Designeruhr schauen. Kenan schwankte zwischen Hoffnung und Verzweiflung. Die Frist war knapp gewesen für Vorbereitungen. Von diesem Gespräch hing viel ab, für ihn persönlich und für seine Tageszeitung. Der Anruf, der ihm das Zusammentreffen bestätigte, schreckte seine Redaktion auf wie ein Schlag auf ein Wespennest. Man sammelte Fragen und Daten und erstellte eine Prioritätenliste. Das Ergebnis war nicht besonders durchdacht. Kenan hatte das Papier in seiner Brusttasche und es übte zusammen mit einem einsatzbereiten Bleistift einen leichten Druck gegen seine Lungen aus, der ihn bei jedem Atemzug daran erinnerte, wie wichtig dieses Treffen war.

Es überraschte ihn, dass sich das Restaurant nicht in einem nobleren Viertel befand. Er musste sich durch ein paar schmale Gassen drücken, bevor er endlich vor dem Treffpunkt stand. Die Sonne stand nicht tief, verlor aber zusehends ihre wärmende Kraft. Es war Ende März und die ersten warmen Tage umfingen die geschäftigen Bewohner dieser geschäftigen Stadt. Hier, vor der unscheinbaren Tür des Restaurants *Kechalari Ma'bad*, war es seltsam still. Kein Ton drang an Kenans Ohr, kein Lufthauch streifte seine Wangen. Es war kein Mensch zu sehen, doch seine Nase bestätigte ihm, dass er vor einem Restaurant stand, das seine abendlichen Gäste bereits nach allen Regeln der Kunst verwöhnte. Die Fenster waren durch altmodische, hölzerne Läden mit komplizierten Schnitzereien vor neugierigen Blicken geschützt. Es hing keine Speisekarte draußen, obwohl ein kleiner Kasten neben der Tür in Augenhöhe genau zu diesem Zweck angebracht war. Der Name, den Kenan in völlig anderer Schreibweise auf seinem Zettel notiert hatte, verhieß orientalische Küche. Er widerstand dem Drang auf die Uhr zu schauen, schloss kurz die Augen und atmete bewusst tief ein und aus. Die Aufregung niederkämpfend, betrat er das Geschäft.

Die Tür schloss sich hinter ihm und er wurde von einer fast vollständigen Dunkelheit umfangen. Im Licht einer schwachen Lampe, deren Form ihn an Grubenarbeiter in einem Bergwerk erinnerte, wurde er verhalten begrüßt. Hinter einem Pult stand ein Kellner, der ein Buch vor sich aufgeschlagen hatte. Kenan sah sich ausgiebig um. Anscheinend führte eine Treppe nach unten in die eigentlichen Räumlichkeiten des Restaurants. Wie ein mächtiger Schlund verschluckte die Dunkelheit den Fuß der Treppe. Kenan verstand nicht, wie irgendjemand hier würde essen gehen wollen.

Der Kellner räusperte sich hörbar.

„Verzeihen Sie, mein Herr, haben Sie eine Reservierung?"

Selbst ohne Licht erkannte Kenan den sarkastischen, abfälligen Tonfall. Er drehte sich zum Kellner um, wollte ihm aufgebracht etwas erwidern und bemerkte erschrocken, dass der Mann hinter dem Pult blind war.

Das erstickte jeden bösartigen Kommentar im Keim. Kenan trat vorsichtig einen Schritt näher, betrachtete neugierig den Mann.

„Wenn Sie keine Reservierung haben, muss ich Sie bitten, unser Etablissement wieder zu verlassen", mahnte ihn der Blinde in neutralem Tonfall.

„Wir haben heute eine geschlossene Gesellschaft", fügte er beinahe entschuldigend hinzu.

Diese Worte erinnerten Kenan an seine Mission für seine Zeitung und letztlich für seine eigene Karriere.

„Ich bin mit Herrn Tenzing verabredet", sagte er vorsichtig, denn es klang fremd und falsch in seinen Ohren. Sollte er heute wirklich den einflussreichen Magnaten kennenlernen? Wartete dieser unten im Beisein von seinen Bodyguards in einem sonst leeren Raum?

„Oh, dann müssen Sie Herr Galford sein", kam prompt die Antwort, „wir haben Sie schon erwartet."

Es klang nach einem leichten Tadel. Bevor sich Kenan darüber ärgern konnte, schritt der Kellner hinter seinem Pult hervor und nahm ihm ohne einen Moment zu zögern die Jacke ab. Seine Blindheit störte ihn nicht ein bisschen in seinen Bewegungen, was Kenan erstaunt zur Kenntnis nahm.

„Ich heiße Sie herzlich willkommen, Herr

Galford. Unser Etablissement ist in seiner Art nicht das einzige in der Welt, aber ganz sicher einzigartig", murmelte der Blinde geheimnisvoll.

„Sie werden mit Herrn Tenzing in absoluter Dunkelheit speisen."

Kenan sog hörbar erschrocken die Luft ein. Eine unangenehme Vorahnung kroch seinen Rücken hoch. In absoluter Dunkelheit? Wut war seine nächste Empfindung. Er würde den Geschäftsmann nicht zu Gesicht bekommen. Der Gedanke löste einen Reflex aus, der ihn seine Faust ballen ließ.

„Das ist ein Fest für all Ihre Sinne", fuhr der Kellner in aller Ruhe fort, während er die Jacke über einen Bügel streifte. „In einer Welt, die sich sonst nahezu völlig auf ihre Sehkraft verlässt, ist dies eine belebende Erfahrung. Unser Personal ist bis auf wenige Ausnahmen blind und versteht es ausgezeichnet sich in unseren Räumen zu bewegen. Ich bitte Sie jedoch eindringlich, sich nur mit der Hilfe Ihres persönlichen Kellners von Ihrem Tisch fortzubewegen, sollten Sie zum Beispiel das Bad aufsuchen wollen."

Munter erklärte ihm der Kellner, wie der Abend ablaufen würde und dass ihn am Tisch weitere Erklärungen erwarteten.

Kenan hatte von dieser Art Restaurant gehört, aber er war noch nie in einem gewesen. Neugierig betrachtete er die Vorhalle unter diesem neuen Gesichtspunkt. Die Idee faszinierte ihn, wenngleich er wütend über diesen Trick von Tenzing war. Er nahm den vom Kellner gebotenen Arm und wurde die Treppe hinuntergeführt. Er ging sehr vorsichtig, denn er konnte kaum die grauen Treppenstufen von einander unterscheiden und lief Gefahr, mit seinen ergrauenden Schuhen daneben zu treten. Er kniff die Augen zusammen und ging immer zögerlicher, doch der Kellner riss ihn unbeirrt mit sich.

„Bitte, Herr Galford, machen Sie sich keine Sorgen, lassen Sie mich ihre Augen sein. Ich würde vorschlagen, Sie schließen die Ihren für eine Weile und lassen sich davon überraschen, wie gut ihre Ohren sind und was Sie mit Ihren empfindlichen Fingern alles ertasten können. Herr Tenzing hat mich gebeten, Ihnen nicht zu verraten, was es zum Abendessen gibt. Sie werden Ihren Geschmackssinn auf die Probe stellen können."

Der Kellner klang sichtlich vergnügt. Ob der Geschäftsmann öfter hier speiste? Kannte der Kellner ihn gut? Es klang zumindest so. Konnte Kenan es wagen den Kellner zu befragen? Er spürte, dass es keinen Sinn gehabt hätte. Er glaubte hier einen Mann der alten Schule neben sich, der solche Indiskretionen nicht gutheißen würde.

Auf der unteren Ebene schritten sie durch einen kurzen Flur und traten durch einen schweren Brokatvorhang, der wahrscheinlich schwarz oder tiefrot war, Kenan sperrte seine Augen weit auf, es half aber nichts. Das Klappern von Besteck auf Tellern wurde laut und die Unterhaltungen von vielen Gruppen von Menschen erklangen in einem Raum, der sich in Kenans Kopf zu einer hohen und weiten Höhle formte. Kenans Kopf ruckte in alle Richtungen, aus denen seine Ohren die verschiedenen Eindrücke wahrnahmen, die seine Augen ihm nicht bestätigen konnten. Er musste mit seinen Ohren sehen. Der junge Journalist war mehr als beunruhigt.

Das Restaurant schien gut gefüllt mit Menschen und Gelächter. Wer waren all die Anderen? Was wurde hier in dieser geschlossenen Gesellschaft gefeiert? Es konnte nicht ausschließlich mit dem asiatischen Geschäftsmann im Zusammenhang stehen.

Abrupt blieb der Kellner an seiner Seite stehen.

„Mr. Tenzing, darf ich Ihnen Mr. Galford vorstellen? Er wird sich nun zu Ihnen setzen. Bitte sehr!"

Die letzten Worte hörte Kenan lauter und ihm wurde klar, dass er gemeint war, da der Sprecher sich zu ihm umgedreht hatte.

„Setzen Sie sich ruhig hin, Mr. Galford."

Ein Stuhl wurde auf einem dicken Teppichboden vom Tisch weggezogen, ein Geräusch, dass Kenan unter anderen Umständen sicher nicht bemerkt hätte. Sanft schob ihn der Kellner ein Stück vorwärts und zur Seite und gleich drei Hände drückten ihn nieder.

„Darf ich Ihnen Raul vorstellen, Mr. Galford? Er ist heute Abend Ihr persönlicher Kellner. Alle Ihre weiteren Wünsche richten Sie bitte an Ihn."

„Guten Abend, Mr. Galford, es freut mich, Sie kennenzulernen."

Kenans Ohren vermuteten einen südamerikanischen Akzent bei Raul. Der Journalist stammelte verwirrt eine Begrüßung.

„Damit verabschiede ich mich von Ihnen. Meine Herren, bitte genießen Sie diesen Abend."

Kenan glaubte, eine Verbeugung hinter diesen Worten gehört zu haben und wunderte sich, was ihm kleinste Änderungen in der Lautstärke und Richtung des Gesprochenen verrieten.

"Guten Abend, Mr. Galford. Ich freue mich, dass Sie so kurzfristig kommen konnten."

Ein harmonischer Wohlklang getarnt als tiefe und ruhige Stimme. Kenan musste lächeln und langsam wurde ihm bewusst, dass er tatsächlich Mr. Tenzing gegenüber saß und sein Interview beginnen konnte. Er klopfte sich gegen die Brusttasche. Dort steckte weiterhin der Zettel mit den Fragen, aber diese Vorbereitungen nützten ihm nichts, denn er konnte sie nicht ansehen. Schlagartig wurde ihm bewusst, dass er auch sein professionelles Aufnahmegerät im Büro gelassen hatte. Er wusste nicht, wie er sich Notizen machen sollte, geschweige denn, welche Fragen er stellen sollte.

„Guten Abend, Mr. Tenzing. Vielen Dank für die Einladung, es ist mir eine Ehre Sie kennenzulernen.“

Während Kenan diese fremd klingenden Worte herunterrasselte, zog er sein Telefon aus der Hosentasche. Bevor er eine Taste drücken konnte, zischte ein Arm durch die Luft und riss es ihm aus der Hand. Seinen verdutzten Blick bemerkte er selbst nicht.

„Verzeihen Sie, Mr. Galford, aber es sind in diesem Raum keine Lichtquellen erlaubt. Ich muss Ihnen Ihr Mobiltelefon für den Rest des Abends wegnehmen. Was darf ich Ihnen zu trinken anbieten?“

Lichtquelle? Ja, natürlich hätte das Display des Telefons einen schwachen Lichtschein von sich gegeben. Der Grund, weshalb Kenan es hervorgeholt hatte, war doch aber, um es zur Aufnahme ihres Gesprächs zu verwenden.

Er stotterte etwas über das Interview. Raul beachtete ihn nicht und nahm das

Telefon mit, als er mit Kenans halbherzig vorgebrachter Getränkebestellung fortging.

„Mr. Tenzing", begann Kenan mit einem Kopfschütteln. Er war völlig durcheinander und leicht verzweifelt. „Ich kann mir keine Notizen machen."

Er gestikulierte schwach um auf die allgegenwärtige Dunkelheit zu zeigen. Alexander lächelte milde.

„Sie werden sehen, dass dieser Abend eine hervorragende Gelegenheit ist, ihr Gedächtnis und ihre Sinne zu trainieren."

Das klang geheimnisvoll und wie eine Herausforderung, die Kenan gerne angenommen hätte, würde ihn nicht eine Panik zu übermannen drohen.

Als Raul zurückkam, erklärte er Kenan, wo er was auf dem Tisch finden würde, und – angeleitet von ihrem persönlichen Kellner – prosteten sich Alexander und Kenan zu. Das versprach ein seltsamer Abend zu werden und Kenan nahm sich vor, das Bestmögliche daraus zu machen.

Die verschiedenen Gänge des Abends wurden in loser Abfolge aufgetragen und sie hatten ausreichend Zeit miteinander zu sprechen.

Ihr Gespräch verlief freundlich und nach dem anfänglichem Durcheinander fanden die beiden Männer bald einen Rhythmus, der ihnen erlaubte über nahezu jedes Thema zu sprechen. Kenan fragte Tenzing über seine ersten Jahre in New York, welche geschäftlichen und privaten Interessen ihn hier hielten und kurz darauf führten sie eine angeregte Debatte über College-Football und die gerade laufende March Madness Serie. Als Kenan erwähnte, dass er einige Jahre lang Football spielte, bevor er zum Journalismus kam, verlagerte sich das Gespräch zunehmend zu Kenans Leben hin. Das machte Kenan nichts aus, er fühlte sich mittlerweile sehr wohl. Tatsächlich schwamm er im Glück. Er glaubte mittlerweile, dass er sich an ihr Gespräch gut würde erinnern können und plante nebenher einen phänomenalen Artikel über Tenzing. Beruhigt und ungläubig an seine frühere Unruhe denkend, fühlte er sich wie schon am Nachmittag unbesiegbar und bereit, die ganze Welt zu umarmen.

Er staunte, in welchem Umfang er seine Umgebung mit den Ohren aufnahm. Das Rascheln der Tischdecken, die gedämpften, aber ungezwungenen Gespräche an den Nebentischen, das Schwingen der Tür zur Küche, das Geräusch von heißem, brutzelndem Fleisch, das Klirren von Gläsern aneinander. All diese bekannten Geräusche, die ihm ein Gefühl von Geborgenheit selbst in tiefster Dunkelheit vermittelten. Er erinnerte sich verwundert, dass ihm eingangs gesagt wurde, dies wäre eine geschlossene Gesellschaft. Tenzing war weder der Mittelpunkt im Restaurant, noch schien irgendeine Verbindung zwischen ihm und anderen Gästen zu bestehen. Kenan verpasste jedoch die Gelegenheit, sein Gegenüber darauf anzusprechen, und vergaß den Gedanken wieder. Während des Essens belauschte er die Gespräche an den Nachbartischen. Wie er und Tenzing, schienen sich die anderen Gäste an diesem Abend zum ersten Mal mit ihrem Dinnerpartner zu treffen. Am Tisch zur Kenans Rechten wurde jemand ans Telefon gebeten. Jemand stand verwundert auf und ließ sich von seinem Kellner fortführen. Eine Weile klapperte das Besteck nebenan weiter, dann stand der andere Gast auf und ging alleine fort. Kurz fragte Kenan sich verwundert, was vorgefallen war, bevor eine Frage von Alexander Tenzing erneut seine Aufmerksamkeit erforderte.

Das Essen war ausgezeichnet, ein Fest für den Gaumen, nachdem er sich daran gewöhnt hatte, ausschließlich seine Hände arbeiten zu lassen ohne den Kopf einzuschalten. Sobald er anfing, darüber nachzudenken, wo der Teller war, das Besteck, das Glas, welche Entfernung zum Besteck bestand und zu seinem Mund, endete alles in einem Chaos. Es war seltsam, wie wenig Vertrauen er anfangs in seine eigenen Fähigkeiten hatte, zu essen ohne zu sehen.

Nun konnte er nicht nur das feine Zusammenspiel von Gewürzen und Ölen auf Salatblättern und Pasta oder nussigem Käse bewundern, sondern gleichzeitig das zarte Fleisch dadurch loben, dass seine Gabel sanft eindrang. Die Weine, die zum Essen serviert wurden – für jeden Gang eine andere Sorte, meist europäischer Herkunft –, beglückten seine Geschmacksnerven und ließen seinen Kopf schwimmen. Raul freute sich über jedes Kompliment, welches er für das Essen oder die Getränke entgegennahm, und weder Kenan noch Alexander hielten sich mit Lobpreisungen zurück. Die blinden Servicekräfte bewegten sich nahezu lautlos über den hochflorigen Teppich, während die Menschen, die sich in ihrem Alltag auf ihre Augen mehr verließen als auf alles andere, ständig irgendwo anstießen, selbst im Sitzen.

Erneut wurde unweit von ihnen eine Person von einem Anruf überrascht. Kenan hatte sein Telefon abgeben müssen und wunderte sich, ob die Kellner Anrufe an die Mobiltelefone ihrer Gäste entgegennahmen. Das wäre ihm unangenehm. Anderson, sein Vorgesetzter, war sicher unruhig wegen des Interviews und würde ihn anrufen, allein um zwischendurch zu fragen, wie es läuft. Als Raul mit dem Einschenken eines Cherrys fertig war, bat ihn Kenan verlegen, ihn zur Toilette zu bringen. Er entschuldigte sich bei Alexander Tenzing und ließ sich von Raul führen. Unterwegs fragte er ihn, ob es möglich wäre, dass er einen kurzen Anruf tätigen dürfte. Raul zuckte unerwartet heftig zusammen.

„Es tut mir leid, Mr. Galford, aber ich kann, nein, ich darf Ihnen Ihr Telefon nicht aushändigen."

„Das verstehe ich ja, aber andere Gäste haben doch Anrufe erhalten und, nun ja, ich müsste auch mal jemanden anrufen. Wo führen Sie denn die Gäste hin, die einen Anruf bekommen? Sicher irgendwo, wo es niemanden stört, dass telefoniert wird?"

Raul schluckte hörbar und druckste einen Moment herum. Er stieß eine Schwingtür auf.

„Hier sind die Toiletten. Folgen Sie mir bitte."

Erneut wurde eine Tür aufgestoßen und sie betraten endlich ein schwach erleuchtetes Bad.

„Sie werden sich ab hier sicher allein zurecht finden, Mr. Galford. Ich bleibe vor der Tür stehen, rufen Sie nach mir wenn Sie fertig sind. Dann sehen wir weiter", murmelte er und seine Gedanken waren anscheinend schon woanders.

Kenan kicherte über die groteske Situation. Diese Räumlichkeiten waren schwach beleuchtet, damit seine an die Dunkelheit gewöhnten Sinne nicht überfordert wurden. Er musste in dem Artikel über Tenzing unbedingt die seltsamen Bedingungen erwähnen, unter denen er das Interview geführt hatte.

„Raul? Ich bin soweit", gab Kenan bekannt, nachdem er sich im Halbdunkel die Hände gewaschen hatte. Seine Hilflosigkeit im Dunkeln bei diesen alltäglichen Dingen war ihm unangenehm. Er war froh, dass Raul draußen wartete.

„Mr. Galford, wenn Sie erlauben, wegen des Telefonats", begann Raul vorsichtig, als er Kenan wieder untergehakt hatte und sie den dunklen Gang zwischen Gastraum und Waschraum entlangschritten.

„Ja, Raul?"

„Würden Sie hier vor dem Toilettenbereich stehen bleiben? Ich müsste erst ihr Telefon holen gehen."

„Kann ich da nicht gleich mit Ihnen mitkommen?", fragte Kenan verwundert.

„Nein, nein, das geht nicht. Es ist, ähm, auf dem Weg zur Küche. Da könnte ein anderer Kellner über Sie stolpern. Ich beeile mich."

Kenan hatte keinen Laut der Zustimmung von sich gegeben, als Raul ihn an der Wand zu den Toiletten stehenließ und daran entlang von ihm fortstürmte. Kenan seufzte. Da er nichts sah, konnte er sich nicht von hier fortbewegen. Er war zu weit von seinem Tisch entfernt und könnte nicht sagen, in welcher Richtung dieser lag. Würde er sich auch nur einen Schritt wegbewegen, könnte ein anderer Kellner – womöglich zusammen mit einem weiteren Gast auf dem Weg zu den Toiletten – über ihn stolpern. Dennoch kribbelte es in ihm, sich *umzusehen*. Wieder musste er grinsen. Sogar ihre Sprache gab den Augen einen Vorzug. Zunächst drehte sich Kenan langsam um die eigene Achse, ertastete die Wand hinter sich, als Bezugspunkt. Er hörte die Gespräche von etwa drei Tischen in seiner Nähe und die undefinierbaren Geräusche einer Vielzahl weiterer in größerer Entfernung.

„Mrs. Henry?"

Kenan zuckte zusammen, als in seiner unmittelbaren Nähe ein Kellner einen Gast ansprach, entspannte sich aber sofort wieder.

So was Dummes.

„Ja, Schätzchen?"

Das war die Stimme einer älteren Dame, die sich prächtig amüsiert und dem Wein besonders gut zugesprochen hatte.

„Mrs. Henry, da ist ein Anruf für Sie."

„Ach so? Wer ist es denn?"

„Ich führe Sie hin, Madame", schnurrte der Kellner.

Die Kleider der Madame raschelten, als sie aufstand.

„Das muss mein Mann sein", sagte Sie entschuldigend, bestimmt zu ihrem Dinnerpartner.

„Ich bin gleich wieder da, mein Freund."

„Machen Sie sich keine Sorgen, Mrs. Henry", ertönte eine dritte Stimme aus der selben Richtung. Sie war irgendwie betörend. Das schien Kenan das passendste Wort zu sein.

„Ich kann es kaum erwarten, Sie wieder zu sehen."

Kenan, eine Hand stützend an der Wand, hörte Ihre Schritte auf sich zu kommen und Mrs. Henry weiter darüber sinnieren, wer sie wohl angerufen haben könnte. Die beiden passierten ihn so nahe, dass sich das ausladende Kleid von Mrs. Henry gegen ihn presste. Unwillig zog er seine Hand von der Berührung des Kleides zurück. Dann weiteten sich seine Augen, als er überrascht bemerkte, dass er einen grotesken Entschluss gefasst hatte. Er packte sogleich kräftiger und mit beiden Händen zu. Unbemerkt von Mrs. Henry und ihrem Kellner ließ sich Kenan durch das Restaurant führen, wobei er Mrs. Henrys Kleid wie einen Brautschleier hob. Er fühlte sich wie damals mit acht, neun Jahren, als er auf den Kirschbaum im Garten der Nachbarn kletterte, um im Sommer die süßen Früchte zu naschen und zu stehlen.

Zwar war der Nachbar furchtbar wütend

geworden und hatte unsäglich geschimpft, aber dieser Streich war zumindest nie lebensgefährlich gewesen.

Raul, mit dem Mobiltelefon von Mr. Galford in den Händen, fand den Zugang zu den Toiletten leer vor. Er sah sich eine Minute lang im Bad um, bevor er erbost davonstürmte. Er ging direkt zu Alexander Tenzing um Alarm zu schlagen und platzte ohne Vorwarnung mit mühsam unterdrückter Stimme hervor:

„Er ist verschwunden!"

„Wer ist verschwunden?"

Nichts in Tenzings Stimme verriet Überraschung darüber, Raul plötzlich neben sich zu haben. Außerdem hatte die Wut in der Stimme des Kellners keinen sichtbaren Einfluss auf den Magnaten, der ruhig an seinem Weinglas nippte.

„Der Journalist! Er ist weg!"

Nun kam doch Leben in Tenzing, auch wenn man es nicht hätte sehen können, selbst wenn das Licht angeschaltet gewesen wäre. Seine Muskeln spannten sich. Er stellte das Glas ab und drehte den Kopf von einer Seite zur anderen. Dann stand er auf und drehte sich einmal um seine Achse, den Kopf suchend hin- und herschwenkend.

„Wo wart ihr zuletzt?"

„Bei den Toiletten. Ich hatte ihn gebeten dort zu warten, weil er doch unbedingt ein Telefonat führen wollte. Ihr hättet früher …", klagte er erzürnt, doch Tenzing schlug ihm gezielt mit der flachen Hand gegen die Schläfe.

Nicht mit großer Kraft, sondern lediglich als Warnung. Tenzing seufzte.

„Du weißt, dass das in einer Katastrophe enden könnte", sagte er und umging gekonnt Rauls Ausführungen. „Geh nach oben und finde heraus, ob er durch den Vordereingang entwischt ist. Wenn er noch hier unten ist, müssen wir ihn unbedingt finden."

„Soll ich den Anderen Bescheid geben?"

„Nein! Wir wollen keine Panik auslösen, solange wir nicht genau wissen, was er tut und wo er ist."

„Er ist schließlich Journalist, das könnte uns teuer zu stehen kommen!"

Erneut schlug Tenzing Raul gegen die Schläfe und brachte ihn so zum Schweigen.

„Geh!"

Raul verschwand in Richtung des Haupteingangs um sich mit dem Rezeptionisten zu unterhalten. Tenzing schlug den Weg zur Küche ein. Er bewegte sich lautlos und ebenso sicher wie die blinden Kellner. Er ging langsam um nicht die Aufmerksamkeit der Anderen auf sich zu ziehen. Doch in seinem Inneren kochte es. Er war hungrig, denn er hatte noch nichts gegessen. Er war wütend, denn sein Mahl war verschwunden.

Wie zuvor beim Haupteingang und den Toiletten, wurde Kenan im Schlepptau von Mrs. Henry und ihrem persönlichen Kellner durch einen Gang geführt, der mit schweren Vorhängen die zwei angrenzenden Räume trennte. Er ahnte bislang nicht, dass er bald die Hölle betreten würde. Mrs. Henrys Kleid raschelte an den Wänden entlang und ihre Stimme plätscherte ungebremst von einer Seite auf die andere. Ihr Kellner schob die schweren Vorhänge fort.

Der Raum dahinter war schwach durch rötliche Lampen erhellt. Kenan, der die kleine, kompakte Mrs. Henry vor sich hatte und ihren schlanken, hochgewachsenen Kellner an ihrer rechten Seite, sah sich neugierig nach der linken Seite um. Das Licht war nicht zu grell und er konnte ohne Übergang die Einrichtung wahrnehmen. Nur sein Verstand weigerte sich zu erkennen, was er sah. Es war, als liefe er in einen Abgrund hinein. Das Gefühl zu fallen und nicht in der Lage zu sein, den Fall – und insbesondere den Aufschlag – stoppen zu können, war überwältigend. Einzig der Geruch überwältigte seine Sinne sofort und er stolperte nach links, mitten in die übereinander gestapelten Leichen hinein.

Er grunzte erschrocken und versuchte sich hochzukämpfen. Alles, was er erreichte war, dass er sich umdrehte und das Ende von Mrs. Henry aus nächster Nähe beobachten konnte.

„Ach, mein Freund", rief sie aus, als sie begann ihre Umgebung wahrzunehmen. „Ich dachte, Sie würden an unserem Tisch auf meine Rückkehr warten."

„Meine Liebe, es war so schön, Sie heute Abend zu sehen", schnurrte die ausgemergelte Gestalt, die vor Mrs. Henry stand und anscheinend hier auf sie gewartet hatte. „Das Dinner hat ihnen hoffentlich zugesagt?"

„Oh, ja!", ereiferte sich Mrs. Henry vergnügt. „Es hat mir außerordentlich gut gefallen. War das Lamm nicht einfach vorzüglich?"

„Ich weiß nicht, Mrs. Henry, ich habe nämlich noch nicht gegessen."

„Nein? Wieso denn das?"

Mrs. Henry war sichtlich erschrocken. Kenan war nicht klar, ob ihr bereits dämmerte, was geschehen würde. Sein Verstand weigerte sich ebenfalls, das, was er sah und hörte, zu den unvermeidlichen Fakten zusammenzusetzen.

Mrs. Henrys *Freund* lachte leise in sich hinein. Seine einfache Kleidung lag lose um viel zu dünne Arme, sein Gesicht sah aus wie das einer mumifizierten Leiche. Das rote Licht gab ihm den Anschein von Leben, aber

Kenan glaubte, er war eigentlich furchtbar, furchtbar blass. Dann geschah alles sehr schnell, zu schnell.

Mrs. Henry wartete weiterhin auf eine Antwort, als ihr *Freund* mit unmenschlicher Geschwindigkeit vorwärts sprang und sie packte. Ihr Kellner, der ihr bisher den Arm gehalten hatte, tat einen großen Schritt rückwärts und verließ, sichtlich aufgewühlt, doch ohne besondere Eile, den Raum. Mrs. Henry hatte nicht einmal die Zeit zu schreien, denn ihr *Freund* riss ihren Kopf zur Seite, dass ihr das Genick hörbar brach. Er öffnete seinen Mund weit, dass auch seine Knochen knackten und grub sein Gesicht in ihren zur Seite geneigten Hals. Kenan, der es nicht wagte sich zu bewegen, schloss die Augen und versuchte, ruhig, am besten gar nicht, zu atmen. Seine Ohren waren durch den Abend im Dunkelrestaurant schon gut trainiert und die schmatzenden und saugenden Geräusche ließen eine einzige, jedoch völlig unmögliche, Schlussfolgerung zu.

Mit einem lauten Seufzen beendete Mrs. Henrys *Freund* sein Mahl und Kenan wagte es, seine Augen einen Spalt weit zu öffnen. Das gab ihm etwa zwei Sekunden sich darauf vorzubereiten, dass Mrs. Henrys lebloser Körper achtlos auf ihn geworfen wurde. Er spannte seine Muskeln an und sandte einen

Dank gen Himmel, da Mrs. Henry eine kleine und leichte Frau war. Ihr Kleid verbarg ihn fast vollständig, nur seine Füße schauten darunter hervor und sein Kopf lag direkt neben ihrem. Ihre Augen waren ungläubig aufgerissen und starrten ihn erschrocken an.

Kurz erhaschte Kenan Galford einen Blick auf ihren *Freund*. Seine Silhouette schien völlig verändert. Er war nicht länger ein ausgehungerter, kraftloser Mann mit einer pergamentartigen Haut, die sich über dünne Gliedmaßen spannte. Er sah gesünder und jünger aus, strotzte vor Tatkraft und verließ den Raum mit einem federnden Schritt, den er vorher nicht gehabt hatte.

Erst als der Vorhang sich nicht mehr bewegte, wagte sich Kenan endgültig aus seinem stinkenden Versteck heraus. Seine Nerven waren angespannt, erst jetzt sickerten weitere Eindrücke zu ihm durch. Etwa ein Dutzend menschliche Körper lagen hier und der Geruch nach Blut, Urin und Kot mischte sich mit dem von Seifen und teuren Parfüms, von Aftershaves und billigen Deodorants. Wie konnten diese Gerüche in der Nähe des Restaurants niemandem auffallen? Dem Journalisten in ihm drängte sich außerdem der Fakt auf, dass die nachlässig hingeworfenen Leichen ihre Schmucksachen trugen. Diese

Tatsache traf ihn so unerwartet, dass eine Welle der Traurigkeit über ihn schwappte.

Er sah sich weiter um. Es gab keine Telefone in diesem Raum, das musste ein Vorwand sein. Wie viele Tische gab es in diesem Restaurant? Wie viele Menschen aßen hier zu Abend? Jeden Abend? Jeden Tag im Jahr? Nach und nach erschloss sich der Horror der Situation Kenan. Was hier geschah, nötigte seinem Verstand alles ab. Er musste unbedingt von hier entkommen. Er musste unbedingt hiervon berichten und dem ein Ende setzen!

Er hatte nie an Vampire geglaubt. Er kannte niemanden, der dies ernsthaft tat. Jetzt hatte er sie in Aktion gesehen, ahnte, dass es weitere Restaurants wie das *Kechalari Ma'bad* geben musste und ahnte, dass es sich hier um ein organisiertes Verbrechen der absonderlichsten Art handelte.

Eines war ihm bisher nicht ins Bewusstsein eingedrungen. Er war selbst zu einem Mahl auserkoren.

Kenan steuerte auf eine Tür im Hintergrund zu. Er hoffte, dass sie ihn nach draußen führen würde. Bevor er den Raum halb durchquert hatte, hörte er wieder jemanden auf dem Gang hinter sich. Er hatte einen kurzen Moment, nicht genug Zeit sich darüber zu ärgern, dass er sich wieder zwischen die Leichen legen musste.

Er vergrub sich halb unter einem Mann, der schon eine Weile hier liegen musste.

Der Vorhang wurde schwungvoll geöffnet und die Haare auf Kenans Unterarmen stellten sich auf. Ein seltsames Gefühl kroch ihm den Rücken hoch. Wie fühlt sich ein Kaninchen, wenn in seiner Nähe ein Wolf umherschleicht? Wie ein Kaninchen blieb Kenan möglichst ruhig liegen, atmete flach und beäugte den Neuankömmling. Es war ein Vampir, kein Zweifel, denn dieser *Mann* war ebenfalls furchtbar dünn und vertrocknet. Seine Kleidung war ihm zwei Nummern zu groß und flatterte ihm am Leib. Im Gegensatz zu Mrs. Henrys *Freund* schien dieser hier nicht auf jemanden zu warten, sondern sah sich sehr genau im Raum um. Er grunzte geräuschvoll und missmutig. Er öffnete sogar die Tür im Hintergrund des Zimmers und Kenan sah begeistert, dass von dort das Licht einer kräftigen Lampe hereinkam. Er hatte den Eindruck, dass in dem Raum dahinter niemand war, doch konnte er sich nicht sicher sein, ob sich dahinter ein Fluchtweg verbarg. Er war der Tür ein paar Schritte näher gekommen, gleichzeitig blieb sie unendlich weit entfernt, solange der hungrige Vampir davor stand. Weitere Schritte waren im Gang zum Restaurant zu hören. Der Vampir, der als nächstes eintrat, schreckte zunächst zurück, dann sprang er dem anderen vor die Füße.

„Was zum Teufel machst du hier? Jetzt bin ich an der Reihe!"

„Entschuldigung, ich will nicht weiter stören", sagte der erste und verließ ohne Umschweife den Raum, nicht ohne einen letzten Blick umherzuwerfen.

Weniger als eine Minute verging, dann betrat ein Mensch mit einem Kellner am Arm den Tunnel. Man hörte sie früher, als die Vampire, die wie auf Katzenpfoten umherschlichen. Kenan fühlte sich furchtbar. Er wusste, was geschehen würde und er musste etwas unternehmen, um das zu verhindern. Was konnte er tun? Er versuchte sich an die Geschichten an Vampire zu erinnern, die er kannte. Das Meiste davon war aus dem Fernsehen oder aus Filmen, einiges aus Büchern. Kenan Galford war kein religiöser Mensch, er trug kein Kreuz um den Hals und besaß keinen Silberschmuck, den er hätte einsetzen können. Hätte das überhaupt einen Effekt gehabt? Ihm wäre wohler, hätte er eine Pistole mit Silberkugeln. Irgendetwas, dass er aus großer Entfernung abfeuern konnte. Holzkugeln könnten auch funktionieren.

Das erinnerte den Journalisten in ihm an eine Kleinigkeit. Bei seinem Interview heute Nacht konnte er keine Notizen im klassischen Sinne machen. Er wollte das Gesagte aufnehmen, aber man nahm ihm seine letzte Möglichkeit mit seinem Telefon. Seine Finger spielten bereits mit dem Bleistift, den er angespitzt und einsatzbereit in seiner Hemdtasche trug. Das war technisch gesehen ein Holzpfahl, oder nicht? Er konnte nicht zulassen, dass ein weiterer Mensch umgebracht wurde und musste es wenigstens versuchen.

Kenan Galford nahm all seinen Mut zusammen und drückte vorsichtig die Leiche zur Seite, als der Kellner mit einem weiteren, unbedarften Gast eintrat. Seine einzige Verteidigung waren ein Bleistift und seine Intelligenz. Zumindest sein Bleistift würde ihn nicht im Stich lassen.

Er bereitete seine Muskeln auf einen Sprung vor.

Alexander Tenzing hatte erst vor wenigen Minuten den eigentlichen Speisesaal seiner Sippe verlassen, als ein durchdringender Schrei aus dieser Richtung ihn alamierte. Ohne auf die Anderen um sich her zu achten, rannte er zurück. Das Bild, das sich ihm bot, war grotesk. Seit Eröffnung des *Kechalari Ma'bad*, des Tempels der Nacht, hatte es nicht einen Fehltritt, nicht einen solchen Vorfall gegeben.

Ein Mensch lag am Boden, Blut spritzte aus seiner Aorta und Tenzing, der in dieser

Nacht bisher nichts zu sich genommen hatte, benötigte einen Moment, um sich von dem Anblick mit knurrendem Magen loszureißen. Neben dem Menschen krümmte sich ein Vampir am Boden, ein Bleistift steckte in seinem Rücken und er versuchte verzweifelt, diesen mit seinen Händen zu erreichen und herauszuziehen. Er gab keuchende Laute von sich, die mehr auf eine Anstrengung, denn auf Schmerz hinwiesen. Im Hintergrund, nahe der leicht geöffneten Tür zur Entsorgung der menschlichen Überreste, rangen Kenan Galford und ein Kellner miteinander.

Alexander Tenzing tat einen Schritt, griff nach dem Bleistift im Rücken des Anderen und zog ihn heraus. Mit dem zweiten Schritt war er bei den beiden Menschen und zog den Kellner am Kragen packend von Kenan fort. Einen Moment sahen sich Kenan und Alexander Tenzing in die Augen. Der Griff von Tenzing um den kleinen Holzgegenstand verstärkte sich und der Stift zerbrach in zwei Hälften. Kenan atmete heftig und zitterte am ganzen Leib wie panisch. Der andere Vampir erhob sich und kam langsam näher. Der Kellner hatte sich leise entfernt. Anscheinend hatte er keinen Zweifel, dass die beiden *Herren* mit dem Problem fertig werden würden, das Kenan darstellte.

Mit der linken Hand griff Kenan Galford

hinter sich und gab der Hintertür einen Schubs, dass sie sich vollends öffnete. Alexander Tenzing lächelte und entblößte dabei eine Reihe furchtbarer, dünner und spitzer Zähne. Der Vampir tat einen Schritt vorwärts und Kenan einen seitlich rückwärts. Er befand sich in einem schmalen Raum ohne besondere Merkmale, bis auf einen Gullydeckel zwei Schritte von ihm entfernt. Den kurzen Blick den Kenan zur Seite warf, nutzte Tenzing, um zu ihm aufzuschließen. Seine Hand, zu dünn um so kräftig zu sein, packte ihn an der Kehle und zog ihn ohne Anstrengung nach oben.

„Mr. Galford", schnurrte Tenzing und erst jetzt wurde Kenan klar, wem er da gegenüberstand. Er riss vor Erstaunen die Augen auf. „Ich hoffe doch, Sie haben sich an diesem Abend gut amüsiert. Es endet nämlich jetzt und hier für Sie."

Es wäre einfach gewesen, sich von dieser Stimme umfangen zu lassen. Kenan spürte, dass er keine zweite Chance bekommen würde und dass er sein Gegenüber überraschen musste. Reflexartig stach er mit dem zweiten Bleistift zu, den er in der rechten Hand bereit gehalten hatte. Er rammte ihn Tenzing durch die Achsel in den Brustkorb und hoffte, dass er dessen Herz erwischte. Tenzing ließ den Journalisten zu Boden fallen und griff mit seiner rechten Hand nach dem dünnen Stück

Holz, dass schmerzhaft in seinem Körper steckte, ihn fast paralysierte.

Kenan hatte keine Zeit, sich bewusst auf die nächsten Schritte vorzubereiten, dass war ihm klar. Es gab nur diese eine Richtung. Er stemmte den Gullydeckel hoch, war erfreut darüber, dass er leichter war, als er aussah. Darunter befand sich die Kanalisation der Stadt. Warmer Wasserdampf drang auf ihn ein und es roch ekelhaft, aber weniger schlimm, als in dem roten Raum voller lebloser Körper, in dem er zu lange gefangen war. Ohne zu zögern, ließ er sich fallen und versuchte gleichzeitig, den Gullydeckel mit sich zu ziehen. Dann rannte er, rannte, wie er selten in seinem Leben gerannt war, aus Angst, in Panik, ohne Sinn für Richtung, Entfernung und Zeit. Hinter sich hörte er eine Weile wütende Rufe, aber sein Vorsprung war zu groß und er verschwand in dem stinkenden Nebel.

Vor Sonnenaufgang traute sich Kenan nicht aus der Kanalisation heraus. Seine Armbanduhr leuchtete im Dunkeln, aber er wagte es nicht, diese Funktion zu benutzen. Viele Stunden lang irrte er umher, konnte sich wie zuvor im Restaurant nur mit seinem Gehör, Geruch und Tastsinn vorwärts bewegen. Als er sich sicher war, dass man ihn nicht verfolgte, erlaubte er sich eine Pause und verschlief ein paar Stunden in der Kloake sitzend. Erst das schwache Licht des Tages, das gedämpft in die Gewölbe unter der Stadt drang, und die zunehmenden Geräusche des Lebens in den Straßen über ihm, gaben ihm die Hoffnung, dass seine Verfolger ihn nicht in der Stadt aufsuchen konnten. Sie kannten seinen Namen, seine Arbeit, sie würden ihn trotzdem finden.

Er musste sich schützen, doch er hatte keine Ahnung wie.

Als erstes ging er nach Hause. Die Menschen in den Straßen sahen ihn erschrocken an und tuschelten miteinander. Er musste auf sie wie ein regelrechter Zombie wirken. Abgesehen von dem furchtbaren Gestank, der Kenan wie eine Aura umgab und der ihm schon lange nicht mehr auffiel, gab er ein jämmerliches Bild ab. Seine Kleidung war zerrupft und voller Flecken in undefinierbaren Farben. Zu Hause angekommen, konnte er sich erfrischen und seine müden Muskeln ein wenig entspannen. Ihm war dunkel bewusst, dass er sich nicht lange ausruhen durfte. Er musste sich vorbereiten, musste sich etwas einfallen lassen, um sich selbst und andere Menschen vor dieser Plage, dieser Mafia von Vampiren zu schützen.

Daher ging er ohne große Unterbrechung zur Redaktion. Sein Chefredakteur begrüßte ihn mit wütenden Tiraden. Man hatte bereits gestern Abend voller Aufregung eine erste Zusammenfassung des Interviews mit Alexander Tenzing erwartet. Den Weg vom Fahrstuhl zu Andersons Büro ging Kenan mit gesenktem Kopf, während sein Vorgesetzter ihm in loser Folge Vorwürfe machte, drohte ihn rauszuwerfen und ihn anflehte, von dem Abend mit dem Geschäftsmann zu erzählen. Kenan schwieg beharrlich und reagierte weder auf die Drohungen noch auf die Schmeicheleien. Als er endlich gegenüber des Chefsessels Platz nahm, bot Anderson ihm sogar eine Zigarre. Doch Kenan winkte ab.

„Wie war es? Nun sag endlich etwas!", verlangte Anderson zum wiederholten Male und schaltete einen Rekorder ein. Das war eine beinahe unbewusste Geste, die mit seinem Beruf einherging. Kenan konnte kaum die Tränen unterdrücken. Um sich zu beruhigen, begann er, der Reihe nach zu erzählen.

„Ein Dunkelrestaurant? Extravagant", murmelte sein Chef und lachte dann laut auf, als Kenan erzählte, wie man ihm das Telefon wegnahm und er keine Chance hatte sich Notizen zu machen. Er berichtete von all den Dingen, die ihm Tenzing über seine Jugend, seine Benefizprojekte und mehr erzählte. Kenan Galford wurde mit jeder Silbe deutlicher bewusst, dass praktisch alles davon eine Lüge sein musste, eine vorsichtig aufgebaute

Fassade, und er wurde wütend. Er ballte die linke Hand zur Faust und setzte sich aufrecht hin. Seine Kampfbereitschaft war zurück.

„Sagen Sie, Anderson, wissen Sie, ob Alexander Tenzing sich in der Vergangenheit auch für behinderte Menschen eingesetzt hat?"

Kenans Chefredakteur blätterte seine Notizen durch und nickte murmelnd:

„Ja, ich glaube, da habe ich etwas gesehen."

Sein rauer Finger schabte über das Stück Papier, eine Liste mit den Spenden von Tenzing.

„Aha, hier, sieh mal, eine großzügige Spende für so eine Blindenschule."

„Ich verstehe", wisperte Kenan kaum hörbar.

„Wieso fragst du?"

„Ich dachte nur, wegen dem Restaurant. Alle Kellner waren blind."

„Ja, natürlich, das sagtest du schon."

Sein Chef runzelte nachdenklich die Stirn.

„Vielleicht gehört ihm ja das Restaurant."

„Und er bezahlt eine Blindenschule, damit möglichst viele sich für den Gastronomieberuf entscheiden. Klar."

Kenan rieb sich den Nacken. Er war müde und wusste nicht recht weiter. Er glaubte nicht, dass sein Chef dem Glauben schenken würde, was nun kommen musste.

„Kenan, du solltest zu dem Restaurant zurück gehen und dort ein paar Kellner befragen. Geht er dort oft essen? Wissen die Arbeiter von seinen Spenden für Blinde?

Wenn ich das richtig verstanden habe, hast du dein Telefon dort liegen lassen, also solltest du auf jeden Fall . . .“

„NEIN!“, fiel ihm Kenan mit einem panischen Schrei ins Wort. „Ich gehe dort auf keinen Fall noch einmal hin.“

Sein Chef schaute ihn verdutzt an. Sprachlosigkeit überkam den alten Fuchs nicht oft.

„Sie verstehen das nicht, ich . . .“

„Ist schon okay, Kenan, Junge“, begann Anderson vorsichtig, „ich kann auch jemand Anderen schicken für eine solche Kleinigkeit.“

„Nein! Nein! NEIN!“, beharrte Kenan. „Lassen Sie mich doch erklären. Die Vampire . . .“

Kenan hielt die Hand vor die Augen und schüttelte den Kopf. Die Bilder, die Gerüche und das Geräusch von brechenden Knochen und dem Blut eines Menschen, das ihm direkt aus dem Hals gesaugt wurde, überkamen ihn übermächtig. Kenans Chef blickte erneut sprachlos und verwirrt auf den jungen Journalisten. Dann brach er in schallendes Gelächter aus.

Er lachte derart lautstark, dass ihm der Hosenknopf aufsprang, weil sein Bauch sich zu sehr wölbte. Während er sich den Knopf wieder richtete, beruhigte er sich langsam. Mit dem Kopf ins Kinn gestützt und über den Bauch spähend, sagte er:

„Mensch, da hast du mich aber ganz schön erwischt. Vampire, also so was."

Kenan seufzte. Sein Chef hielt das wohl alles für einen Scherz. Allmählich berichtete Kenan Galford den zweiten Teil seines Abenteuers. Seine journalistische Beobachtungsgabe und seine noch frischen Erinnerungen gaben seinen Worten eine Dringlichkeit, auf die er stolz war. Er erzählte von Mrs. Henrys Tod im Detail, von der Verwandlung des ersten Vampirs, den er gesehen hatte, gesättigt nach seinem Mahl. Er beschrieb, wie er zu entkommen versuchte und sich erneut zwischen den stinkenden Leichen verbarg, sich dann aber entschied, um das Leben des nächsten Gastes zu kämpfen, der nichts ahnend hineingeführt wurde. Der kurze Kampf, das Glück, dass er immer Bleistifte in der Tasche hatte, und dann seine Flucht durch die Kanalisation, er ließ nichts aus und sein Chef unterbrach ihn nicht ein einziges Mal.

Als er fertig war, erwähnte er, dass man unbedingt die Vermisstenanzeigen der letzten Zeit und der nächsten Tage durchgehen sollte. Kenan war sich nicht sicher, wie die Leichen durch die Hintertür und die Kanalisation entsorgt wurden – alles in ihm sträubte sich, dieses Wort zu benutzen –, aber er glaubte, dass sie nie wieder auftauchen würden. Er hatte zwei Menschen sterben sehen und er wusste zumindest einen Nachnamen. Wenn er mehr über Mrs. Henry erfahren und ihre Familie ausfindig machen könnte, dann wären sie einen Schritt weiter in ihren Ermittlungen. Sie mussten unbedingt die Polizei informieren, denn es war klar, dass die Vampire ihr Geschäft in großem Stil aufzogen. Die Stadt war eine einzige Brutstätte für sie, immer frische Menschen, jede Nacht ein Festmahl. Tenzing war einer von ihnen, das hatte er doch schon erwähnt, oder?

Anderson nickte langsam und empfahl Kenan, sich einen Kaffee zu nehmen und im Gemeinschaftsraum auf das Sofa zu legen.

„Ich werde mal ein paar Anrufe machen und sehen, was sich organisieren lässt."

Kenan lächelte schwach. Unendlich dankbar drückte er seinem Chef die Hand und tat, wie ihm geheißen. Da er kaum ausgeruht hatte und ständig unter starker Anspannung stand, schlief er schnell in der Redaktion ein, zwischen klingelnden Telefonen und den Rufen von Kollegen, die Eilmeldungen weitergaben.

Diese Begebenheiten lagen zwei Jahre zurück.

Was hätte Kenan Galford allein gegen eine

plötzlich reale Bedrohung durch Vampire ausrichten können? Bis heute wusste er nicht, wie viele es waren und wo sie sich versteckten. Er wusste nur das eine, sie waren gut organisiert.

Restaurants wie das *Kechalari Ma'bad* waren sicher keine Seltenheit in unserer großen und weiten Welt. Eine Welt voller Menschen, wandelnder, von pulsierendem Leben durchdrungener Menschen. Die Bevölkerungszahlen explodierten und mit ihnen die Anzahl an Ratten, Hauskatzen und Vampiren. Wen kümmerte es, wenn jeden Tag Dutzende, weltweit vielleicht Tausende, spurlos verschwanden, wenn so viele an Hunger, Krankheiten oder Naturkatastrophen starben. Solche Schlagzeilen waren interessanter als Vermisstenanzeigen. Erst wenn jeder einzelne von uns jemanden aus seinem Bekanntenkreis vermisste, würden die Machenschaften der Vampire ans Licht kommen. Wie die Dinge heute standen, zogen sie ihre Fäden aus der Unterwelt, wie jede kriminelle Vereinigung es tun würde.

Und niemand hielt sie auf.

Kenan Galford saß in seiner Einzelzelle in einer psychiatrischen Klinik in Rhode Island und schluckte brav seine Tabletten. Eine davon sollte seine Nerven beruhigen. Eine Andere gegen seine Halluzinationen helfen. Andere gingen gegen seine Wahnvorstellungen und Panikattacken vor. Er hatte lange und oft rebelliert, aber es hatte keinen Zweck. Alle glaubten, er wäre verrückt. Wenn er von Blut und Vampiren und toten Menschen sprach, dann war das, nach Meinung der Mediziner, seiner Kollegen und letztlich seiner Familie, Paranoia, hervorgerufen durch eine zu lebhafte Fantasie und ... dem Besuch in einem Dunkelrestaurant. Denn dass Kenan Galford seit jeher panische Angst vor der Nacht hatte, gab den Ärzten eindeutige Hinweise auf den Auslöser des bisher völlig unauffälligen, jungen Mannes.

Kenan mahnte sich zur Ruhe, sagte sich, dass man ihn gehen lassen würde, wenn er sich beruhigte und wieder *unauffällig* wurde. Doch die Wahrheit, die in seinen Erinnerungen festsaß, konnte er nicht leugnen. Wenn die Ärzte ihn im Gespräch auf seine Erlebnisse im Dunkelrestaurant ansprachen, brach alles erneut aus ihm heraus. Er bekam Weinkrämpfe, sein Körper schüttelte sich unkontrolliert. Im Laufe der Zeit in der Klinik war es schlimmer geworden, denn seine Verzweiflung nahm ständig zu. Irgendwann fing er zu schreien an, dass man etwas tun müsse, irgendetwas, gegen die Vampire. Die Angst, die er damals gespürt hatte, war real gewesen. Diesen Teil glaubten ihm die Ärzte und empfahlen, ihn weiter gegen seine

Angstzustände zu behandeln. Den Teil mit Leichen und Vampiren glaubte niemand.

In den Nächten war es besonders schlimm. Er schlief gar nicht mehr, nur tagsüber legte er sich in einem hellen Raum hin, nie im Halbdunkel. Mit Sicherheit suchte Alexander Tenzing nach ihm. Versuchte, ihn zum Schweigen zu bringen, nur für den Fall, dass ihm doch noch mal jemand Glauben schenkte.

Jeder Wärter, der durch das kleine, vergitterte Fenster in seine Zelle hinein sah, konnte einer von ihnen sein. Jedes Mal drückte sich Kenan so weit wie möglich in den im runden, gut gepolsterten Raum der Tür gegenüberliegenden Teil. Solange er hier nicht heraus kam und gefangen war, wartete er.

Wartete auf das ausgemergelte, abgezehrte Gesicht eines hungrigen Vampirs, der durch seine Luke auf ihn nieder starrte. Wartete darauf, dass sich die Tür kreischend öffnete.

Das Schlimmste war, dass man ihm seit zwei Jahren keine Bleistifte mehr erlaubte.

Das Silberbesteck

Ein Unwetter tobte draußen, fegte dunkle, graue Wolken über einen orange und violett eingefärbten Himmel. Kylie Harrer schaute hinaus in das schwindende Licht, sah wie die Äste der Bäume in ihrem Garten durchgeschüttelt wurden und beobachtete, wie die Blätter sich krampfhaft festzuhalten suchten. Einige von ihnen verloren den Kampf mit den starken Böen, lösten sich los und segelten – zu früh für diese Jahreszeit – in erratischen Bahnen zu Boden.

Ein solches Wetterspektakel gefiel Mrs. Harrer, brachte es doch Abwechslung in ihren Alltag. Sie war eine einfache Frau, die keine großen Ansprüche stellte. An diesem stürmischen Abend saß sie in ihrer gemütlichen, kleinen Villa in Mittelengland für ihr Abendbrot am Fenster, aß belegte

Brötchen und schlürfte vorsichtig eine Tasse mit dampfend heißem Tee.

Seit ihr Ehemann Reginald vor ein paar Jahren verstorben war, ging sie kaum aus dem Haus, und obwohl sie häufig an die turbulentere Zeit mit ihrem Mann dachte – die feinen Dinnerparties, die Theaterbesuche, Kutschfahrten zum Meer, Zugreisen nach London oder in die Highlands – war sie mit sich und ihrem Leben zufrieden. Sie hatte mit dieser Phase ihres Lebens abgeschlossen wie mit einem guten Buch, von dem sie wusste, sie würde es kein zweites Mal lesen. Die Erinnerungen hielt sie in ihrem Herzen fest. Ein paar Hundert Fotos erzählten in einem speziellen Album, das sie nach der Beerdigung von Reginald angelegt hatte, von den schönsten Momenten ihrer fast fünfzig Jahre währenden Ehe. Wenn sie Besuch hatte, holte sie das Album häufig hervor und zeigte die vergilbten Fotos herum. Viele davon waren schwarzweiß und die meisten Besucher verloren schnell das Interesse. Für Kylie Harrer jedoch erwachten diese Momente zu neuem Leben, wenn sie die Fotos betrachtete. Diese strahlten für sie in allen Farben.

Gleichermaßen erfreute sie sich an dem Farbenspiel, das sich vor ihrem Fenster abspielte. Ein fernes Wetterleuchten war hinzugekommen. Sie vernahm keinen Donner und wusste nicht, ob der Sturm sich einen

Weg über ihr Gut bahnen würde oder in einem Bogen darum herum. Seit ihr Mann im Himmel weilte, lebte sie allein in der schmucken Villa. Ihre Kinder waren erwachsen und in die Welt hinausgezogen. Einmal die Woche half ihr eine Frau aus dem Ort beim Haushalt und den nötigen Einkäufen, damit sie eine weitere Woche in Ruhe das Leben an sich vorbeigleiten lassen konnte.

Mrs. Harrer fühlte, sie hatte mit ihren über 70 Jahren ihren Pflichtteil erfüllt. Sie hatte ihren Ehemann geliebt, umsorgt und ihm sein Leben angenehmer und leichter gemacht. Zusammen haben sie drei Kinder großgezogen und zu ordentlichen Mitmenschen geformt, die heute nach der Erfüllung ihrer eigenen Wünsche strebten. Selten erhielt Kylie einen Brief von einem ihrer Kinder, aber sie empfand nie Wehmut dabei, fühlte sich nicht vernachlässigt, sondern freute sich über unerwartete Post. Ihre Kinder hatten ihr eigenes Leben und das respektierte sie. Eine alte Dame, die nur ein Mal in ihrem Leben auf eine große Reise gegangen war, blieb lieber daheim.

Gelegentlich besuchten ihre Kinder sie, kaum regelmäßiger schauten ihre Nachbarn vorbei. Denn in der Nachbarschaft war eines klar, man konnte einen angenehmen Nachmittag bei Mrs. Harrer verbringen, bei Kaffee und Keksen, die sie immer vorrätig hatte, und sich mit einem Kartenspiel oder einer Schallplatte die Zeit vertreiben, aber aufregende Neuigkeiten gab es in der Villa Harrer nie. Es geschah nichts Außergewöhnliches hier und selten wusste Mrs. Harrer etwas von Interesse über ihre Kinder zu berichten. Alle paar Monate fanden sich die älteren Damen aus ihrer Nachbarschaft zu einem Höflichkeitsbesuch bei ihr ein. Mrs. Harrer erfuhr die Neuigkeiten aus ihrer Ortschaft, wenn diese bereits ausführlich von den anderen Damen auf anderen Sofas diskutiert waren.

Sie pustete leicht auf die Oberfläche des heißen Tees, während ihr Blick weiter aus dem Fenster zum Garten hinter der Villa fiel. Der verzauberte Abend inspirierte sie, ein Buch zu lesen, vielleicht mit Piratengeschichten von versunkenen Schätzen und verwegenen Männern. Das würde sie an Reginald erinnern, der in der britischen Marine gedient hatte. Sie lächelte und sah ihn als jungen Mann vor sich, wie er mit einem heute altmodischen Oberlippenbart die Bar betrat, in der sie sich als junges Mädchen in den Sommerferien ein Taschengeld verdiente. Er sah stattlich aus in seiner Uniform, aber auch jung und unerfahren. Nie hätte sie gedacht, dass sie für einen Mann um den halben Globus reisen würde. Reginald war nicht geschaffen für das australische Klima. Als er um ihre Hand anhielt, bat er sie darum, ihm in seine Heimat zu folgen. Ihre Familie sah der Verbindung wohlwollend entgegen. Bis zum Tode ihrer Eltern schrieben sie sich häufig Briefe.

Ihre Nachbarinnen vermuteten, dass Kylie nie ganz angekommen war, dass ein Teil ihrer fernen Wurzeln an ihrem Herzen und ihren Gedanken zog. Fand man sie daher oft in Tagträumen gefangen? Pflegte sie deshalb nicht mehr als den nötigsten Kontakt zu ihren Mitmenschen?

Kylie Harrer saß an ihrem Fenster, über ihr schwanden zusehends die Farben aus dem Himmel bis auf einen Bereich um den nahezu vollen Mond.

Kylie war kein Mensch, der versuchte seine Seele zu ergründen und sich ständig fragte, warum sie dies oder das tat oder was andere über sie dachten. Es war für sie schlichtweg irrelevant.

Nun, nicht gänzlich irrelevant.

Da sie einen gut situierten, britischen Marinesoldaten, der im späteren Leben zum Offizier aufstieg, geheiratet hatte, waren ihr ein paar Äußerlichkeiten schon wichtig. Auf ihre Kleidung gab sie Acht, stopfte Löcher und nähte Risse, kaufte ab und zu ein neues Kleid oder einen neuen Mantel. Jede Woche ließ sie ein Hausmädchen kommen und in allen Räumen putzen, obwohl sie selbst nur einen kleinen Teil des Hauses regelmäßig nutzte. Sicher sie lebte allein hier, aber es lag auch an ihren Knien, die ihr das Laufen schnell übel nahmen. Sie hatte mit den Jahren einen schwerfälligen, humpelnden Gang angenommen.

Im Frühjahr engagierte sie einen professionellen Gärtner, um die Zeichen von Spätherbst und Winter zu beseitigen, Bäume zu beschneiden, bevor die Blätter sprossen, und neue Pflanzen auszusähen. Im Sommer bezahlte sie einen Nachbarsjungen – alle paar Jahre wechselten die Jungen, aber es fand sich immer jemand – um ihren Zaun zu streichen und jedes Wochenende den Rasen auf dem Grundstück zu mähen. Solcherlei Arbeiten konnte sie unmöglich allein bewältigen. Sie überließ dem Gärtner völlig freie Hand und gab den Jungen ein gutes Taschengeld, damit sie sich Mühe gaben und gerne zu ihr kamen. Fensterputzer kamen ebenfalls regelmäßig und einmal im Jahr bezahlte sie jemanden, der ihre Dachziegel überprüfte und reinigte. Sie hielt die Villa von innen und außen in Schuss und war auf ihr eigenes Äußeres bedacht war, unabhängig davon, ob sie Besuch erwartete oder nicht.

Die dekorativen Gegenstände im Haus waren von besonderer Bedeutung. Der Unterschied war, dass sich diese nicht verändern durften. Nichts kam hinzu, Nichts wurde weggeschmissen. All diese Dinge erzählten von den Orten, an denen Reginald gewesen war, denn er brachte immer etwas Hübsches von seinen Seereisen für sie mit. Wenn sie durch das Haus streifte, berührte sie diese Gegenstände liebevoll – auf den Fensterbrettern, dem Kaminsims, in Vitrinen und auf kleinen Tischen. Jedes Stück erneuerte leise das Versprechen einer Geschichte, in der sie eine wichtige Rolle spielte. In diesen Geschichten gab es einen Helden, der zu gefährlichen Abenteuern aufbrach, und eine liebende Frau, die daheim auf ihn wartete.

Als sie ihr Abendbrot beendet hatte, war es bereits zu dunkel, um sicheren Schrittes durch die Villa zu gehen. Es stand nicht zum Besten mit ihrer Sehkraft, doch sie lehnte es ab, einem Arzt Umstände wegen einer solchen Lappalie zu machen. Sie entzündete eine Kerze bevor sie aufstand, hielt diese in ihrer linken Hand, während sie auf der rechten ein kleines Tablett balancierte, und ging in die Küche hinunter. Sie spülte kurz das Geschirr, nahm erneut die Kerze und stieg die Treppen empor zu ihrem Schlafzimmer. Dabei strichen ihre Finger vorsichtig über die Erinnerungsstücke und ihre Gedanken beschworen sanft die Bilder herauf, die damit in Verbindung standen.

Sie schlief einen traumlosen, leichten Schlaf und war überrascht, als sie im Dunkeln erwachte. Es dauerte einen Moment, bis ihr klar wurde, dass der Sturm über ihrer Villa tobte. Der Wind rüttelte lautstark an den Fenstern und Regen trommelte auf das Dach und gegen die Fassade, als wären die Regentropfen groß wie Taubeneier. Eine Weile lag Mrs. Harrer mit offenen Augen in ihrem Bett und lauschte auf das Wetter. Sie horchte nach innen, ob nicht der Schlaf zurückkommen würde. Mit einem Seufzer gab sie die Idee auf und schwang sich aus dem Bett. Würde es helfen, wenn sie sich bewegte? Sollte sie ein Glas warme Milch trinken?

Dieses Mal nutzte Kylie die Erfindungen von Edison und Tesla und schaltete das Licht auf dem Weg zur Küche ein. Sie wärmte einen halb mit Milch gefüllten Topf auf, nahm einige Kekse aus einer Dose und setzte sich an den kleinen Küchentisch, auf dem die Haushaltshilfe sonst die Einkäufe abstellte. Kylie liebte es, den Einkauf in Ruhe in die verschiedenen Schränke einzusortieren.

Hier unten schienen die Geräusche von draußen noch lauter auf sie einzudringen. Das durchschlagende Krachen naher Blitze ertönte mit aufreizender Häufigkeit. Kylie hatte keine Furcht vor Gewittern. Dennoch spürte sie ein ungeahntes Kribbeln auf der

Haut und sie glaubte nicht, dass es an der Elektrizität lag, von der die Luft erfüllt war. Woher es rühren konnte, blieb ihr ein Rätsel.

Sie hatte nicht auf die Uhr geschaut, als sie aufstand, und wusste nicht, wie lange sie bereits in der Küche saß. Als das nächste Krachen sie aufschrecken ließ und ihr Blick die Küchenuhr streifte, staunte sie. Es war drei Uhr Nachts und sie war hellwach. Der fehlende Schlaf störte sie nicht, sie konnte sich am nächsten Tag hinlegen, wenn es nötig sein sollte.

Es krachte wieder und ihr wurde bewusst, dass jemand heftig an ihrer Küchentür klopfte. Sie vernahm sogar eine Stimme, deren Ruf kaum den fegenden Wind und prasselnden Regen übertönen konnte.

Kylie zögerte nur einen kurzen Moment, bevor sie aufsprang um zur Tür zu humpeln und die Riegel zur Seite schob. Dem Ganzen ging kein klarer Gedanke voraus, es war eher die emotionale Gewissheit, dass jemand ihre Hilfe brauchte. Wenn jemand zu dieser Stunde und bei diesem Wetter an ihre Hintertür klopfte, dann musste ein Mensch in äußerster Not sein. Selbst eine Lady rechnete unter solchen Umständen nicht mit unerwartetem Besuch. Das schwache Licht ihrer Küche musste wie ein Leuchtturm in dieser stürmischen Nacht den Weg durch das Ungewisse weisen.

Kaum hatte sie den letzten Riegel gelöst und das letzte Schloss geöffnet, da sprang ihr schon die Tür entgegen und mit der Tür ins Haus fiel ein völlig durchnässter Mann, der verzweifelt seinen Hut und Mantel an sich drückte. Er landete auf einem Knie und beiden Händen und Kylie schob die Tür unter Einsatz ihres gesamten Körpergewichts zu, während sich der Unbekannte nach Luft schnappend am Küchentisch hochangelte. Mrs. Harrer drehte sich zu ihrem Besucher um und wurde angenehm überrascht. Zwar gab der Mann ein jämmerliches Bild ab – der Hut schief auf dem Kopf, das schwarze Haar wirr im Gesicht, der Mantel am Körper klebend – doch war er gut gekleidet, hatte ein angenehmes, weiches Gesicht und trug einen altmodischen Backenbart. Ihr Reginald hatte eine Zeit lang einen getragen und es hatte ihr an ihm gut gefallen. Der Herr ordnete hustend seine triefend nasse Kleidung – ein fruchtloses Unterfangen, da die Nässe wie ein Kleber mit völlig eigenen Modevorstellungen agierte.

Sofort begann Kylie mit der Vorbereitung einer frischen Kanne Tee, einem Schwarztee, wie ihn Reginald gewünscht hätte. Als sie eine weitere Dose Kekse aus dem Schrank nahm, fand der nächtliche Eindringling seine Sprache wieder.

„Madame", begann er mit einer Stimme wie

ein Welpe, der zu bellen versuchte, „ich bin ihnen zutiefst verpflichtet ... "

„Bitte setzten Sie sich doch!", platzte Kylie hervor und setzte ihm eine dampfende Tasse vor die Nase. Es kam ihr nie in den Sinn, ihm ein Handtuch anzubieten. Ein Mann – ein echter Mann, wie ihr Reginald – machte sich nichts aus ein bisschen Wasser.

„Verraten Sie mir, wie sie heißen!"

Der Unbekannte setzte sich an den Küchentisch, den Hut auf dem Schoß, kratzte sich den nassen Bart und sofort bildete sich eine Lache unter seinem Stuhl. Er lächelte verlegen.

„Mein Name ist Mortimer Watts und ... "

„Sehr erfreut, Herr Watts! Mögen Sie etwas Tee?"

„... und, äh, ja, gerne Madame, ... und mein Wagen, der ... "

„Ich heiße übrigens Kylie Harrer, wie schön Sie kennenzulernen. Sind Sie hier aus der Gegend, Herr Watts?"

„Äh, nein, Madame. Also, mein Wagen, der ... "

„Ach, Herr Watts, das wird sich bestimmt morgen klären lassen", unterbrach Kylie ihn mit einem aufmunternden Lächeln. Dann fügte sie hinzu:

„Möchten Sie nicht von den Keksen probieren?"

Mortimer machte große Augen und ihm kamen Zweifel, ob es nicht besser gewesen wäre, draußen im Regen zu bleiben. Es donnerte krachend, er blinzelte mit den Wimpern einen Wassertropfen von den Lidern und entschied, dass er hier richtig war.

„Vielen Dank, Mrs. Harrer, ich bin wirklich nicht hungrig, aber wenn ich . . . "

„Natürlich, es ist spät, Sie brauchen etwas Ruhe."

Die alte Dame katapultierte sich mit beiden Armen vom Tisch hoch und trug den Tee und die Kekse auf einem Tablett zusammen.

„Danke, Madame, Sie sind zu großzügig."

„Ich bitte Sie, Herr Watts, wir sind doch alle gute Christen, nicht wahr? Mein Mann – Gott sei seiner Seele gnädig! – würde sich bereits um Ihren Wagen kümmern, aber ich . . . "

Der Satz endete in einem mädchenhaften Schulterzucken.

„Sie können morgen früh in aller Ruhe telefonieren und Hilfe kommen lassen."

Sie nahm das Tablett und humpelte zum Foyer.

Bitte folgen Sie mir, Mortimer – ich darf Sie doch Mortimer nennen?"

Mortimer nickte eifrig, nahm seinen Hut und Mantel und löste sich mit einem schmatzenden Laut vom Stuhl, der sich leicht vom Boden abhob, um mit Wucht zurückzuprallen. Kylies Besucher zuckte vor Schreck zusammen, doch die alte Dame trug unbekümmert das Tablett aus der Küche.

„Ach, bitte seien Sie so gut und schalten Sie das Licht hinter sich aus."

Kylie führte mit vor Stolz durchgedrückten Rücken und mit humpelndem Schritt den späten, triefenden Besucher durch ihr Haus, die Treppen hoch und in das Schlafzimmer, das früher ihrer Tochter gehört hatte. Der Sturm versprach Abwechslung, denn ein Mensch, von den ungezügelten Kräften der Natur hilflos hin- und hergeworfen, war an ihre Tür gespült worden. Was für ein Abenteuer!

Sie überließ dem Gast sich selbst, ohne weitere Erklärungen zu machen. Ein Mann wie Mortimer würde sich ohne Zweifel zurecht finden.

Mortimer Watts brauchte eine halbe Stunde bis er sich endlich wieder wie ein menschliches Wesen fühlte. Eine warme Dusche und der mittlerweile lauwarme Tee hatten das ihrige dazu beigetragen. Jetzt lag er im Bett, kratzte sich genüsslich den Bart und grinste kalt. Es war das energiesparende Äquivalent zum freudigen Aneinanderreiben der Hände. Da ihm warm und er müde war, musste das Grinsen genügen.

Ein altmodischer Name und ein altmodischer Haarschnitt, Hut und Mantel wie ein Gentleman von der alten Schule, das gefiel den alten Damen. Der Sturm lieferte ihm einen guten Vorwand um in dieses ruhige, abgelegene Haus einzudringen, ohne als unerwünschter Eindringling zu gelten. Morgen musste er den ganzen Tag abwarten, das störte ihn, doch er gemahnte sich zur Ruhe. Er war aufgewühlt und würde am liebsten sofort zuschlagen.

Den Anruf bei einer Werkstatt morgen früh würde er vortäuschen und behaupten, man könnte ihm erst am Abend helfen. Eine einsame, alte Frau wie diese Kylie Harrer, würde seine Gesellschaft sicher weiter genießen. Es musste in der Vollmondnacht sein! Das machte ihm am meisten Spaß, das brachte ihm die größte Befriedigung.

Die Alte war seltsam, aber er war sich sicher, dass sie seinem altmodischen Charme erlegen war und dabei nicht im Entferntesten ahnte, was ihr bevorstand. Er musste nur einen Tag lang diese Scharade weiterspielen, dann wäre er seine Sorgen für eine ganze Weile los.

Er schloss genüsslich seine Augen, kratzte sich die Brust und verstärkte das Grinsen, wobei ihm recht entzückende Grübchen auf den Wangen standen. In seinem Geiste wandelte er durch das Haus, die Alte vor sich nahm er kaum wahr. Dagegen traten die kleinen Schätze, die er gesehen hatte, deutlich vor seinem inneren Auge hervor. Sie streckten regelrecht ihre kleinen Ärmchen sehnsüchtig nach ihm aus und zwinkerten ihm frech zu. Die Jadefiguren und Vasen aus Übersee auf golddurchwirkten Tischdecken, juwelenbesetzte Kristallkrüge und die Krönung von all dem das Fabergé-Ei auf dem Kaminsims im Foyer. All das lag an der Oberfläche des Hauses, was würde er in den Schubladen dieser Frau entdecken? Außer alten Liebesbriefen und verblichenen Fotos natürlich. Er musste sich auf die Lippen beißen, um nicht laut loszulachen.

Sein Magen knurrte und er angelte nach einem Keks vom Nachttisch. Er lächelte, kratzte sich den Bart und schlief alsbald wie ein Baby. Eines stand fest, er musste sich vor Nichts und Niemandem in diesem Haus fürchten.

Mrs. Harrer war früh auf, um ihrem Gast ein üppiges Frühstück zuzubereiten. Es versprach ein herrlicher Tag zu werden und Kylie war motiviert wie lange nicht, herauszufinden, was dieser Tag alles bringen würde. Der Himmel glänzte in erschöpften, matten Blau und die Vögel sangen vorsichtig ihre Lieder.

Der Geruch von Eiern und Speck lockte Mortimer nach unten. Er hatte sich einen Morgenmantel umgeworfen, den er im

Zimmer fand. Seine eigene Kleidung war bisher nicht getrocknet.

Wohlwollend beobachtete Kylie, wie sich ihr Gast über das Frühstück warf, als hätte er tagelang nichts gegessen. Gern bot sie an, etwas zum Anziehen herauszusuchen, das ihrem Reginald gehört hatte. Sie humpelte nach oben und Mortimer nahm einen Zettel hervor, auf dem erste Notizen standen. Er schlich aus der Küche und im unteren Stockwerk umher. Der Seidenteppich im Salon war echt! Doch wer würde ihm so etwas abkaufen? Die Lücken auf dem Blatt Papier füllten sich.

Als Kylie einen Packen mit Unterhosen aus ihrem Kleiderschrank fischte, konnte sie ein gar nicht damenhaftes Kichern nicht länger unterdrücken. Sie fühlte sich energiegeladen und der frische Schwung brachte ihre Jugendhaftigkeit zum Vorschein. Ihr Humpeln kündigte ihre Rückkehr weithin an und Mortimer saß rechtzeitig am Küchentisch.

„Ich habe Ihnen ein paar Sachen in Ihr Zimmer gelegt, Mortimer", deklarierte Kylie, als sie die Küche betrat. Mit schwungvollem und federndem Gang, wie sie fand.

„Vielen Dank, meine Liebe, dann werde ich mich gleich umziehen gehen. Ich bin nicht angemessen gekleidet! Dann werde ich ein paar Anrufe machen. Sie wissen ja, liebe Kylie, dass man immer Angebote vergleichen muss!"

„Mortimer, Sie müssen sich keine Sorgen um etwaige Kosten machen, ich kann Ihnen da gerne weiterhelfen", mischte sich Kylie ein. Die Augen ihres Gastes leuchteten lüstern auf. Dieses alte Weib würde ihm ihr Geld sogar noch schenken! Doch das war nicht das einzige, was er wollte.

Er blieb zum Mittagessen, tätigte weitere Anrufe und verließ für wenige Stunden das Haus. Er wolle sich den Schaden vor Ort selbst ansehen, erklärte er. Tatsächlich schlich er im Garten in nächster Nähe herum. Er bemerkte erfreut, dass die nächsten Nachbarn ein gutes Stück entfernt wohnten, da die Villa von einem großzügigen Grundstück umgeben war. Die Villa der Harrers besaß ein hübsches Wäldchen hinter dem Gebäude und eine kurze, baumbesäumte Allee führte vorne an das Haus heran. Links und rechts davon befanden sich symmetrische Ziergärten mit Rosensträuchern und Efeustauden und weiten, geschwungenen Wegen. Dazwischen lud immer wieder eine Bank zum Hinsetzen ein.

Nichts lag Mortimer ferner als sich im prallen Sonnenschein, denn heute war nicht ein Wölkchen am Himmel zu sehen, direkt unter die Fenster der Villa zu setzen. Es existierte kein Auto, zu dem er hätte gehen können, und er fragte sich die ganze Zeit, warum er sich überhaupt die Mühe gemacht hatte, diese Geschichte zu erfinden. Zugegebenermaßen hatte diese Masche ihm viele Türen geöffnet – und Schlafzimmer, als er noch jünger und halbwegs gut aussehend war. Die Sturmnacht hatte ihn unter Druck gesetzt. Seine Geldreserven gingen zur Neige, aber für das andere Bedürfnis war er einen Tag zu früh dran. Ihm war keine Wahl geblieben im Regen, er musste sich Zutritt verschaffen.

Er stand im Schatten mächtiger Fichten, kratzte sich am Arm und wartete ungeduldig darauf, dass die Zeit verging. Das Warten, wenn er sein Opfer gefunden und bezirzt hatte, war am Schlimmsten. Er konnte die Alte nicht schon jetzt erschlagen, obwohl es einfach und wundervoll befreiend für ihn wäre. Nein, er musste auf die Nacht warten, die Vollmondnacht. Wenn sie nicht schrie, nicht die Nachbarn alamierte, dann konnte er eine weitere Nacht wie ein König schlafen. Morgen früh dann konnte er in aller Ruhe Geld und Wertgegenstände einsammeln. Vielleicht würde niemand die Alte vermissen und er konnte mit einem Vorsprung von einer Woche der Polizei davonkommen. Ab und an war es in den letzten Monaten knapp gewesen. Doch diesmal und hier sah er keine Probleme. Ein kleines, verschlafenes Nest, wo jeder mit sich selbst beschäftigt war.

Ein Kribbeln der Vorfreude rann über

seinen Körper, schüttelte ihn regelrecht durch, und er kratzte sich gedankenverloren den Bauch. Es war früher Nachmittag und er musste sicher bis nach dem Dinner warten, bevor er seiner Mordlust nachgeben konnte. Das Stehlen von Geld und anderen wertvollen Dingen war eine Notwendigkeit bei seinem Lebensstil. Er blieb nie irgendwo lange genug um eine gute Arbeit anzufangen. Meistens kellnerte er oder half in einem kleinen Laden aus. Doch selten länger als zwei Wochen, ganz sicher nie länger als bis zum nächsten Vollmond. Wenn die Nacht in seinem runden Glanz erstrahlte, fühlte er sich unbezwingbar, fühlte sich wie ein Gott, der auf Erden wandelte. Mortimer grinste selbstzufrieden, als er dachte:

„Und als solcher entscheide ich über Leben und Tod."

Er hasste die Untätigkeit bis zur Vollendung der Tat. Er kratzte sich den rechten Oberschenkel. Wohl wissend, dass sein Verlangen zu töten zu stark war, um lange bei der Alten zu verweilen, fasste er den Entschluss, seine Lüge mit dem Auto weiterzutreiben. Er würde sich – und ihr – noch etwas Zeit verschaffen.

„Armer Mortimer, so ein Unglück!", ereiferte sich Kylie, doch in ihrem Kopf war er ein romantsicher Romanheld, der nach einem

Schiffbruch bei einer wohlwollenden Frau gestrandet war. Sie würde ihm gegen alle Unbilden beistehen und sogar noch den Göttern die Stirn bieten!

„Ja, ja, es ist leider nur zu wahr." Mortimer nickte eifrig. „Deswegen muss ich auch gleich wider los. Die Aufräumarbeiten überwachen … Sie wissen ja, wie das ist …"

Er breitete hilflos die Arme aus.

„Natürlich!", stimmte Kylie sofort zu. „Sonst beschädigen die Arbeiter womöglich noch mehr Ihr Auto. Sind Sie sich auch sicher, dass der Baum Ihr Fahrzeug wirklich verfehlt hat?"

„Ja, ich war doch eben dort. Wegen dem Baum ist der Abschleppdienst unverrichteter Dinge wieder abgefahren…"

„So eine Unverschämtheit!"

„Ganz recht, Madame", seufzte Mortimer, gekonnt das Opfer mimend, „es wird wohl einige Stunden dauern…"

„Zum Dîner kommen Sie aber gewiss wieder her? Sie werden die Pause sicher brauchen", setzte Kylie mit einem Zwinkern hinzu, das ihr sehr gewagt vorkam. Vielleicht war sie ja Circe und er Odysseus?

„Gewiss." Mortimer brach der kalte Schweiß aus. Er musste am Abend rechtzeitig zurück sein! „Sagen wir um 7 Uhr?"

„Um 6 Uhr 30 bitte, Mortimer, seien Sie pünktlich, sonst wird der Braten kalt."

Mortimer verbeugte sich tief, einen Arm von seinem Körper gestreckt, einen Fuß nach hinten geschoben. Wenn er es jetzt zu Ende bringen könnte, schoss es ihm durch den Kopf! Die alte Frau hielt ihm die Hand zum Abschied hin, den Handrücken nach oben und Mortimer unterdrückte einen gequälten Seufzer, ergriff die dargebotene Hand und hauchte einen Kuss darauf. Kylie begleitete ihn humpelnd zur Tür und beide waren voneinander für einige Stunden befreit.

Kylie Harrer war froh, Mortimer beschäftigt zu wissen. Sie hatte einen Plan, brauchte absolute Ruhe um ihn durchzuführen und wollte weder Ablenkung noch einen womöglich kritischen Beobachter. Es war lange Zeit her, dass sie ein ordentliches Dinner zubereitet hatte, und dieses sollte außerordentlich werden. Die erste Stunde verbrachte sie damit, ihre Rezeptesammlung zu durchstöbern. Als sie sich für eine Menüfolge entschieden hatte – natürlich mit Braten als Hauptgericht, aber das Drum und Dran und Drin musste stimmen! – formte sich ein Zeitplan in ihrem Kopf, der einen Feldmarschall stolz gemacht hätte. Der Nachtisch war kurz darauf im Kühlschrank, wo er bis zum Servieren bleiben musste. Die Vorspeise sollte ebenfalls kalt serviert werden, wurde aber warm zubereitet, also stand sie bald frierend neben dem Nachtisch. Der Braten, mit einer Füllung nach einem Familienrezept, kam in den Ofen, Kartoffeln und Gemüse waren vorbereitet, da schritt Kylie zur nunmehr wichtigsten Zutat für einen gelungenen, festlichen Abend.

Das Geschirr musste dem Auge eben eine solche Wohltat sein, wie das Menü dem Magen.

Das Hochzeitsgeschenk ihrer Eltern hatte sie seit Reginalds Tod nicht zum Gebrauch hervorgeholt. Mortimer erinnerte sie an ihren verstorbenen Mann, daher spielte sie mit ihren Fingern an den Griffen der obersten Schublade des Geschirrschranks im Esszimmer. Behutsam öffnete sie die breite Schublade und strahlte hinein. Das teure Silberbesteck strahlte zurück. Wenn ihre Haushälterin kam, war dies eine der wenigen Hausarbeiten, die Kylie ihr nicht überließ. Sie bestand darauf, es selbst zu erledigen. Jede Woche putzte sie für ein paar Stunden das Tafelsilber, während ihre Haushaltshilfe die Schränke im Esszimmer reinigte, den Staub wischte und den Fußboden schrubbte.

Wie der Rest innerhalb und außerhalb der Villa war Kylies Tafelsilber in bestem Zustand. Es sah weder alt – höchstens altmodisch –, noch angegriffen aus. Es glänzte so hell, dass es wie moderner Edelstahl wirkte. Wer hatte heutzutage noch echtes Silberbesteck zu Hause und würde den Unterschied erkennen?

Vorsichtig entnahm Kylie der Schublade die nötigen Stücke und wischte jedes Teil einzeln mit einem Putztuch ab. Dann bereitete sie den Tisch vor und wandte sich wieder der Küche zu.

Kurz vor Sonnenuntergang kehrte Mortimer in die Villa zurück. Er sah völlig verändert aus, aber Kylie war zu sehr damit beschäftigt, die perfekte Gastgeberin zu sein, um es zu bemerken. Sein Haar war wirr, der Bart struppig, der Blick wild. Ihm staken schwarze Haare aus der Nase und den Ohren. Sogar seine dunklen Augenbrauen schienen größer und bedrohlicher. Er kratzte sich unablässig, als ob seine Kleidung einen Juckreiz bei ihm auslöste. Beim Sprechen blieb ihm der Mund offen stehen und die Zunge hing heraus.

Warte noch einen kurzen Moment, ermahnte er sich, *dann kannst du dich auf sie werfen.*

Bis dahin war das Essen sicher eine gute Ablenkung; es roch vorzüglich und sein Hunger war enorm und vielfältig.

„Liebe Kylie," säuselte er sich über dem Gürtel kratzend, „da läuft einem ja das Wasser im Munde zusammen."

Sein Lob begleitete er mit einem Kichern,

das Kylie ansteckte, obwohl der vermeintliche Humor aus einer gräßlichen Richtung kam.

„Nehmen Sie Platz, lieber Mortimer", rief Kylie aus dem Flur, wo sie mit einem vollbeladenen Servierwagen klappernd näherkam.

„Ich bin sofort bei Ihnen."

Die alte Dame ahmte Mortimers schnurrenden Tonfall nach.

Mortimer grinste wölfisch und blickte aus dem Fenster. Die Sonne sandte letzte rotgoldene Strahlen in diese Welt. *Bald. Bald!* Der Mann scharrte ungeduldig mit den Füßen.

Das fiel Kylie – der perfekten Gastgeberin – sofort auf, als sie durch die Tür trat. Sie beeilte sich, die Vorsuppe zu servieren und stellte den Braten auf den Tisch, nahe Mortimers Platz. Schnell wischte sie sich die Hände an ihrer Schürze ab und reichte Mortimer ein langes, scharfes Tranchiermesser, dass sie aus der Küche mitgebracht hatte.

„Würden Sie mir die Ehre erweisen", begann sie umständlich, „den Braten anzuschneiden?"

Blutunterlaufene Augen richteten sich auf das in Kylies Händen riesig wirkende Küchenmesser. Das war eine schöne Gelegenheit. Mortimer warf einen schnellen Blick hinaus und entschied, dass noch genug Zeit war, etwas vom Braten zu essen. Er hatte schließlich noch nie zuvor ein Messer für seine Bluttaten benutzt.

Er schnitt gekonnt und bester Laune mehrere Scheiben vom dampfenden und duftenden Braten ab und reichte Kylie zwei davon auf einen Teller, den sie ihm hinhielt. Während sie in ihrer humpelnden Gangart zum entfernten Tischende verschwand, lud Mortimer seinen Teller voll und dachte, er würde es schaffen zu essen und konnte die alte Hexe umbringen bevor sie auf ihrem Stuhl saß.

Mortimer grinste dämonisch, setzte sich und griff, den Suppenlöffel für die Vorspeise ignorierend, nach Messer und Gabel.

Sein Schrei ging dem Haus durch Mark und Bein. Ein unmenschlicher, unmöglicher Schrei, der die Nachbarn im Umkreis alamierte, die Vögel erschreckt aufflattern und die kleinen Nager im Wäldchen der Villa mit klopfendem Herzen erstarren ließ.

Kylies Hände flogen auf ihre Ohren, ihr Teller zerbrach lautlos am Boden. Erst dann begriff sie, dass es Mortimer sein musste, der sich die Seele aus dem Leib brüllte. Sie drehte sich langsam um und traute ihren Augen nicht, obwohl ihre Ohren ihr schon alles Wissenswerte verraten hatten. Der Mann, der sich ihr als Mortimer vorgestellt hatte, besaß nichts Menschliches mehr. Eine haarige Bestie stützte sich mit ihren schwarzen

Pranken auf die Tischplatte, anscheinend vor Schmerz gekrümmt. Es roch penetrant nach süßlichem, verbrannten Fleisch. Kylie war sich sicher, dass dieser Geruch nicht von ihrem Braten herrührte.

Unschlüssig schwankte Kylie am anderen Tischende. Mortimer war zu einem Unhold geworden, doch schien er wegen starker Schmerzen seine Umwelt gerade nicht wahrzunehmen. Sie könnte es schaffen, ungesehen wegzulaufen, Hilfe zu holen und die schrecklichen Bilder und Geräusche, die sich gerade in ihrem Esszimmer ereigneten, zu vergessen. Doch sie konnte sich nicht von dem Anblick losreißen. Was war mit ihrem Mortimer so plötzlich geschehen? Es war riesenhaft und über und über mit grausigem, schwarzem Haar bedeckt. Eine lange Schnauze stak ihm im Gesicht und seine Ohren liefen spitz zu. Die Hände hatten sich zu Klauen geformt, die es heftig schüttelte, als ob etwas daran klebte, das es unbedingt loswerden wollte.

Mit einem hörbaren Klirren schepperten die Gläser in Kylies Geschirrschrank, als sie mit dem Rücken dagegen stieß. Zwar hatte sie sich entschieden, nicht wegzurennen, doch gelang es ihrem Fluchtinstinkt, ihrem Unterbewusstsein erfolgreich den Rückzug zu befehlen. Das Untier schreckte hoch und sofort richteten sich Wut und Schmerz auf seine Gastgeberin. Es fletschte die Zähne, jaulte bösartig und stapfte zunächst zögernd dann immer schneller auf sein Opfer zu. Kylie ahnte, dass sie nicht mehr fliehen konnte, zerrte an den Griffen des Geschirrschranks und warf dem klauenbehafteten Biest Teller und Gläser entgegen. Das hielt es kaum auf, es fegte die fliegenden Untertassen mit seinen Armen beiseite.

Dann hielt sie mit einem Mal eine Suppenkelle in der Hand. Ein kurzer Blick nach hinten bestätigte ihr, dass ein Steakmesser in nächster Nähe gelegen hatte. Es half nichts mehr, die geifernde Bestie war direkt vor ihr. Sie holte weit aus und schlug dem Wolfsmann auf den Kopf, die Schultern und gegen die Brust.

Mit jedem Treffer heulte das Untier auf, trat einen Schritt zurück, Überraschung in den Augen. Kylie nutzte die Atempause um doch noch ein Messer aus der Schublade hinter sich zu ziehen. Sie schleuderte es dem Wesen, das einst Mortimer war, entgegen. Es schlug ihm mit der flachen Seite gegen die Stirn und Kylie stützte mit einem enttäuschten Stirnrunzeln die Hände in die Hüften. Doch entgegen Kylies Glauben blieb es nicht ohne Wirkung. Eine feine Rauchsäule stieg über der Wolfsfratze auf und das Biest schrie verzweifelt. Es griff mit seinen Pranken nach dem Messer, das ihm an der Stirn klebte und mit jedem Moment tiefer in seinen Kopf einzudringen schien.

Kylie atmete heftig und griff sich an die Brust, wo ihr Herz Saltos zu schlagen schien. Sie sah, wie das Untier erbärmlich jaulend in die Knie ging und mit immer schwächer werdenden Bewegungen das Besteck von seiner Haut zu entfernen versuchte.

Das Biest röchelte ein letztes Mal und endlich vernahm Kylie das Klingeln und Klopfen an ihrer Haustür.

Die Herren von der Polizei fanden Vieles an dem, was sie sahen und zu hören bekamen, merkwürdig.

Zunächst stellte sich das vermeintliche Biest, von dem Frau Harrer berichtete, als ein schrecklich zugerichteter Mann heraus. Es konnte nur sein Tod festgestellt werden. Niemand bezweifelte, dass die alte und verwirrt wirkende Dame in Notwehr gehandelt hatte, als sie mit Geschirr und Besteck nach dem fremden Besucher warf, der sich plötzlich auf sie werfen wollte. Man fand in seinem Zimmer eine Liste von Frau Harrers Wertgegenständen – welches Ding sich wo befand, seinen ungefähren Wert und in loser Abfolge eine Reihe von Namen, vermutlich von Hehlern, die Mortimer frequentierte. Das gefiel den Ermittlern. Von einem Auto fand man keine Spur und auch die Telefongesellschaft konnte bald bestätigen, dass keine Anrufe von Frau Harrers Anwesen gemacht wurden – seit Jahren nutzte sie selten ihr Telefon. Die Polizei schlussfolgerte, dass Frau Harrer das Opfer eines ausgeklügelten Raubmordes geworden war, den sie zum Glück mit viel Courage verhindern konnte.

Kylie verstand, dass man ihr nicht glauben würde, was sich an diesem Abend in ihrem Haus abgespielt hatte. Sie musste sich gegen einen Werwolf zur Wehr setzen, dessen Existenz sie nicht beweisen konnte. Mortimer hatte mit seinem Tod wieder seine spießbürgerliche, verweichlichte Form angenommen – er hatte eigentlich gar keine Ähnlichkeit mit ihrem Reginald – und ihr Silberbesteck lag zwischen zerbrochenem Glas und Geschirr am Boden, als hätte es keine besondere Rolle in diesem Abenteuer gespielt.

Das seltsame Schicksal von Sanssoleil

„Das Schneetreiben hat wohl auch Sie, werter Reisender, in dieses Gasthaus geführt. Erlauben Sie mir, dass ich mich zu Ihnen setze und Sie zu einem wärmenden Tee einlade. Mit Schuss natürlich, das heizt den Körper noch schneller auf! Hier haben wir es warm und gemütlich, können die müden Muskeln ausruhen und hoffen, dass die Reisebedingungen morgen besser sind.

Es ist hübsch anzusehen, nicht wahr? Endlose Weiße, die sich sanft an die Hügel schmiegt. Leider bringt der Schnee die Kälte mit vom Himmel und beweist, dass wir in einem gleichgültigen Universum leben.

Schnee ist faszinierend. Die Form, die das Wasser in den Wolken bei niedrigen Temperaturen annimmt, ist jedes Mal einzigartig. Keine zwei Schneeflocken gleichen sich, wenn sie geboren werden. In einer Quadrillionen Schneeflocken finden Sie nur ein Zwillingspaar.

Das erstaunt Sie?

Es gibt weit mehr Menschenkinder, deren Bauplan identisch ist. Eine Quadrillion, das sind vierundzwanzig Nullen, die einer einsamen Eins folgen. Das entspricht etwa der Menge Schnee, die in unserer Welt im Jahr vom Himmel fällt.

Haben Sie sich schon einmal gefragt, was geschieht, wenn zwei gleiche Schneeflocken aufeinandertreffen? Tanzen sie umeinander bevor sie zusammenschmelzen, um zu einem Unikat zu werden? Fliegen sie aneinander vorbei, ganz verwirrt, sich in dem Anderen zu erkennen, sich selbst wie in einem Spiegel zu sehen?

Ich verrate es Ihnen.

Wenn sich zwei identische Schneeflocken begegnen, hört die Welt zu existieren auf.

Sie lachen? Sie halten mich für verrückt?

Ich weiß, dass es so ist.

Woher?

Weil es bereits geschehen ist!

Nicht in unserer Welt, zum Glück für uns. Doch unsere Welt ist nur eine von vielen, in einem unermesslichen Kosmos, Seite an

Seite mit weiteren gewaltigen Universen, eines seltsamer und unglaublicher als das andere.

Lassen Sie mich Ihnen erzählen von Sanssoleil, der Welt ohne Sonne.

Eine Welt so leblos, so hoffnungslos, dass sie eine rührende Schönheit entwickelt, wenn ihre dunklen Hügel von Blitzen erhellt werden, die sich in zugefrorenen Seen und Meeren spiegeln. Aufgewärmt vom rumorenden Kern dieser Welt war der Himmel von dichten, tiefgrauen Wolken bedeckt und selten drang das Licht eines fernen, fremden Sterns wie ein verlorener Reisender durch eine Lücke.

Schnee fiel ständig aus der Wolkenglocke. Sanssoleil war ein Königreich und Schnee-flocken ihre wahren Könige. Ihre Reise durch die Luft währte kurz, ein paar Minuten, vielleicht eine halbe Stunde, wenn die Winde günstig standen und sie über die Berge in tiefe Täler getrieben wurden. Am Boden angelangt, verlief ihr Leben deutlich weniger angenehm. Sie reihten sich ein, türmten sich auf, wurden erdrückt von den nachfolgenden Generationen. und zu blankem Eis verdichtet.

Solange sie durch die Lüfte tanzten, waren sie frei und froh und ihr unschuldiges Lachen gab Sanssoleil eine Seele, erfüllt mit einer kindlichen Zufriedenheit. Jeder von ihnen war einmalig und sie waren stolz darauf. Sie akzeptierten die Andersartigkeit der Anderen, die Abweichungen, die verschiedenen Meinungen. Das war die Welt, wie sie sie kannten. Ihr Leben zwischen Himmel und Erde war zu kurz und aufregend, um nicht jede Sichtweise auf die Welt und ihre individuelle Rolle darin freudig in ihr Wesen aufzunehmen.

Das friedvolle Miteinander der Schneeflocken brachte eine wohlige Wärme in diese eisige Welt.

Es war nur eine Frage der Zeit, bis unter einer Quadrillionen von jenen, die ohne Unterbrechung geboren wurden, sich zwei begegneten, die einander glichen. Die einen würden es Schicksal nennen. Andere sagten das Unvermeidliche mit Gewissheit voraus. War die Wahrscheinlichkeit dieses Ereignisses auch gering, sie thronte wie ein verrostendes Damoklesschwert über Sanssoleil. Ich hingegen frage mich häufig, ob der ewig kreierende Demiurg jener Welt einen Moment unachtsam war? Schlimmer noch, war er selbst neugierig zu sehen, was passieren würde?

Also kam der Tag in der ewigen Nacht Sanssoleils, da die Position der zur festen Form erstarrten Wassermoleküle einer Schneeflocke die exakte Kopie einer anderen war, die in seiner Nähe, zur nahezu gleichen Zeit von einer unheilschwangeren Wolke in die Welt gebracht wurde. Ein dummer Windstoß brachte die zwei zusammen. Sie lachten einander zu, wie sie all ihren Brüdern und Schwestern bisher zugelacht hatten. Schneeflocken besaßen keine Spiegel in der Luft und sie wussten zu wenig von sich selbst, um sich in dem Anderen zu erkennen. Es waren die Flocken in ihrer Umgebung, die erschrocken aufschrien und einen Tumult auslösten. Zunächst verstanden die Zwillinge nicht, was der Grund dafür war. Man musste es ihnen erklären. Sie betrachteten einander, studierten den Anderen mit Neugierde. So also sehe ich aus? Das sehen die Anderen?

Die Anderen steigerten sich in immer neue Höhen ihrer Erklärungen. So etwas habe es nie zuvor gegeben. Das sei nicht normal. Es sei wider die Natur. Die Zwillinge sahen sich an, nun mit Furcht erfüllt. Furcht empfanden auch die Anderen. Wie sollte man damit umgehen, mit dieser Chimäre der Gleichartigkeit? Sie sahen ihre Einzigartigkeit bedroht. Wenn sie alle gleich wären, wäre ihre Rolle in der Schneegesellschaft noch eine besondere?

Keiner wusste, welcher der Zwillinge zuerst geboren war, doch sie waren schnell dabei, den einen wie den anderen unlauterer Absichten zu bezichtigen. Einen ihrer Brüder zu kopieren, seine Individualität zu schmählern, lächerlich zu machen. Sie empörten sich. Die Zwillinge wurden von wütenden Schneeflocken in einem Wirbel bedrängt. Sie sahen einander ein letztes Mal in unschuldiger Verwirrung in die Augen. Dann riefen sie um Hilfe, baten um Schutz und der Krieg begann.

Ich sehe, Sie glauben mir kein Wort, aber zumindest habe ich Ihre Aufmerksamkeit. Ob Sie mir Glauben schenken oder nicht, spielt keine Rolle, solange Sie mir zuhören und von der Geschichte lernen.

Sie fragen sich sicher, welche Art Waffen Schneeflocken benutzen, die nicht nur vom Himmel, sondern dabei übereinander herfallen.

Sie werden sehen! Sie werden sehen.

Schnell hatten sich zwei Lager geformt. Beide waren wütend über die gleiche Sache, man konnte und wollte sich nicht einigen. Das wäre für sie furchtbarer gewesen. Gleiches Gedankengut kochte bereits in den Köpfen dieser beiden Fraktionen. Sich in einer Sache auf eine alleinige Lösung zu einigen, das widerspräche ihrer Kultur, ihren Traditionen, ihrer Identität. Jeder hatte das Recht auf seine Besonderheit.

Ihr Zorn brodelte heiß in ihrem Inneren. Sie warteten auf günstige Windböen, rangen miteinander und hauchten einander mit hitzigem Atem an. Sie stießen mikroskopische Eiszapfen durch ihre einstigen Brüder und Schwestern. Als sie auf dem Boden aufschlugen, verbreitete sich die Nachricht des Krieges schnell. Die homogene Masse der bisher einzigartigen Schneeflocken löste sich durch entzweiende Reden auf, durch Hass auf etwas, von dem gesagt wurde, das man es fürchten müsste. Es kam Bewegung in die Schneeberge. Sie zitterten vor Angst, sie bebten vor Wut auf das, was sie nicht verstanden.

Frosterstarrte Molekülverbindungen brachen auf. Schnee wurde zu Wasser, das hineinfallende Schneeflocken ohne Gnade dissoziierte. Die Seele von Sanssoleil verklang als das letzte Lachen erstarb. Die hitzige Auseinandersetzung der Schneeflocken wärmte ihre Welt auf. Die Böden weichten auf. Wasser drang mit Leichtigkeit durch die feinsten Ritzen von Sanssoleil, bahnte sich einen Weg durch das träge Gestein, tropfte auf den wärmenden Kern des Planeten. Welche Wassermassen waren nötig gewesen, um das heiße Herz von Sanssoleil zu vernichten?

Spielt es noch eine Rolle?

Ein Funke Angst, ein Keim von Hass genügte, um den einsamen, sonnengottlosen Planeten zum Stillstand zu bringen.

Es tut mir Leid, wenn ich Sie mit meiner Erzählung erschreckt habe.

Wohin reisen Sie?

Ein hervorragendes Ziel, da soll es um diese Jahreszeit besonders schön sein.

Genießen Sie Ihre Fahrt, morgen wird unser Himmel sicher wieder blau erstrahlen.

Vergessen Sie, was ich Ihnen erzählt habe. Vergessen Sie es. Wir Menschen, wir sind geschaffen, zu vergessen. Es ist ohne Bedeutung. Schlafen Sie wohl, mein Freund.

Es ist ohne Bedeutung.

Schlafen Sie wohl."

Der Leuchtturm am Sund

Der Neue

Das Wasser erreichte seinen Siedepunkt und mit einem penetranten Zischen stieß heißer Dampf aus dem altmodischen Pot hervor. Seine Öffnung zeigte zur Wand und jede gute Hausfrau würde über den sich ausbreitenden Fleck auf den Steinen schimpfen. Bleiches Wasser lief in Schlieren die grauen Unebenen hinab und wo es an einem hervorstehenden Merkmal aufgehalten wurde, bildeten sich bald dicke Tropfen, angereichert mit feuchtem Staub und Fett, die seit Jahren ebenso unbeachtet an der Wand hafteten.

Das Pfeifen wurde zunehmend lauter und die schweren Schritte, die sich die Wendeltreppe herabmühten, waren kaum hörbar im Vergleich zum hellen Klirren von Metallringen an Fingern auf dem rostigen Eisengeländer. Der bärtige Mann humpelte zur Kochnische, griff nach einem gehäkelten Topflappen und nahm das kochende Wasser vom Gasherd, den er mit seiner freien Hand abdrehte. Dann beugte er sich zu einem kleinen Tisch herum, auf dem zwei verfärbte Tassen bereit standen, um die heiße Flüssigkeit aufzunehmen.

„Kommen Sie herunter, Jacob! Der Tee wird Ihnen gut tun!"

Und mir die damit verbundene Pause, setzte der Alte in Gedanken hinzu, während er sich mit einem erleichterten Seufzer auf einen Stuhl fallen ließ. Er legte beide Handflächen um seine Tasse herum und dachte noch, *das ist jetzt nicht mehr meine*, da zitterte die Eisentreppe unter dem leichtfüßigen Tritt von Jacob Leveson. Mit strahlendem Lächeln und einem Blick, als hätte er die wundersamsten Geheimnisse der Welt aufgedeckt, sprang er von der vorletzten Stufe herab.

„Es ist großartig hier!", rief er deklarierend aus und zog ruckartig den zweiten Stuhl zu sich heran, dass der Boden knarzte.

„Ich kann mein Glück kaum fassen, Herr Henderson. Dass Sie in den Ruhestand gehen wollen."

Rick Henderson verzog das Gesicht zu einem gequälten Lächeln. Jacob blies verlegen über den dampfenden Tee. Er machte sich nicht viel aus dem Getränk. Normalerweise rang der junge Mann nicht um seine Worte, aber der alte Henderson war alles andere als gesprächig.

„Sie werden das sicher alles vermissen", sagte er mit Unschuldsmiene und ließ seinen Blick auf der Suche nach neuen Wundern durch den Raum streifen. Der junge Mann sorgte sich, dass der Alte ihn wegschicken und diesen kleinen Palast für sich behalten würde. Er schaute Henderson lauernd über den Rand seiner Tasse hinweg an. Als Jacob schon dachte, dass sein Gegenüber auf seine mit Neugierde gespickte Aussage nicht reagieren würde, seufzte der Alte kläglich.

„Wissen Sie, Jacob, ich war fast fünfunddreißig Jahre lang Leuchtturmwärter hier am Sund. Das ist – war", korrigierte er sich mit einem bedauernden Kopfschütteln, „mein Leben. Ich habe kaum etwas Anderes gekannt."

Er blickte aus dem schmalen Fenster über dem Küchentisch hinaus zum Sund. Die Wellen schlugen gemächlich an die Klippen auf beiden Seiten der schmalen Zufahrt in den Fjörd. Das Wetter war klar und erlaubte, die gegenüberliegende Küste eines kleinen Eilands zu sehen. Eine halbe Seemeile trennte die beiden Landstriche und die Ruinen einer alten Fürstenburg prangten majestätisch auf der zerklüfteten Insel.

Seit Rick Probleme mit seinem rechten Knie hatte und weniger Zeit draußen verbringen konnte, als er gerne wollte, gab ihm die Aussicht aus den fleckigen Fenstern ein Stück weit Frieden.

„Die Einsamkeit ist das Schlimmste. Die Einsamkeit und die Enge", sagte er, ohne den Blick von der Außenwelt zu lösen. Dann bemerkte er Jacobs zweifelnden Gesichtsausdruck und nickte in Richtung der Raummitte. Der Turm maß im Ganzen höchstens fünf Meter im Durchmesser.

Von außen hatte es tatsächlich größer gewirkt, dachte Jacob. Doch es gab mehrere Etagen und sogar einen modrigen Vorratskeller und er benötigte nicht viel Platz. Er grinste. Groß genug für seine Zwecke.

„Ich bin nie einsam", sprach er laut den Nachhall seines letzten Gedankens aus. Er zwinkerte Rick frech an, bereute diese Vertraulichkeit sofort und sah schnell weg. Der Alte hatte wohl keinen Funken Humor.

„Als meine Frau noch lebte", fuhr Rick verwirrt fort, „da war es natürlich anders."

Er schlürfte von dem Tee und blickte nachdenklich nach draußen. Jacob glaubte, einen leichten Tadel in seiner Stimme wahrzunehmen.

„Es hat ihr gut hier gefallen. Wenn man mit einem geliebtem Menschen zusammen ist, dann ist es egal, wie klein der eigene Lebensraum ist. Meine Annie hat sich um so Vieles gekümmert, ein Gemüsebeet und einen Kräutergarten hat sie gepflegt. Der Duft ihrer Blumen stieg den Turm bis zu den Scheinwerfern hinauf. Tag und Nacht."

Man konnte die Gärten aus dem zweiten Stockwerk nicht sehen und es hätte Rick auch nicht gut getan, sie in diesem Moment anzuschauen. Wie Annie waren sie schon viele Jahre tot, vegetierten im wahrsten Sinne des Wortes vor sich hin, und die gepflegten, geordneten Gärten von einst waren zur Unkenntlichkeit verwildert. In Ricks Erinnerung blühten sie noch immer und es duftete um den ganzen Turm herum. Bienen und Schmetterlinge tummelten sich vor seinem inneren Auge in den Beeten und Annies strahlendes Lächeln lag über all dem, selbst wenn ihr der Schweiß über das Gesicht rann, ihre Hände rot geschwollen waren von der Arbeit und ihr praktischer, wenig schmeichelhafter, blau-grauer Overall von Dreck übersät war.

Der Turm war kalt ohne sie.

Es wird Zeit, dass ich hier wegkomme.

„Die Nächte sind am Schlimmsten", sagte Rick ohne Übergang.

„Ja, ja", meinte Jacob altklug, „wenn man alleine ist."

Er verbarg ein aufkeimendes Grinsen, indem er von dem grässlichen Tee nippte.

„Das meinte ich gar nicht", warf Rick, plötzlich lebhaft geworden, ein. „Ich meine, es ist furchtbar langweilig. Es läuft doch alles voll automatisch", erinnerte er den jungen Leveson mit einem Blick an die Decke, dem Jacob instinktiv folgte, obwohl er – im Gegensatz zu dem alten Mann – die Scheinwerfer des Leuchtturms nicht sehen konnte, sondern ratlos die fleckige Zimmerdecke anstarrte.

„Heutzutage muss man sich um die Mechanik nur kümmern, wenn etwas nicht funktioniert. Es regelmäßig überprüfen, ja, aber das kann man jederzeit tagsüber machen und es dauert auch nicht lang."

Er blickte den jungen Mann verlegen an, sich plötzlich seiner physischen und moralischen Schwächen bewusst.

„Mein Schlaf ist mir wichtig und auch Sie können Ihre Zeit flexibel einsetzen. Die Nächte sind furchtbar langweilig", wiederholte er mit Nachdruck. „Daher habe ich jede Menge Schlaftabletten im Badezimmer. Ich lasse Sie Ihnen gerne hier. Das hilft Ihnen sicher, sich an die Geräusche vom Meer zu gewöhnen."

Jacob blickte ihn verdutzt an und brach dann in schallendes Gelächter aus.

„Herr Henderson! Sie machen sich völlig zu Unrecht Sorgen. Die Stadt ist viel näher, als sie denken, da finde ich schon Gesellschaft. Vielleicht trete ich dem Fußballverein bei."

Er legte eine verspielte Gravität in seine

Worte und hätte sicher erneut gezwinkert, hätte Rick nicht plötzlich erwidert:

„Ich war im Schwimmverein." Er drückte den Rücken durch. „War auch ganz gut und habe mal die Landesmeisterschaft gewonnen."

Jacob nickte anerkennend und nahm ebenfalls Haltung an, ohne es zu bemerken. Erfolge im Sport hätte er dem humpelndem Alten nicht zugetraut. Sicher lag das schon viele Jahrzehnte zurück.

„Trotzdem", sagte Rick ernsthaft. „Ich rate Ihnen, nachts nicht auf Entdeckungstour zu gehen. Auf die Boote, die hier durchkommen, haben sie vom Turm aus sowieso einen besseren Blick. Die Klippen sind zu gefährlich für Spaziergänge."

Es gibt nichts zu sehen.

„Natürlich, Herr Henderson, ich verstehe. Ich soll mich ja um den Turm kümmern."

„Genau."

„Damit hier alles rund läuft, wie geschmiert."

„Richtig."

„Und die Touristinnen werde ich auch beschäftigen."

Ricks Lachen mischte sich zögerlich und pflichtschuldig mit Levesons.

Von den Dingen im Turm gehörte Rick Henderson erstaunlich wenig. Die Kommune kümmerte sich um ihren Leuchtturm und um den Mann, der ihn in Stand hielt, denn das Gebäude war ein zentrales Wahrzeichen ihrer kleinen Stadt. Ihre Ortschaft war weit über die Landesgrenzen hinaus bekannt; für den Turm, den Sund und die Ruinen. Mit Touristen gefüllte Boote fuhren tagsüber aus dem Ort den Fjörd hinauf und an der Insel auf der einen, dem Leuchtturm auf der anderen Seite vorbei, ein Stück weit die Küste hinauf, um die Insel mit der alten Fürstenburg herum und wieder zurück in den alten Fischerhafen. Den meisten Touristen genügten Fotos vom Boot aus, manche buchten Führungen zu den Burgruinen und fotographierten den Turm vom gegenüberliegenden Küstenstreifen. Selten verwirrte sich eine Gruppe in die direkte Nähe des Leuchtturms.

Als Rick Henderson, im Alter von zweiundsechzig Jahren, mit einer Kiste auf dem Arm, die seine wenigen persönlichen Habseligkeiten enthielt, den Turm zum vermeintlich letzten Mal verließ, wagte er es nicht, zurückzublicken. Der Rücken kribbelte und sein struppiger Bart juckte. Er stieg in seinen alten Honda und bemerkte, dass er den Atem angehalten hatte.

Die vielen schlechten Erinnerungen wollten ihn zurückhalten. Die wenigen Guten trieben ihn fort. Er wollte sie letztlich noch ein paar

Jahre ungetrübt genießen, ohne ständig über die anderen zu stolpern.

Er startete den Wagen, schloss für einen kurzen Moment die Augen, um sich zu beruhigen, und drückte das Gaspedal mit einem zitternden Fuß nieder.

Dass es so leicht würde, dem Ganzen zu entkommen, hätte er nicht gedacht.

Er sollte Recht behalten.

In erster Linie war Jacob Leveson Ingenieur. Darüberhinaus besaß er einen guten Geschäftssinn. Als er auf das verschlafene Städtchen fernab der Großstädte aufmerksam wurde, überraschte ihn dessen Bekanntheit zunächst. Jacob war nicht für harte Arbeit geschaffen und schnell reifte sein Plan heran.

Die erste Kontakaufnahme mit dem lokalen Touristenbüro verlief stockend, man fand das Engagement des Außenstehenden verdächtig. Doch Jacob ließ nicht nach, besprach seine Pläne im Detail und als er sie überzeugt hatte, beantragten sie gemeinsam einen Termin beim Stadtrat Kyrgsten. Die Idee, den alten Leuchtturm für Touristen zu öffnen, kam gut an, das Konzept für die nötigen Umbauten und die Renovierung des Turms löste einigen Widerstand aus. Die Verhandlungen zogen sich über Wochen hin, ohne dass man Richard Henderson mit einbezog.

Der bisherige Leuchtturmwärter erhielt eines Tages einen Brief mit dem Vorschlag, frühzeitig in Rente zu gehen. Die unterbreitete Abfindung war gut, fast so hoch wie beim Tod seiner Annie, und Rick zögerte nicht lang, das Angebot anzunehmen. Dass sein Nachfolger gleichzeitig die Ursache für seinen verfrühten Rauswurf war, ahnte er nicht.

Kaum einen Tag nach der Übergabe und seinem Auszug, betraten die ersten Bauarbeiter den Turm und ein umfassender Frühjahrsputz begann. Das Herzstück des Turms, die eiserne Wendeltreppe, wurde eng ummauert und die Räumlichkeiten zwischen der Außenwand und des zentralen Aufgangs wurden ausschließlich Jacob, dem neuen Leuchtturmwärter, zugänglich.

Die Ledleuchten unter den Handläufen und an den Stufen, sowie Ansichten vom Sund, dem Leuchtturm und den Ruinen zu verschiedenen Jahreszeiten, nahmen dem Aufstieg zu den Scheinwerfern einen Teil seiner neuen Beengtheit, doch konnte all dies nicht eine gewisse Trostlosigkeit und kalte Zweckmäßigkeit übertünchen.

In dieser Zeit wohnte Jacob in einem kleinen Hotel nahe des Hafens im Zentrum der Stadt und fuhr einmal täglich die Küste hoch, um die Anlage zu überprüfen und die Fortschritte der Bauarbeiten neugierig zu begutachten. Selten blieb er länger als eine Stunde. Selten verbrachte er die Nächte allein.

Sein neues Leben nahm einige Monate nach Antritt seiner neuen Stelle endlich Fahrt auf.

Es gab wenige Arbeiten und das Herumführen von Touristen machte ihm mehr Spaß, als er anfangs gedacht hatte. Sie planten, Touren auf Japanisch und Russisch anzubieten, aber Jacob blieb der einzige Tourguide, der im Turm lebte und nötige Wartungsarbeiten durchführte. Manchmal gewährte er den Touristen Einblick in seine Welt mit einem gut einstudierten Das-darf-ich-eigentlich-nicht-tun-Ausdruck auf dem Gesicht.

Jacob Leveson liebte Frauen und es gelang ihm häufig, dass sie spät abends zum Turm zurückkamen, um eine verrückte Nacht im Leuchtturm mit ihm zu verbringen. Er liebte die Jagd und die Ausländerinnen waren in dieser Hinsicht ideal, da ihm Quantität mehr bedeutete als Qualität und er froh war, wenn er mit einer von ihnen höchstens ein paar Tage verbringen musste. Er war nicht wählerisch, schlief mit alten Frauen und solchen, deren Sprache er nicht verstand. Sein Telefon war bald angefüllt mit ausländischen Nummern, sein Englisch wurde immer besser. Bettkerben brauchte ein Mann der Neuzeit wie er nicht. Seine Nächte waren die reinsten

Abenteuer und tagsüber schlief er lang. Wenn er an Herr Henderson dachte, dann meist mit einem Gefühl von Mitleid. Der Gedanke, sein ganzes Leben an nur eine Frau zu verschwenden, sogar Jahre nach ihrem Tod, war ihm unbegreiflich. In solchen Momenten lief ihm ein Schauer über den Rücken. So wollte er nie leben, schwor er sich. Die letzten Monate waren herrlich gewesen und Jacob genoss den neuen Job, der ihm weder körperlich noch geistig etwas abverlangte.

Vieles hatte sich verändert, seit Rick Henderson weg war. Es gab zum Beispiel keinen Tee mehr, dafür eine Auswahl an Kaffee, die Jacob mit einer dieser teuren, italienischen Padmaschinen zubereitete. Er trank Kaffee, wann er wollte, er war noch lange kein alter Mann wie Henderson, der „seinen Schlaf brauchte". Selten sah er nach draußen, Schiffe interessierten ihn nicht, das Meer im Westen und der Fjörd im Südosten entlockten ihm kein Entzücken. Die alte Burg, die Küste, die Vögel in den Sträuchern der Insel, er hatte für all das keinen Blick und kein Ohr. Beengheit spürte er nicht, er fühlte vielmehr eine uneingeschränkte Freiheit. Diese alte Steinbüchse, so modern in ihrem Inneren seit den Umbauten, gab ihm mehr Gelegenheiten, sich auszuleben, als er es sich je hätte erträumen lassen.

Ashley, die Jacob in seinem Telefon unter „Heiße US Blondine 5" abgespeichert hatte, stand unter der Dusche, während er einen Kaffee für sie vorbereitete. Nachdem er sie bei ihrem Hotel abgesetzt haben würde, konnte er in zufriedenen Schlummer fallen und bis Mittag durchschlafen. Es war toll gewesen und er hätte nichts dagegen, wenn sie morgen Nacht noch einmal herkommen würde. Gerne zusammen mit ihrer brünetten Freundin. Er grinste in sich hinein, als ihr Schrei ihm das Blut erstarren ließ.

Ein Unfall, dachte er sofort. Sie war in der Dusche ausgerutscht oder – Gott bewahre! – auf dem Weg zum Schlafzimmer die Wendeltreppe hinuntergestürzt. Er stürmte in das schwach erhellte Schlafzimmer und sie sprang ihm entgegen, mit wirrem, von Nässe dunklem Haar. Durch ihren Aufprall lockerte sich ihr Handtuch und glitt zu Boden, bis auf ein Ende, das zwischen ihnen klemmen blieb. Sie schien es nicht zu bemerken.

„Eine Frau!", rief sie mit zitternder Stimme und ihr Körper schüttelte sich, ob vor Kälte oder vor Schrecken ließ sich nicht sagen.

Jacobs Hände glitten sanft ihre Seiten hinab, wie um sie zu beruhigen. Er fand ihre Nacktheit erregend.

„Was?", fragte er unkonzentriert.

„Da war eine Frau. Auf der anderen Seite!"
Tränen rannen ihre Wangen hinab. Ihr Atem ging stoßweise, was Jacob weiter betörte.

„Um diese Uhrzeit?", fragte er lahm.

„Sie ist von der Klippe gestürzt!", schluchzte sie. „Ich habe es genau gesehen."

Sie drehte sich um und zeigte auf das kleine Fenster nahe dem Bett.

„Ich wollte gerade nach meinen Sachen greifen", fuhr Ashley fort, „da sah ich sie. Erst stand sie ganz still am Klippenrand und blickte ins Wasser hinunter."

Die Amerikanerin drehte sich zu ihm um und blickte ihn intensiv mit ihren geröteten Augen an.

„Ich glaube", flüsterte sie eindringlich, „sie ist gesprungen. Naja, nach vorne gekippt, aber eben freiwillig. Verstehst du?"

Jacob grinste blöde. Seine Daumen streichelten weiterhin die weiche Haut über ihren Rippen. Ashley rollte mit den Augen, als sie erkannte, wie wenig er ihr in dieser Situation von Nutzen war. Während sie sich weiter anzog, wählte sie den Notruf.

Der Alte

Die Nachrichten von den Veränderungen am Leuchtturm gingen nicht unbemerkt an Rick Henderson vorbei. Es erstaunte ihn, wie aggressiv die Stadtverwaltung seine Pensionierung nutzte, um frischen Wind in die lokale Tourismusbranche zu bringen, und ahnte, dass er zu einem Bauernopfer geworden war. Etwas in Jacobs jugendlicher, unbekümmerter Art machte ihn sehr nervös. Die Beunruhigung, die er seit dem Kündigungsschreiben des Stadtrats gespürt hatte, nahm zu, seit er von den Neuerungen rund um den Turm hörte. Sicher, die Führungen fanden – wie zu den anderen Sehenswürdigkeiten – nur unter Aufsicht und bei Tage statt.

Alte Legenden üben seit jeher eine Faszination auf die Menschen aus und treiben manche zu groben Dummheiten. Seitdem ein paar Touristen vor zwanzig Jahren spurlos verschwanden, wurden nächtliche Wanderungen komplett aus dem Programm genommen und Vorschriften zum Lärm- und Naturschutz, sowie allgemeiner Nachtruhe vorgeschoben, um beharrliche Anfragen abzublocken, die Gebiete um den Sund des Nachts mit Besuchern zu begehen. Stattdessen wurden abendliche Lichterfahrten angeboten, bei denen man den Sonnenuntergang und das Anschalten des Leuchtfeuers im Leuchtturm miterleben konnte. Nichts, das zeitnah an Mitternacht lag. Die allzu Neugierigen konnte man im Anschluss zu einem Bier im Pub einladen und ihnen Gruselgeschichten erzählen.

Während Rick in seinem alten Honda saß, ein Modell, das fast so gebrechlich und klapprig war wie er, und Nacht für Nacht den Leuchtturm aus der Ferne beobachtete, kreisten seine Gedanken um die eine Frage, wie viele in der Stadt eigentlich davon wussten.

Als dann die Polizei, Feuerwehr und Krankenwagen mit tönenden Sirenen an ihm vorbeifuhren, blieb Rick erstaunlich ruhig. Alles in allem hatte er ja genau damit gerechnet. Es waren mehrere Monate vergangen, seit Jacob seinen Posten im Leuchtturm übernommen hatte. Eher überraschte es Rick, wie lange es ruhig geblieben war.

Er trommelte mit den Fingern auf das Lenkrad und überlegte, ob er hinterher fahren sollte oder sich besser raushielt. Dann startete er seinen Wagen und fuhr zurück in die kleine Wohnung, die ihm die Stadt zur Verfügung gestellt hatte.

Es hat angefangen, dachte er mit steigender Nervosität. *Wann hatte es je wirlich aufgehört?*

Am nächsten Tag stand in den Zeitungen eine kurze Nachricht über den Vorfall.

Rick ahnte instinktiv, man würde keine Tote finden, egal wie lange man nach jemandem suchte. Er vermutete, dass auch andere, bei der Polizei, bei der Stadtverwaltung, es wussten und nur den Schein wahren wollten, indem sie eine groß angelegte Suche starteten. Wussten die Taucher, dass sie nach einer Leiche suchten, die nicht existierte?

Er war froh, dass die im Artikel erwähnte amerikanische Touristin nach Hause fahren würde und das alles hoffentlich vergessen konnte. Einzig um Jacob machte er sich Sorgen. Leveson stammte von außerhalb. Wer beaufsichtigte ihn? Annie hatte Rick Henderson die Kraft gegeben, einen kühlen Kopf zu bewahren. Jacob Levenson auf der anderen Seite war allein und zu jung, um zu verstehen, was passierte. Womöglich dachte er, er könnte den Helden spielen. Er würde Fehler machen. Dumme, tödliche Fehler.

So wie letztlich seine Annie.

Es kam Jacob vor, als wäre er in einem blöden Traum gefangen. Na und? Dann hat eben irgendeine Frau Selbstmord begangen. Was kümmerte es ihn? Der Vorfall warf dunkle Schatten über den Rest seiner Woche, er war unkonzentriert bei seiner Arbeit und anstatt mit den Besucherinnen zu flirten, war er recht barsch im Umgang mit seinen Gästen und rasselte seinen Text herunter. Am meisten ärgerte es ihn, dass die Blondine sich nach der Sache von ihm fern hielt. Nach ihrer Abreise würde er sie nie wieder sehen und darüber war er froh, im Augenblick bekam er aber nicht genug von ihr. Sie war zu verstört gewesen, auch weil er unerschüttert war. Seine Laune, und damit ein Teil seiner Anziehungskraft auf das andere Geschlecht, war dahin.

Verbittert saß er nachts allein am Küchentisch in der renovierten Küche. Sie wirkte modern und sauber. Jacob benutzte sie selten für etwas Anderes als seinen Kaffee oder um sich ein Sandwich zu schmieren. Die Sicht war nach den Umbauten stark eingeschränkt, alle seine Räume waren zu schlauchförmigen Korridoren geschrumpft und die Landschaftsbilder an den inneren Wänden änderten wenig daran. Durch die Fenster fiel ein schwacher Widerschein des Scheinwerfers vom Dach des Leuchtturms, der an den sanften Wogen des Sunds gespiegelt wurde. Seit der Besuch von Frauen ausblieb, hörte er das beständige Rauschen von Wind und Wasser und es reizte seine Nerven weiter. Er schlief schlecht, wenn er es denn überhaupt versuchte. Jetzt raufte er sich die Haare und wünschte sich, er hätte die Schlaftabletten des alten Henderson bei seinem Einzug nicht weggeschmissen. Es half nichts.

Er stand auf, um ins Bett zu gehen, und erstarrte sofort.

Hatte er da nicht eine Bewegung gesehen?

In den Baumreihen auf der anderen Seite des Sunds? Gleich unterhalb der Klippen?

Jacob presste seine Nase an die Fensterscheibe, wobei er seinen Oberkörper über dem Küchentisch balancieren musste. Es war alles grau in grau dort draußen und schwierig, einen Baum von Fels oder den steinigen Strand vom Wasser zu unterscheiden. Mit einem enttäuschten Murren verließ er die Küche, doch anstatt eine Etage nach unten zum Schlafzimmer zu gehen, stieg er die Wendeltreppe hoch. In der Werkstatt kramte er einen Feldstecher hervor und trat hier an eines der Fenster.

Zehn Minuten später erbrach er sich ins Spülbecken.

„Nun beruhigen Sie sich endlich, Herr Leveson! Ich sage ja gar nicht, dass ich Ihnen nicht glaube. Ich möchte, dass Sie mal durchatmen und sich hinsetzen."

Der Stadtrat wies mit einem starren Finger und strengen Blick auf einen freien Stuhl vor seinem breiten Schreibtisch. Jacob war die letzten zehn Minuten wie ein Löwe im Käfig davor auf und ab gegangen. Er hielt inne und starrte auf den dunklen Holztisch. Mehrere Stapel Papiere lagen fein säuberlich an verschiedenen Stellen des Tisches.

Planquadrate, dachte der Ingenieur.

Auf jedem Stapel lag ein eigener Kugelschreiber bereit.

Bereitschaftsdienst.

Jacob war einer Panik nahe.

„Was, wenn die Frau, die wir letzte Woche gesehen haben . . . "

„Herr Leveson, darf ich Sie daran erinnern, dass Sie zu Protokoll gegeben haben, *Nichts* gesehen zu haben", unterbrach ihn Morten Kyrgsten geflissentlich.

Jacob blinzelte.

„Ja, schon richtig, ich meine ja nur, was, wenn die Frau letzte Woche umgebracht werden sollte? Ich vermute, sie konnte fliehen und sprang dann lieber in den Tod, als von dieser Bande erwischt zu werden."

„Herr Levenson, seit einer Woche sind nahezu ununterbrochen unsere Leute auf der Insel zu Gange und suchen bereits nach einer Leiche."

„Aber diese hier ist *neu*!", warf Jacob dazwischen. Er konnte nicht fassen, wie ruhig der Stadtrat blieb. Der Politiker schnellte vor und packte Jacobs Handgelenk, dass dieser zusammenzuckte.

„Herr Leveson. Ich möchte Sie bitten, vorerst mit niemandem darüber zu sprechen. Unsere Leute werden informiert und wir suchen die Stellen ein weiteres Mal ab."

Jacob nickte, war aber nicht gänzlich überzeugt. Er zog vorsichtig seine Hand zurück.

„Ich will nicht, dass so eine Mörderbande frei in der Stadt herumläuft", sagte er misstrauisch und dachte vor allem an seine eigene Sicherheit, einsam am Ende der Küste, weit weg von der Stadt, eingesperrt in einem Turm.

„Ich ebensowenig!", beeilte sich der Stadtrat zu beteuern. „Wir wollen aber auch keine Panik auslösen, oder?"

Wieder nickte Jacob. Diesmal verstand er.

„Natürlich, Herr Kyrgsten. Ich bin froh, wenn die Mörder nicht merken, dass sie verfolgt werden. Dann machen sie vielleicht Fehler, weil sie sich in Sicherheit fühlen."

Der Stadtrat stand auf und schüttelte Jacobs Hand mit einem strahlenden Politikerlächeln.

„Ich wusste, dass ich auf sie zählen kann!"

Jacob verließ frohen Mutes das Büro. Er hatte einen Entschluss gefasst.

Und der Stadtrat telefonierte.

„Ja, hallo?"

„Kyrgsten hier. Haben Sie dem Bengel denn gar nichts Nützliches beigebracht?"

„Bengel? ... Oh, Sie meinen den jungen Leveson."

„Natürlich, tun Sie bloß nicht so, als ob Sie nicht wüssten, wovon ich spreche."

„Was hätte ich ihm denn erzählen sollen? Mich hat man doch damals auch nicht darauf vorbereitet!"

„Nun ja, das ist richtig", Morten Kyrgsten gluckste am anderen Ende der Leitung, wurde aber sofort wieder ernst. „Sie sind wenigstens nicht sofort zu den Zeitungen gerannt oder haben sonstwie Tamtam gemacht."

„Ich verstehe, heutzutage, mit all den Telefonen und dem Internet."

„Erinnern Sie mich bloß nicht daran! Das wäre eine Katastrophe, das wissen Sie ganz genau."

„Stellen Sie sich nur mal vor, Morten, wenn die Nationalgarde hier auftauchen würde."

„Rick, ich warne Sie! Denken Sie an mein Herz!"

„Welches Herz?"

Der Stadtrat seufzte und trotz der Anfeindung klang er fröhlich, als er bemerkte:

„Ich brauche ihre Hilfe, Rick. Sie müssen den Bengel beruhigen und ihm Vernunft einbläuen."

„Erinnern Sie sich, Morten, dass Sie mich gefeuert haben?"

„Ja?"

„Ich bin froh, dass ich da nicht mehr hin muss. Das ist jetzt Ihr Problem."

Ohne eine Reaktion abzuwarten, beendete Richard Henderson das Gespräch. Morten

Kyrgsten starrte eine Weile lang mit dem Hörer in der Hand und dem Freizeichen im Ohr in die weite Leere seines Büros.

Jacob Leveson saß an dem Küchentisch des Leuchtturms und grub den Kopf in die Hände. Er hatte an diesem Abend mehrfach das Schloss der Eingangstür überprüft und sogar die inneren Türen abgeschlossen. Die Küche hatte sich sehr verändert. Ein Dutzend Kerzen sandten ein schwaches Licht aus und ihre Spiegelbilder flackerten über das Fernglas auf dem Tisch. Über die Pistole auch.

Die Waffe besaß er seit einer Woche. Anfangs war er davon überzeugt gewesen, dass er die Sache selbst in die Hand nehmen konnte. Der erste Schritt in seinem Plan bestand in der Beobachtung der Insel auf der anderen Seite des Sunds. Zum zweiten Schritt war er nie gekommen.

Er hatte nicht damit gerechnet, dass es so schlimm war.

Jede Nacht der letzten Woche hockte er mit dem Fernglas zwischen sich und die Fensterscheibe gepresst am Küchentisch und ihm schauderte, wenn er daran dachte, was er mittlerweile alles gesehen hatte. In den ersten Nächten machte er sich noch Notizen, was er bald aufgab. Manchmal sah er Menschen freiwillig von den Klippen springen, sogar in kleinen Gruppen. Andere flohen vor ihren Verfolgern und stolperten in ihr Verderben. Was Jacob am Häufigsten mit ansehen musste, waren Hinrichtungen und Folter. Den Toten nahm man Schmuck, Geld und andere Wertsachen ab. Trotzdem glaubte Jacob nicht mehr daran, dass es sich um eine einfache Räuberbande handelte.

Aufgrund der Entfernung sah er kaum Details, doch schienen die Mörder zu viel Spaß zu empfinden, wenn abgeschlagene Gliedmaßen und Köpfe hinter schweren Körpern hinab in den Sund geworfen wurden. Das Meer schluckte alles, inklusive den Schreien, denn der Ingenieur sah die schmerzverzerrten, dem Wahnsinn nahen Gesichter der Opfer, aber kein Laut drang zu ihm herüber, selbst wenn die Winde günstig standen und er bei offenem Küchenfenster saß. Die trügerisch ruhige Wasseroberfläche hütete die geheimen Machenschaften von Jacobs Nachbarn. Seine einzige Erklärung für all das Grauen war, dass wohl ein satanischer Kult die Insel bei Nacht belebte, die tagsüber Dutzende Touristen anlockte. Bei den vielen Tötungen glaubte Jacob, dass es sich um eine Sekte handelte und wunderte sich, wieso niemand in der Hafenstadt, selbst hinter vorgehaltener Hand, davon sprach. Es mussten ständig Menschen vermisst werden. Wer gehörte alles dazu?

Sein Haus verließ Jacob ohne die geladene Schusswaffe nicht mehr. Er wusste nicht, was er tun sollte, wollte aber auf alles vorbereitet sein. Sollte er um ein weiteres Gespräch mit dem Stadtrat ersuchen? Womöglich steckte der mit drin und half dabei, die sich im Sund türmenden Leichen zu vertuschen! Sollte er den alten Henderson aufsuchen? Wenn sein Vorgänger in fünfunddreißig Jahren Nichts mitbekommen hatte, musste er furchtbar dumm sein. Außerdem hatte sein Wort bei der Stadt kein Gewicht. Welche Hilfe konnte ihm ein humpelnder, ahnungsloser Mann schon sein?

Ein neuer Plan formte sich in Jacobs Kopf, eine leichte Abwandlung gegenüber seinem ursprünglichen Vorhaben. Er brauchte Beweise. Also würde er auf Schatzsuche gehen.

Durch seine Arbeit auf dem Leuchtturm – und zu nicht geringem Anteil durch seine Liebschaften – war Jacob schnell zu einer lokalen Berühmtheit geworden. Das genoss er in vollen Zügen, doch musste er den Gedanken, unbemerkt zur Insel zu kommen, vorerst aufgeben. Zunächst schloss er sich anderen Reisegruppen an, unter dem Vorwand, für seine eigenen Touren etwas Neues lernen zu wollen. Schließlich konnte man die Ruinen vom Leuchtturm aus sehen und er wollte in der Lage sein, seinen Besuchern mehr darüber zu erzählen.

Insgeheim wollte er sich ein genaueres Bild von den alten Ruinen machen und nach möglichen Verstecken der Banditen oder Sektenmitglieder suchen. Fleißig fotographierte er die Landschaft und erstellte Zuhause eine detaillierte Karte, auf der alle Bäume und Büsche, Sträucher und Steine verzeichnet waren. Als er sich so vorbereitet wähnte, wagte er den nächsten Schritt und fuhr extra weit weg, um heimlich ein Schlauchboot zu kaufen. Außerdem holte er ein paar regionale Weine, um eine Ausrede für seinen Ausflug zu haben und um in naher Zukunft wieder Damenbesuch zu empfangen. Er war bereits viel besserer Laune und freute sich darauf, der räuberischen Sekte eins auszuwischen und diese selbst zu bestehlen.

Er ärgerte sich, dass der alte Henderson ihm geraten hatte, nicht auf seiner Seite des Sunds spazieren zu gehen. Er hätte es sowieso nur getan, um seltene Langeweile zu vertreiben. Wegen Hendersons Warnung war er bisher nicht einmal zwei Dutzend Meter von dem Turm entfernt in Richtung der nahen Küste gegangen. Nun mühte er sich in den frühen Morgenstunden ab, einen Pfad zum steinigen Strand zu finden, dort das Boot aufzupumpen und mit Proviant, Werkzeugen und seiner Karte zu beladen. Dann verbarg er alles unter Zweigen und sandfarbenen Planen.

Alles war vorbereitet, doch er fühlte eine gewisse Mutlosigkeit in sich aufkommen. Wann wäre die beste Uhrzeit, hinüberzufahren? Er wollte unter keinen Umständen den Satanisten über den Weg laufen. Wenn er in ihre Hände fiel, was würden sie mit ihm anstellen? Er schüttelte sich bei dem Gedanken, denn er hatte bereits eine gute Vorstellung von ihren Folterpraktiken. Andererseits wollte er auch nicht von Touristen während einer Führung gesehen werden oder anderen Einheimischen irgendwie auffallen. Niemand sollte erfahren, dass er auf die Insel fuhr. Es musste also am frühen Abend sein, wenn die Zeit für touristische Aktivitäten vorüber und die für verbrecherische noch nicht heran war. Mit eingestelltem Alarm auf seinem Telefon wagte er sich endlich hinüber. Er hatte mit der leichten Strömung zu kämpfen und verfluchte sich, dass er nicht ein Ruderboot in der Stadt gemietet hatte, um etwas zu üben. Das hätte ein hübsches Date abgegeben und er wollte sehr gerne wieder mit jemandem zusammensein.

Auf der anderen Seite angekommen, – nach einer gefühlten Ewigkeit und mit tauben Muskeln in den Armen, obwohl es höchstens zwanzig Minuten gewesen sein konnten – versteckte er das Schlauchboot, so gut er konnte, zwischen garstigen Sträuchern, nahm seine Karte und überprüfte, dass die Waffe in seinem Gürtel steckte. Dann erklomm er die Klippen in einem langen Pfad entlang des Strandes. Das monotone Schlagen der Wellen spürte Jacob wie eine Mahnung unter sich, die ihn zur Eile antrieb. Touristen hatte er um diese Uhrzeit keine mehr zu fürchten.

Auf zwei Stunden hatte Jacob seine Suche begrenzt und er achtete akribisch darauf, dass der Alarm seiner Uhr ihn regelmäßig daran erinnerte, wie die Zeit vorbeiflog. Mit Hilfe der Karte und angespornt durch seine Besuche als Teil der Touristenführungen auf der Insel hatte er sich eine Liste von möglichen Verstecken erarbeitet, die er nun mit Sorgfalt durchging. Er drehte flache Steinplatten um, zog an dicken Mauersteinen, um zu prüfen, ob sie womöglich lose waren. Unter Sträucher kroch er, zog an Wurzeln und Geäst, steckte seine Arme und Hände in Baumaushölungen, fand aber Nichts, was von Menschen versteckt sein könnte. Der Abend zog auf und das Licht schwand zusehends. Zwar hatte Jacob eine starke Taschenlampe dabei, aber er wollte nicht mehr Zeit als nötig auf der Insel verbringen.

Vielleicht war seine Theorie ja falsch? Oder die Räuberbande brachte die Wertsachen von der Insel weg, besaß auf dem Festland ein Versteck, traf sich in einem der Häuser in der Hafenstadt. Jacob brach der kalte Schweiß aus bei dem Gedanken, dass diese Mörder mitten unter den unbescholtenen Bürgern des kleinen Ortes sitzen könnten.

Es half nichts, er sah ein, dass er an einem anderen Tag zurückkommen musste, um seine Suche fortzusetzen. Es wäre ja zu schön gewesen, gleich beim ersten Versuch fündig zu werden.

Seufzend wandte er der Fürstenburg den Rücken zu und schlurfte den von Menschen aus aller Welt ausgetretenen Pfad zurück. Der Rückweg gabelte sich kurz vor den Klippen. Sein Schlauchboot erwartete ihn an der Küste, er musste den Weg nach unten nehmen, zum Wasser, nach rechts den Pfad an den Klippen entlang. Er könnte den längeren Weg zur linken Seite nehmen, vielleicht sollte er das bei seinem nächsten Besuch auch. Der zentrale Weg, ein Stück weiter hinauf, führte bis hoch über das Wasser, bis an den Rand der Klippen. Es war dort, wo Jacob unsägliche Gräueltaten beobachtet hatte.

Einem Impuls folgend stieg er weiter hinauf. Die Führungen konzentrierten sich auf die Ruinen der früheren Fürstenburg und wenn jemand fragte, hieß es immer, der Pfad entlang der Klippen sei nicht sicher. Dass er nicht einfach war, wusste Jacob nun, aber mit wenig Aufwand, ein paar Geländern, ein paar Steinen oder Holzplanken am Boden, könnte man den Weg befestigen und für unbedachte Besucher sichern.

Wusste die Stadtverwaltung von den Vorkommnissen auf der Klippe am Sund und fürchtete, dass die Touristen auf blutgetränktem Sand laufen würden? Diese Idee faszinierte Jacob und er war bitter enttäuscht, dass er keine Spuren im Gras und auf dem Sand bemerkte, als er auf dem Plateau ankam. Er wagte sich nicht näher an die Klippen heran, glaubte mit einem Mal, dass der Wunsch zu springen, sich übermächtig in ihm formen könnte, nachdem er eine Unzahl an Menschen beobachtet hatte, die keinen anderen Ausweg sahen.

Etwas Anderes zog seinen Blick an und er brauchte einen Moment, um den unscheinbaren Mauerring im Boden am Nordende des Plateaus einzuordnen. Erst dachte Jacob, dass sich hier jemand einen festen Lagerfeuerplatz angelegt hatte, denn die Steine waren schwarz von Ruß. Nie zuvor hatte Jacob diesen Ring bemerkt. Die paar Sträucher, die über die Klippe hinauswuchsen, mussten ihm die Sicht von seinem neuen Zuhause versperren.

Während der Führungen wurde dieser Ort

selten erwähnt, obwohl ein paar eifrige, informierte Besucher nach dem Wachturm fragten. Der Turm, wo vor hunderten von Jahren die Gehängten an Stangen aus den Fenstern hingen und im Wind flatterten, während die lebenden Gefangenen in seinem Inneren vor Schmerzen wimmerten. Der Turm, der des Nachts die Wikingerschiffe mit ihrer Beute sicher in den geheimen Hafen führte.

Der alte Leuchtturm.

Das Geliehene

Ein paar Minuten starrte Jacob Levenson gerührt auf die Fundamente und spürte die Geschichte dieses Ortes über sich schwappen wie eine besonders hohe Welle aus dem Sund. Wie viele Leuchtturmwärter hatte dieser Ort gesehen? Hatte man diese Stelle aufgegeben, weil der alte Turm mit dem Fortschritt der Technik nicht mehr mithalten konnte und der Bau eines neuen Leuchtturmes unabdinglich wurde? Jacob schaute kurz zu dem wenig modern anmutenden Bau auf der anderen Seite des Sunds hinüber, der zu seiner Junggesellenbude geworden war. Von außen machte der Bau nicht viel her, einige Jahrzehnte hatte er auf dem Buckel, doch Jacob wusste, dass sein Innerstes modern war und die Scheinwerfer und wenig genutzte Signalanlage technisch dem neuesten Stand entsprach. Er hätte nicht mit einem alten Folterturm tauschen wollen.

Mit einem Ruck überwand er die letzten Meter zum Steinring. Er erkannte, dass er die äußeren Fundamente eines Gebäudes mit quadratischem Grundriss übertrat, die stark mit struppigen Gras überwuchert waren, bevor er den Steinring erreichte, auf den er schnurgerade zulief. Als er in die Knie ging und anfing mit den Händen Erde zur Seite zu schaufeln, überlegte er, ob dies die Reste eines Treppenschachtes waren und die dazugehörige Treppe einst seitlich am alten Wachtturm verlief. Seine Hände stießen beim Graben auf keinen Widerstand, so locker war der Boden an dieser Stelle, und er grub immer schneller, beinahe manisch, denn eine Idee nahm von ihm Besitz. Wo, wenn nicht unter den Stufen einer Treppe, verbarg man seine Schätze?

Die letzten, blassen Strahlen der Sonne waren längst im dunklen Meer versunken, als Jacob um Atem ringend und völlig verdreckt mit einem Bündel auf dem Arm die Stufen zu seinem Haus erklomm. Ein Umriss löste sich aus den Schatten und Jacob gab einen erstickten Schrei von sich.

„Guten Abend, Jacob." Der Schatten humpelte auf ihn zu.

„Wie geht es Ihnen? Ich wollte gerne mit Ihnen reden, wenn es recht ist."

Jacob rollte mit den Augen, als er an der Stimme Rick erkannte.

„Das ist gerade kein guter Moment. Ich, ähm, ich wollte heute früh zu Bett, es war ein anstrengender Tag."

Der Schatten kicherte.

„Sie haben wohl gerade eine fordernde Dame nach Hause begleitet, nicht wahr?"

Jacob stutzte, war aber sofort dankbar für das dargebotene Alibi.

„Nun, wie gesagt, es war anstrengend."

Er bemühte sich, seinen alten Charme in seine Worte zu legen, um einen warmen Klang zu erzeugen und Ruhe auszustrahlen. Sein Innerstes war aufgewühlt, aber war er nicht bereit, seine Erlebnisse oder seinen Fund zu teilen.

Rick kicherte weiter.

„Sie haben vielleicht ein Glück, mein Junge."

„Wissen Sie, Herr Henderson", Jacob wunderte sich über seine eigene Redseligkeit, während die verdreckte, kleine Truhe vor seiner Brust immer schwerer wurde, „die meisten Touristinnen kommen her auf der Suche nach Abenteuern. Manchen genügt es, die Stadt und die Ruinen zu erkunden, anderen nicht."

„Sie bieten einen Rundumservice an, nicht wahr, Jacob? Ach, wie sehr ich mir wünsche, noch einmal so jung zu sein."

Der Seufzer, den Rick dabei ausstieß, hätte Steine erweichen können.

„Wir können uns ja morgen zum Mittagessen treffen. Ein Bier zusammen trinken", bot Jacob unsicher an. Er wollte niemanden sehen und sich mit niemanden treffen müssen, solange er nicht den Inhalt der Kiste auf seinen Armen untersucht hatte. Wie viel war sein Fund wert, den er im Dunkeln wenig elegant versteckte?

„Das klingt ganz wunderbar, ja, wir könnten uns doch im *Backfisch* treffen. Sagen wir um zwölf Uhr morgen?"

Der Gedanke an ein gutes Mittagessen auswärts wässerte Rick den Mund. Er war seit Jahren nicht mehr aus gewesen und aß selten warme Mahlzeiten, da ihm das Kochen schwer fiel. Sicher musste er Jacob nicht schon in dieser Nacht über alles aufklären? Der Bursche schien sich ja gefangen zu haben. Mortens Befürchtungen waren unbegründet.

„Lieber um eins. Sie wissen ja, ich schlafe gerne lange." Jacob lächelte und gluckste hörbar, damit Rick sein Lächeln auch mitbekam.

„Gut, dann also bis morgen."

Rick hielt dem jungen Mann die Hand hin, ein Schatten, der wie ein Speer auf einen größeren Schatten zuschnellte. Jacob verlagerte so schnell wie möglich das Gewicht der Kiste, balancierte sie auf seinem linken Oberschenkel, wischte sich die rechte Hand an seinem halbwegs sauberen Hemd und drückte Ricks ausgestreckte Hand kraftvoll.

„Dann bis morgen, Rick."

Rick verließ mit einem guten Gefühl den Leuchtturm. Morgen würde er Leveson erklären, dass die Dinge zwar schlimm aussahen, aber eigentlich völlig harmlos waren.

Als man Jacob Leveson am nächsten Abend auffand, sah es schlimm aus und es war ganz und gar nicht harmlos. Rick hatte Morten angerufen, nachdem Jacob nicht zu dem geplanten Mittagessen erschienen war, nicht auf Anrufe reagierte und nicht auf Ricks Klingeln an der Tür des Leuchtturms. Nun beugten sich die beiden über die verbogene Leiche des jungen Ingenieurs. Er war die Treppe heruntergefallen. Unbestreitbar.

„Das kann nicht sein", murmelte Rick wieder und wieder. „Er wusste, wie man sich hier bewegt."

„Er ist jung und unbedacht", knirschte Morten Kyrgsten zwischen den Zähnen hervor. Er hasste es, sich wiederholen zu müssen, und ballte die Hände in den Taschen seines edlen, schwarzen Mantels zu Fäusten.

„Aber die Waffe? Wie erklären Sie die? Und das Messer da?"

Morten seufzte. Wenn man die Treppe aus Unachtsamkeit herunterfiel, hatte man meist keine schussbereite Feuerwaffe in der Hand. Oder ein Messer. Oder beides gleichzeitig.

„Ein Einbrecher war hier."

„Die Tür war verschlossen und die Fenster sind es auch", bemerkte Rick, der wusste, dass es Morten ärgerte, wenn man ihm Fakten unter die Nase hielt, die ihm nicht gefielen.

„Dann hat er eben draußen etwas gehört, dass ihn nervös gemacht hat. Er wollte einen *potenziellen* Einbrecher stellen."

„Was gibt es hier schon zu stehlen?" Rick sprach mit resoluter Überzeugung in der Brust. „Warum sollte sich ein Dieb die Mühe machen, hier herauszukommen? Es gibt hier nichts zu holen, das weiß doch jedes Kind."

Die Schultern des Stadtrats spannten sich.

„Wir müssen den Turm durchsuchen."

„Wir müssen die Polizei rufen!", hielt Rick dagegen.

„Natürlich, das machen wir auch. *Nachdem* wir den Turm durchsucht haben."

Rick runzelte die Stirn, seine Falten rückten näher zusammen und vertieften sich zu unergründlichen Gräben.

„Wonach suchen wir, wenn ich fragen darf?"

„Nach Hinweisen darauf, was passiert ist! Denken Sie denn gar nicht mit?", erboste sich Kyrgsten.

„Das ist die Arbeit der Polizei. Wieso sollen wir das tun?"

Morten packte Rick am Kragen und zog sein Gesicht nah an sich heran.

„Was, wenn es mit der anderen Seite zu tun hat?"

„Morty", versuchte Rick den Politiker zu beruhigen, „die andere Seite ist harmlos. Weitestgehend. Das wollte ich dem jungen Leveson heute beim Mittagessen erzählen. Damit er nicht in Panik ausbricht und die Nationalgarde herruft."

Morten zog eine Augenbraue hoch.

„Ich dachte, das wäre mein Problem?"

Rick lächelte entschuldigend und zuckte mit den Schultern.

„Ich wollte helfen. Ich dachte, wenn ich es ihm erzähle, und was meiner Annie damals passiert ist, dass es ihm helfen würde, die Lage zu verstehen. Sie wissen schon, dass es sich nicht lohnt, sich einzumischen. Dass es nicht nötig ist."

Mortens Gesichtszüge wurden weicher, fast freundlich.

„Dann helfen Sie mir *jetzt*, Rick. Wir durchsuchen die Wohnung, Fotos, Notizen, irgendeinen Hinweis darauf, dass er sich zu sehr den Kopf zerbrochen hat."

Ricks Augen weiteten sich und Schweiß brach ihm plötzlich aus.

Beide Männer schauten peinlich berührt zu dem jungen Mann, der mit den Beinen auf den höheren Treppenstufen, den Armen in der Luft am Geländer und starrenden Augen im verdrehtem Kopf am Fuße der Treppe den Weg hinauf versperrte.

Er war die Treppe heruntergefallen und hatte sich offensichtlich das Genick dabei gebrochen.

Die beiden Männer brauchten nicht lange, um den Turm zu durchsuchen und Jacobs Obsession festzustellen. Die Küche war zu einer Kommandozentrale geworden, das Fenster wies zur anderen Seite und das Fernglas lag bereit, sowie ein kleines Notizbuch, in dem für den gestrigen Abend ein kurzer Eintrag stand, nach einer langen Pause von etwa einem Monat. Rick sah mit Grauen die älteren Aufzeichnungen durch, die Details, die Leveson aufgeschrieben hatte, erschreckten ihn. Er hatte es sich in den letzten Jahren zur Gewohnheit gemacht, einfach rechtzeitig ins Bett zu gehen. Mit genügend Schlaftabletten im Blut schlief er die Nächte durch, erwachte ungestört und ein freundlicher Morgen ließ ihn über die Jahre vergessen, wie schlimm manche Nacht war, in der er selbst die andere Seite beobachtet hatte.

Morten ordnete Rick an, das Büchlein zu verstecken und das Fernglas in die Werkstatt zu bringen, wo es hingehörte. Sie fassten kaum etwas an und riefen schließlich die Polizei, damit offizielle Ermittlungen ihren Lauf nehmen konnten.

Die Polizei wunderte sich ebenfalls über die starke Bewaffnung des jungen Levenson, schoben es aber auf die Vereinsamung des Außenseiters, der sich wohl wegen eines Geräuschs aus der Ruhe hatte bringen lassen.

Der Leuchtturm wurde abgesperrt und ein Wachmann zur Beobachtung dagelassen. Niemand sollte etwas anrühren können, damit die Stadt ihre Arbeit machen konnte.

Die gelassene Stimmung änderte sich abrupt, als man am nächsten Morgen den Wachmann tot auffand. Dieser hatte sich gewissermaßen selbst erschossen. Geschwärzte Kerben in den Wänden und die Kugeln aus seiner eigenen Waffe im Körper besagten, dass er in einem beengten Metallkasten um sich schoss, ohne auf Deckung vor den eigenen Projektilen zu achten. Worauf er schoss, wurde nicht klar. Rick jedoch hatte eine Ahnung und sie gefiel ihm überhaupt nicht.

Er bot an, selbst im Turm die Wache zu übernehmen. Immerhin lebte er dort viele Jahrzehnte lang und würde sicher nicht über die eigenen Füße stolpern. Die Polizei lehnte höflich ab und benannte zwei Wachmänner, die gegenseitig auf sich Acht geben sollten.

Die Absage brachte Rick nicht aus dem Gleichgewicht. Er mietete sich ein Boot in der Hafenstadt und ruderte gemächlich kurz vor Sonnenuntergang zum Sund hinauf, um einen eigenen Plan zu verfolgen. Die Meerenge glitzerte in der Abendsonne und er spürte wehmütig, dass er seine Arbeit und sein früheres Zuhause vermisste. Ohne Annie war er einsam gewesen, ohne die Arbeit war es furchtbar geworden. Als es gänzlich dunkel wurde, holte er ein Fernglas hervor und starrte zu den Klippen des Eilands hinüber.

Es passierte nichts.

Seit vielen Jahren vermied er es, nachts zum Eiland zu schauen. Dennoch wunderte er sich sehr, dass sich nichts regte. Immer häufiger starrte er auf seine Uhr, schüttelte sie, obwohl die Digitalanzeige eindeutig sagte, dass es keine beweglichen Teile im Gehäuse der Uhr gab. Gerade wollte Rick das Fernglas an die Augen führen, als ein Lichtblitz aus seinem alten Wohnhaus seine Aufmerksamkeit erregte.

Sein Kopf ruckte nach links und mit weit

aufgerissenen Augen beobachtete er die zuckenden Lichter aus dem Inneren. Sein Herz schlug schneller.

Jemand mit einer Taschenlampe?, versuchte er sich selbst zu beruhigen.

Dann fiel ein Schuss und eines der Fenster im untersten Stockwerk barst.

Rick packte die Ruder und schob das Boot und sich darin auf den Strand zu.

Als Rick am Leuchtturm ankam, war es bereits eine Weile ruhig. Rick vermutete das Schlimmste und zwang sich, darauf vorbereitet zu sein, was er gleich sehen würde.

Mit zitternden Fingern zog er seinen alten Schlüssel hervor und schloss die Vordertür auf. Wie an den letzten Tagen, zuerst beim Fund von Levenson, dann der eine Wachmann gestern – *und jetzt gleich zwei Wachmänner auf einmal*, zischelte seine Schadenfreude – war die Tür verschlossen. Niemand war eingedrungen und man würde zwar die Toten finden, aber keine Hinweise auf einen Mörder.

Für Rick war es seit Jahren eindeutig, dass es keine Mörder gab und in ihrer Zeit nie gegeben hatte.

Er gab der Tür einen Schubs und sie öffnete sich widerwillig. Die Wachmänner hatten keinen Zugriff auf die Privaträume, nur den Küchenbereich hatte man ihnen zugänglich gemacht und das Treppenhaus war frei. Das untere Stockwerk, als einziges unberührt vom Ausbau und ohne Zwischenwände, schien leer, der Blick auf die Treppe war ungestört. Ein kalter Luftzug drang ungebremst durch die geöffnete Tür und das zersprungene Fenster. Glasscherben lagen am Boden verstreut, aber Rick sah keine Blutspuren im schwachen Schein einer Taschenlampe, die er vor ein paar Stunden im Supermarkt gekauft hatte.

Der alte Mann vermutete, er würde die Wachmänner weiter oben finden. Es war unwichtig, wo und wann, er betete darum, dass ihr Anblick ihn nicht zu Tode erschrecken würde. Innerlich gewappnet, griff er nach dem Treppengeländer und humpelte Stufe um Stufe nach oben. Ein leichtes Klirren begleitete ihn wie sonst, wenn sein Ehering auf das Metall traf. Es war ein Teil seiner selbst, er achtete gar nicht darauf.

Das Blut rann ihm nervös durch seine Adern und er ahnte, dass er wie früher am sichersten war, wenn er einfach die Augen schloss. Das Grauen war ihre stärkste Waffe, wahrscheinlich aber ihre einzige. Mit dem letzten Schritt zur Etage mit dem Schlafzimmer schloss er einen bewussten Moment seine Augen, holte tief Atem, spürte, wie sich der Puls beruhigte.

Als er seine Augen öffnete, starrte er in eine groteske Fratze. Zahnstümpfe formten sich zu einem bösartigen Grinsen in einem skelettartigen Kopf, so nah vor seinem eigenen Gesicht, dass ein natürlicher Reflex ausgelöst wurde. Er trat einen plötzlichen Schritt nach hinten.

Ins Leere.

Als er zu sich kam, bemerkte er zunächst das nervöse Ticken und Piepsen von irgendwelchen Maschinen. Dann nahm er die Gerüche wahr und erkannte, dass er sich im städtischen Krankenhaus befand.

Glück gehabt, dachte sich Rick, sandte ein Stoßgebet in Richtung Himmel und öffnete behutsam die Augen. *Mehr Glück als Annie damals.*

Es muss in einer Sommernacht gewesen sein, dass sie lange aufblieben mit Wein und Musik und ohne sich von den Mücken gestört zu fühlen. Sie hatten eine seltsame Beziehung zu der anderen Seite entwickelt. Manchmal, wenn zu viel Alkohol geflossen war, beobachteten sie die Vorkommnisse wie ein Theaterstück. Dann saßen sie auf ihren Klappstühlen hinter dem Leuchtturm, mit Ferngläsern, einem Tischchen zwischen sich, auf dem Snacks und Getränke bereit standen, und lachten. Lachten über die Grauen der anderen Seite, lachten über die Geschichte ihrer eigenen Heimat.

Annie trank gern und mit der Zeit immer häufiger. Vielleicht setzte ihr die andere Seite mehr zu, als sie bereit war, zuzugeben? Rick sah die Zeichen nicht. Jedenfalls nicht rechtzeitig. Eines Nachts schlug sie vor, hinüberzugehen. Er wehrte sich vehement gegen den Vorschlag, aber sie war eine Frau, seine Frau!, und er gab nach ein paar Tagen Diskussionen und Tränen nach. Damals hatte Rick ein eigenes Ruderboot besessen. Eine Woche später hatte er es zu Feuerholz verarbeitet.

Sie glaubten, sie hätten es unter Kontrolle, glaubten, ihnen würde nichts passieren. Sie ahnten nicht, welchen enormen Unterschied es machte, zwischen ihnen zu wandeln, von ihnen umtanzt zu werden und ihren Drohgebärden und Grimassen direkt ausgesetzt zu sein. Annie ließ sich erschrecken, stolperte, brach in Panik aus und rannte davon. Rannte, bis sie am Rand der Klippe den Boden unter den Füßen verlor. Rick hatte versucht, nach ihr zu greifen, doch verlor er selbst den Halt und hatte sich das Knie angeknackst. Seine Frau trieb im Meer, sein Knie verheilte nie richtig, und die Stadt hatte es gut verstanden, den Vorfall zu vertuschen. Ein tragischer Unfall.

Einer von vielen auf dem Eiland am Sund.

„Hallo, Sonnenschein", spöttelte Morten Kyrgsten.

„Guten Tag, Morty. Bin ich schon lange hier? Gibt es etwas Neues?"

„Neuigkeiten? Ja, ich überlege neue Sicherheitsstandards für Wendeltreppen einzuführen."

Rick musterte den Politiker nachdenklich.

„Sie haben wohl heute einen Clown gefrühstückt?"

Mortens Miene verfinsterte sich.

„Sie können von Glück reden, dass sie nicht des Mordes verdächtigt werden."

„Ich bin froh, dass ich noch am Leben bin. Wieso würde man mich denn verdächtigen?"

„Sie mussten ihren alten Posten an einen Jungspund abgeben, dessen Lebensstil ihnen sicher ein Dorn im Auge war. Ihr geliebter Leuchtturm, das Sodom und Gomorra eines Lebemannes und Tunichtguts."

„Ich fand Jacob eigentlich ganz nett."

Morten betrachtete erstaunt den alten Leuchtturmwärter und brach in schallendes Lachen aus.

„Nun mal im Ernst", fuhr Morten fort, zog sich einen Hocker heran und wischte sich eine Träne aus den Augen. „Warum waren Sie überhaupt da?"

Rick seufzte.

„Ich hatte eigentlich die Insel beobachten wollen." Er sah sich nach allen Seiten um, vergewisserte sich, dass sie allein waren. „Ich wollte wissen, ob sie die andere Seite verlassen. Irgendwie über das Wasser kommen."

„Sie haben die Insel noch nie verlassen. In Hunderten von Jahren nicht."

Morten senkte die Stimme und Rick wunderte sich, wie der Stadtrat das mit solcher Gewissheit sagen konnte. Das Schweigen wurde unerträglich und Morten fragte endlich:

„Haben Sie etwas entdeckt? Was ist da plötzlich los?"

Rick nickte mit geweiteten Augen und schaute nochmals über seine Schulter.

„Sie sind hier. Auf dieser Seite. Die Insel war ruhig, die ganze Zeit lang und dann höre ich Schüsse aus dem Leuchtturm und bin hineingegangen." Rick schloss die Augen und schauderte bei der Erinnerung. „Das Begrüßungskomitee hat sich einen Scherz erlaubt."

Morten starrte Rick an.

„Wie kann das sein?", flüsterte er. „Wie sind sie über das Wasser gekommen?"

Ricks Körper bebte.

„Ich glaube", erwiderte er, „Jacob Leveson hat sie mitgebracht."

„Aber..."

Diesmal ließ Rick den Stadtrat nicht zu Wort kommen und unterbrach sofort:

„Wir müssen herausfinden, was Jacob auf der Insel gefunden hat und es loswerden!"

Das Blaue

„In der Nacht, als ich Jacob zum letzten Mal sah, hatte er irgendetwas in den Armen, etwas Schweres."

Morten Kyrgsten und Rick Henderson brachen das Polizeisiegel am Leuchtturm und stiegen hinein. Sie hatten jeder eine starke Taschenlampe dabei, obwohl es helllichter Tag war. Es tat gut, etwas in der Hand zu halten.

„Was soll das gewesen sein?"

„Ich weiß es nicht, aber ich vermute, dass er es auf der Insel gefunden hat."

„Wann? Wo? Was?"

„Erinnern Sie sich an sein Notizbuch?"

Rick holte den kleinen Block aus seiner Hemdtasche. Als er das Krankenhaus verlassen durfte, war er überrascht, es unberührt zwischen seinen Sachen zu finden.

„Er hat hier mehrere Nächte lang genau festgehalten, was er sah."

Er blätterte durch die schmalen Seiten, suchte aber nichts Bestimmtes.

„Immer wieder schreibt er, dass man den Menschen den Schmuck und andere Sachen abnahm und dass sie einen riesigen Schatz haben mussten."

„Er war ein echter Dummkopf, nicht wahr?"

„In der Nacht, in der er starb, steht ebenfalls ein Eintrag. Erinnern Sie sich?"

„Ja, natürlich, er schrieb, dass nichts Auffälliges geschah."

„Was er meinte, ist, dass *gar nichts* passierte. Die Insel war leer, der Spuk vorbei."

Morten brummte etwas Unverständliches und leuchtete den Treppenschacht hoch.

„Wo fangen wir an zu suchen?", fragte er ergeben.

„Wir gehen systematisch vor, Etage um Etage. Wenn er es für wertvoll hielt, hat er es sicher versteckt. Fangen wir mit seinen Privaträumen an."

Im Schlafzimmer wurden sie schnell fündig. Die Karte der Insel, zusammengesetzt aus digitalen Fotos und mit einfachem Büroklebeband verbunden, lag fein säuberlich gefaltet unter seinem Kopfkissen. Es gab keine Beschriftung, aber die Markierungen legten nahe, dass es sich um eine Art Schatzkarte handelte. Es fehlte das Kreuz, das die Lage des Schatzes kennzeichnete.

„Karte ja, Schatz nein", bemerkte Morten sarkastisch. „Also weiter?"

Sie durchsuchten mehrere Stunden lang das Gebäude, die Werkstatt, die Küche, selbst die Scheinwerfer ohne etwas Auffälliges zu finden. Morten sah immer öfter auf seine teure Armbanduhr. Rick bemerkte es und kommentierte spitzzüngig:

„Keine Sorge, wenn wir es nicht finden, verlassen wir das Gebäude schon rechtzeitig."

Morten drückte blitzschnell den Rücken durch, grinste dann frech, da man ihn erwischt hatte. Ein ertappter Politiker hatte zwei Möglichkeiten, alles abzustreiten oder zum Gegenangriff über zu gehen.

„Sie wollen doch auch nicht die Nacht hier verbringen, oder, Herr Henderson?" Er grinste wölfisch und Rick lächelte schief. Punkt, Satz, Sieg.

„Wo können wir noch suchen? Gibt es einen Schuppen? Einen Keller?"

„Ja, es gibt einen Keller." Rick runzelte die Stirn.

„Wieso überrascht Sie das?"

„Ich selbst habe ihn praktisch nie genutzt. Hoffentlich haben Sie keine Stauballergie."

„Ihre gute Laune kann ich heute beim besten Willen nicht nachvollziehen."

Sie verließen den Leuchtturm, umrundeten ihn halb und blieben vor den flachen, schrägen Doppeltüren des Kellereingangs stehen.

„Ich habe den Schlüssel dafür nicht", klagte Rick.

„Keine Sorge."

Morten Kyrgsten wurde plötzlich munter. Als Stadtrat hatte er vorsorglich den ganzen

Satz Schlüssel mitgebracht, den die Polizei zu diesem Fall aufbewahrte.

Sie hantierten eine Weile mit dem schweren Schloss und der eisernen Kette, dann mit den beschlagenen Türen. Ein gutes Versteck, wenn man Kinder, Frauen und alte Männer abhalten wollte, hier zu suchen.

Die beiden keuchten vor Anstrengung, als sie die kurze Holztreppe hinunterstiegen und dann im Halbdunkel standen. Rick zog an einer Schnur und eine schmucklose Glühbirne in der Mitte der Decke flammte auf.

Morten sah sich mit demonstrativen Bewegungen um und meinte dann:

„Tja, da müssen wir wohl noch einmal ran, alter Knabe."

Rick zog müde die Schultern hoch und begann mit der Suche.

Tage später standen sie mit einer in Wachstuch gewickelten, kleinen, aber schweren Kiste an Bord eines kleinen Frachterschiffs. Sie waren viele Kilometer ins Meer hinaus gefahren und hatten die Seekarten studiert, um eine besonders tiefe Stelle zu finden. Morten Kyrgsten war übermüdet. Er und Rick hatten die Kiste ein paar Nächte lang bewacht und obwohl Rick Schlaftabletten und Ohrstöpsel besorgt hatte, kamen sie nicht umhin mit den Anderen zusammenzustoßen. Sie waren harmlos, Schatten vergangener Leben, dazu verdammt durch ihr grausames Gebaren, ihre wilde Erscheinung und das Schauspiel ihrer mörderischen Vergangenheit die Lebenden zu erschrecken. Sie besaßen keine physische Kraft, doch allein ihr Aussehen konnte einem das Blut gefrieren lassen.

Morten Kyrgstens schwache Blase trieb ihn nachts hinaus und er saß mit den Händen vor die Augen geschlagen im Bad und wünschte sich nichts sehnlicher, als dass dieser Albtraum vorüberginge.

Er beeilte sich diesen Ausflug zu organisieren.

„Wissen Sie, Rick", begann er, sichtlich erleichtert, dass es bald ein Ende nahm, „wenn es diese Kiste nicht gäbe, wäre unser Städtchen heute nicht so berühmt-berüchtigt. Die alten Geschichten aus den Wikingerzeiten, sie sind lebendig, in uns, festgehalten in der negativen Energie dieses ... Dings."

„Trotzdem bin ich froh, dass wir es loswerden. Jacob hat uns einen großen Gefallen getan, glauben Sie nicht? Und teuer dafür bezahlt."

Statt einer Antwort, streckte der Stadtrat die Hände über die Reling.

„Sind Sie sicher, Morty, dass sie das Gold nicht behalten wollen? Es könnte ja sein, dass wirklich nur die Kiste, uhm, verflucht ist."

„Ja, und? Wollen Sie das in einem Museum ausstellen? Die Münzen auf Hunderte von Museen weltweit verteilen? Und dann feststellen, dass tatsächlich jede einzelne Münze, wie Sie sagten, verflucht ist."

Rick wälzte den Gedanken eine Weile in seinem Kopf umher. Verfluchtes Gold aus ihrer Stadt in der ganzen Welt verteilt. Heimgesuchte Museen und jede Menge Nachtwächter und bis in die späte Nacht arbeitende Restaurateure, die man morgens tot auffand.

„Nein, lieber nicht", sagte er vorsichtig und zwang sich, die Bilder aus seinem Kopf zu verbannen.

Morten ließ die Kiste fallen und mit einem Platschen, das über dem steten Tuckern des Bordmotors und dem Schlagen der Wellen an den Schiffsrumpf kaum hörbar war, versank der alte Piratenschatz und die Münzen, Halsketten und Broschen darin. Das tiefe Meer schwieg. Selbst die grausamsten Seiten der Seefahrt konnten den blauen Riesen nicht erschüttern.

Rick und Morten klopften sich gegenseitig auf den Rücken und blickten noch lange auf die Stelle, die der kleine Frachter langsam hinter sich ließ, um zu ihrem friedvollen, verschlafenen Städtchen am Sund zurückzukehren.

Das Meisterwerk

Er mochte es nicht, dass man ihn den Schöpfer nannte.

Der Arzt beugte sich über seinen betäubten Patienten und bewunderte die schöpferische Kraft hinter seiner Arbeit. Zum ersten Mal fühlte er in vollem Umfang welchen Einfluss sie auf das Leben anderer nahm. Er suchte nach ersten äußerlichen Anzeichen des Eingriffs der letzten Stunden. Ein grelles Licht flackerte ungeduldig über ihnen. Da er keine fand, lehnte er sich langsam in seinem Stuhl zurück, bedacht, keine allzu schnellen Bewegungen zu machen.

Die Presse hatte eine seltsame Art, die Aufmerksamkeit der Menschen auf wissenschaftliche Entdeckungen zu lenken. Weniger schmeichelhafte Namen gab die Öffentlichkeit ihm in den frühen Stadien seiner Forschung. Den Ehrfurcht einflößenden Titel eines

Schöpfers der letzten zehn Jahre verschmähte Dr. Kane Kaneda. Es reflektierte nicht seine Sicht auf die eigene Arbeit.

Als Mediziner stellte Kane seine Arbeit unter den Aspekt, Menschen zu helfen, ihnen in schwierigen Lebenssituationen einen Ausweg anzubieten. Das schloss nicht nur Kranke ein. Durch die Berichterstattung in den Medien, positiv wie negativ, erhielt er die Aufmerksamkeit der Reichen und Berühmten, die mit ihrem Äußeren schlichtweg unzufrieden waren und eine schmerzfreie Alternative zur klassischen, kosmetischen Chirurgie suchten. Seine Kollegen beschimpften ihn als geldgierigen Schönheitschirurg.

Der schmächtige Japaner fühlte sich unverstanden. Niemand bezweifelte, dass seine medizinische Forschung die Menschheit einen wichtigen Schritt voranbrachte. Die Erfolge bei Notfalloperationen und die Einnahmen durch Persönlichkeiten hatten ihn und seine Arbeit einem breiten Publikum bekannt gemacht. Die zusätzlichen Aufträge hielten ihn von seiner primären Forschungsarbeit ab, andererseits erlaubten ihm private Patienten einen Großteil seiner Forschung unabhängig zu finanzieren.

Was würden andere Ärzte nach diesem Eingriff über ihn sagen? Der schmächtige Kane sah auf den friedlichen Yure herab. Sie gaben ein ungleiches Bild ab. Yure wog dreimal so viel wie Kane. Seine kräftigen Hände lagen auf dem Operationstisch neben ihm. Eine dünne Decke lag über dem Mann, doch die muskulösen Arme lagen obenauf. Es beruhigte Kane zu sehen, dass der Riese ungestört schlief.

Wenn es in öffentlichen Diskussionen um seine Grundlagenforschung ging, betrachteten ihn die Menschen entweder als Visionär oder als Verrückten. Über die ethischen Aspekte seiner Arbeit diskutierten Mediziner, Politiker und religiöse Gruppen. Kane fand, es war egal, auf welcher Seite man stand, die Erde drehte sich weiter und der Fortschritt konnte nicht aufgehalten werden. Seine Arbeiten machten Organspenden – und die Organmafia – auf lange Sicht überflüssig. Vom Aussterben bedrohte oder bereits ausgestorbene Arten konnten gerettet werden. Erbkrankheiten und Behinderungen ließen sich bereits in Neugeborenen korrigieren. Es war kontrovers, aber unaufhaltsam.

Anfangs war es schwierig gewesen die Erlaubnis zu erhalten, seine neue Methodik der Gen- und Zelltherapie einzusetzen. Nur wenige Länder waren bereit, ihn unter äußerst strengen Richtlinien seine Arbeit an lebenden Probanden durchführen zu lassen.

Er war ein Pionier, ohne Zweifel, doch ein Schöpfer?

Das unregelmäßige Flackern von der niedrigen Decke tauchte Yure in ein beunruhigendes Licht. Einen Moment sah er aus wie tot und Kane kontrollierte mit vor Furcht geweiteten Augen die Instrumente, die Yures Lebensfunktion anzeigten. Wie der Mensch, mit dem sie verbunden waren, wirkten sie geisterhaft. Sie schaukelten sanft vor seinen Augen. Alles war in Ordnung und Kane schloss kurz die Augen, wartete bis sein Herz zu seinem normalen Rhythmus zurückfand.

Für einen Laien mag es so aussehen, als ob er aus einem Tropfen Wasser ein Ohr gewann und mit einer Spritze in den Arm eine lästige Warze am Rücken entfernte. Nie hatte er Etwas aus dem Nichts erschaffen. Er verglich sich und seine Arbeit nicht mit dem göttlichen Akt der Schöpfung. Dieser war ihm und anderen Wissenschaftlern ein erhabenes Rätsel. Seine Mixturen veränderten in kürzester Zeit Zellen und Gene. Dauerhaft. Das war alles.

Es war ein langer Weg seiner Methode aus den Laborbüchern in die Krankenhäuser dieser Welt. Der kommerzielle Durchbruch gelang ihm mithilfe eines Teams aus Biologen und Informatikern. Sie entwickelten eine computergestützte Erweiterung seiner Methode, die den bisher komplexen Prozess stark vereinfachte und beschleunigte. Man gab Zellproben des Patienten in ein Analysegerät und formulierte das Ausgangsproblem in ihrem Programm, zum Beispiel ungewollte Sommersprossen, einen Gehirntumor oder ein Raucherbein. Danach definierte man das gewünschte Endergebnis, eine kleinere Nase, defektfreie Gene oder eine Leber ohne Zirrhose. Je nach Umfang des Unterfangens war der Computer mit der Berechnung der nötigen Formel und Form der Gentherapie mehrere Stunden beschäftigt. Die gleiche Arbeit hatte Kane früher Wochen gekostet. Am Ende stand ein Zeitplan von verschiedenen Injektionen und ihrer Dosierungen. Die Mittel wurden nach dem Rezept, das der Computer zusammengestellt hatte, gemischt. Das war eine einfache Laborarbeit, die jedes Krankenhaus durchführen konnte.

Heute war Dr. Kaneda der Leiter einer Kette von Privatkliniken in vielen Ländern, die sich anfangs gegen ihn ausgesprochen hatten. Sie wollten als Unterstützer innovativer Ideen den technologischen Wandel in Zukunft mitbestimmen.

Sein Leben war einfach untergegangen in all der Arbeit.

Er hatte es nie bemerkt oder zumindest nie etwas vermisst. Es gab Lob und finanzielle Unterstützung von vielen Seiten und es gab immer etwas zu tun, immer ein neues Projekt oder Ziel vor Augen.

Heute bereute er so Vieles.

Er beugte sich erneut über Yure und stellte fest, dass alles war wie zuvor. Vorsichtig lehnte er sich in seinem Drehstuhl zurück und seufzte leise. Das tiefe Dröhnen der Maschinen um sich herum nahm er dabei kaum wahr. Das nervtötende Flackern der Leuchtstoffröhre störte ihn nicht. Gelegentlich drohte ein Instrument von seinem Metalltisch zu rollen und Dr. Kaneda griff instinktiv danach. Er legte es zurück an seinen ursprünglichen Platz. Es geschah ohne einen bewussten Gedanken, wie alles in den letzten Tagen.

Er war fast sechzig Jahre alt und hatte sich selten die Zeit genommen auszugehen. Zwar konnte er ein paar Liebschaften aufweisen, doch wenn er abends nach der Arbeit – manches Mal in den frühen Morgenstunden – nach Hause kam, war sein Apartment leer, die Räume kalt. Darüber konnte weder die luxuriöse Einrichtung, noch der teure Whisky oder seine mühsam zusammengetragene, bibliothekarische Sammlung von historischen Medizinbüchern hinwegtäuschen. Er liebte diese Bücher, aber was gaben sie ihm außer den Stolz des Besitzers? Er betrachtete seine Angestellten nie als Freunde, blieb Betriebsfeiern fern und schenkte höchstens mal einen Champagner in formeller Umgebung aus, wenn besonders herausragende Forschungsergebnisse erzielt wurden.

Dass er einsam war, drang eigentlich erst heute in sein Bewusstsein.

Sein Bruder, dachte er leicht verärgert und nicht ohne Bedauern, hatte dagegen alles richtig gemacht. Kane verdankte diese Erkenntnis seiner Bekanntschaft mit Yure, denn Jahre lang behauptete der Arzt das Gegenteil. Taishi, wenige Jahre jünger als Kane, heiratete während des Studiums ein Mädchen, dem er Nachhilfe in Pharmakologie gab. Sie hatten heute drei Kinder und bereits einen Enkel. Der Lärm in ihrem Familienhaus, das bunte und völlig unvorhersehbare Treiben, beendete Kanes Besuche meist nach kurzer Zeit. Er hielt es dort einfach nicht aus. Wie konnte jemand in einer solchen Umgebung über irgendetwas nachdenken, Pläne machen, sich weiterentwickeln? Natürlich hatte sein Bruder trotz eines guten Abschlusses des Medizinstudiums heute nur eine Stelle als Assistenzarzt in einem überlasteten, städtischen Krankenhaus inne. Er hätte es viel weiter bringen können, wenn er sich mehr auf seine Arbeit konzentriert und weniger mit dem Tollhaus beschäftigt hätte, dass er sein zu Hause nannte. Sie stritten häufig, doch eigentlich hatten sie einander nichts zu sagen. Sie waren zu verschieden.

Letzten Endes, was hatte Kane heute vorzuweisen? Er nannte keine Familie sein eigen, pflegte Freundschaften oberflächlich, besaß nicht einmal ein Haustier. Seine guten Kontakte zu zoologischen Einrichtungen und Reservaten waren beinahe komisch. Eines hatte er dabei gelernt. Ein Tier ähnelte mit seiner bedingungslosen Liebe und seiner Anhänglichkeit, dem Lärm und seiner Unberechenbarkeit einem Kleinkind. Für Werbezwecke nahm Kane es öfter auf sich, sich mit exotischen Tieren zu zeigen. In solchen Momenten war es ganz nett. Sein Leben über ein niedliches Tier oder eine eigene Familie völlig umzukrempeln, gefiel ihm jedoch nicht. Wahrscheinlich hatte er einfach nie gelernt, sich um jemanden oder etwas zu kümmern, dass nicht auf einem Operationstisch lag und unter Narkose stand.

Beinahe lachte Kane über diesen Gedanken. Er schaffte es, den Mund geschlossen zu halten und das Geräusch, das er machte, klang mehr wie ein unterdrücktes Husten oder Räuspern.

Selbst für ein Tier hätte er zu regelmäßigen Zeiten zu Hause sein müssen. Kane flog von einer Konferenz, von einer Klinik zur anderen. Viele seiner reichen Patienten bestanden darauf, von ihm selbst behandelt werden. Das führte ihn häufig in entgegengesetzte Teile der Welt. Viele Orte kannte er ausschließlich aus der Vogelperspektive, aus Reisemagazinen, die er im Flugzeug lustlos durchblätterte, und als ferne Silhouetten, betrachtet von ihren Flughäfen aus.

In seiner Hauptwohnung in Tokio stapelten sich Postkarten von seinem Bruder, teils in der krakeligen Handschrift eines Kindes verfasst. Die darauf festgehaltenen Städte, Strände, Seen und Wälder würde er nie mit eigenen Augen sehen, stellte Dr. Kaneda fest. Es erstaunte ihn, dass er nie zuvor darüber nachgedacht hatte. Wann hatte er das letzte Mal Ferien gemacht? Wann war er verreist, um ein fremdes Land zu besuchen, seine Küche, Kultur und Menschen kennenzulernen?

Als Kosmopolit, der sich in der ganzen Welt zu Hause fühlte, was wusste er schon von der Schönheit dieser Welt und den Menschen darin? Er kannte ihre Krankheiten und hatte hart dafür gearbeitet, zu lernen, wie man sie behandeln konnte.

Dr. Kaneda seufzte. Er war überzeugt, dass harte Arbeit Belohnung genug im Leben war. Warum irgendwelche extravaganten Unternehmungen durchführen, die nur den Alltag durcheinander brachten? In seinem Leben tat sich immer ein nächstes Projekt auf, das aufregend und neu war. So wie dieses hier.

Yure atmete geräuschlos, während eine Reihe von Maschinen leise piepste, um seine

Lebensfunktionen anzuzeigen. Kane war tief in seine Gedanken eingesunken und alle Geräusche waren aus seinem Bewusstsein verdrängt. Sollten die Maschinen auf eine Gefahr für seinen Patienten hindeuten, würde er unmittelbar eingreifen können.

Yure war sein Patient, bemerkte Kane erstaunt. Ein Mensch, der ihn in seiner Not um Hilfe gebeten hatte. Sollte ihm etwas geschehen, sähe das für seinen Arzt nicht gut aus. Dr. Kaneda betrachte den Schlafenden, frei von jeglichen Sorgen. Man sah keine Veränderung. Seit zwei Stunden hatte Kane ihm in gut abgestimmten Abständen mehrere Mixturen gespritzt und der Arzt wusste, dass die äußerliche Transformation nur ein kleiner Teil dessen war, was mit Yure geschah. In seinem Inneren wüteten bereits die Mittel, die seine Gene austauschen sollten. Wenn es zur Haut vordrang, wäre die Verwandlung nahezu beendet.

Kanes Blick huschte zur Zeitung auf dem Holzcontainer hinter dem Operationstisch. Das Foto auf der Titelseite zeigte Yure Bogdanovich, den gefeierten Starboxer und Weltklassechampion im Schwergewicht, der vor ein paar Jahren den Titel im Superschwergewicht in einem schwierigen Ringkampf hinzugewonnen hatte. Kane versuchte die

Schlagzeilen zu ignorieren, doch sie zogen ihn magisch an.

Vor drei Tagen war Yure Bogdanovich in eine Bar gegangen, seine Freundin, irgendein Supermodel, an seiner Seite. Kane schähmte sich, dass er ihren Namen bereits vergessen hatte. Die Zeitung lag zu weit entfernt, um den Artikel lesen zu können und er wagte es nicht, aufzustehen. Sie tranken zusammen, sie lachten und feierten. Als Yure die Toilette aufsuchte, begann ein anderer Mann ein Gespräch mit dessen Freundin. Der Rest ist Geschichte.

Fotos von fünf Menschen prangten auf der Titelseite dieser Zeitung, zwei von ihnen waren tot, zwei im Krankenhaus. Yure war sofort auf Streit aus, als er den anderen Mann sah, lief schreiend auf ihn zu und schlug ohne zu zögern auf ihn ein. Zwei weitere Männer gingen dazwischen und auch Yures Freundin versuchte ihn von einem schweren Fehler abzuhalten.

Kane konnte sich nicht vorstellen, für irgendein menschliches Wesen genügend Gefühle aufzubringen, um derart wütend zu werden. War Yure betrunken gewesen? Eifersüchtig? Neugierig blickte Kane auf Yure. Wieso hatte er dabei seine Freundin erschlagen?

Erstaunlich war es für den Arzt, welch hervorragende Kontakte Yure Bogdanovich mit der Unterwelt hatte. Wie schnell dieser

Plan gemacht und umgesetzt wurde, war bemerkenswert. War es verwunderlich, dass eine Erfindung, ein medizinischer Durchbruch wie der seine, von kriminellen Elementen missbraucht wurde? Daraus konnte er Stolz für sich ziehen. Er atmete tief ein und versuchte, sich dabei gut zu fühlen.

Der Druck der Pistole an seinem Schädel verstärkte sich.

„Doc?"

Dr. Kaneda schlug die Augen auf. Er fühlte sich ganz und gar nicht gut.

„Ja?" gab er zurück.

„Entspannen Sie sich, okay?"

Kanes *Stolz* floss ab und seine Muskeln wurden zu dem Brei, der sie seit zwei Tagen waren. Das Schiff schaukelte und eine der leeren Injektionsspritzen vollführte eine Umdrehung auf dem Metalltisch neben Kane, blieb dann jedoch liegen. Die Leuchtstoffröhre über ihnen flackerte nervös.

„Gut so, Doc. Bleiben Sie ganz ruhig."

Yures *Mitarbeiter* hatten Kane in Amsterdam in einen schwarzen Van gezogen. Er war auf dem Rückweg von seiner Mittagspause aus einem Kaffeehaus nahe einer seiner Kliniken. Sie stülpten ihm einen Sack über den Kopf. Jemand hielt ihm eine Pistole dicht vor das Gesicht. Der Lauf der Waffe war durch den Stoff hindurch auf seiner Wange zu spüren. Es war kalt, doch Kane wusste, dass konnte sich schnell ändern. Man hatte ihn auf ein Schiff verfrachtet, ein Schiff, dass in seinem Rumpf ein erstaunlich gut ausgestattetes Labor besaß. Zwei Laborassistenten hatten einen Teil seiner Arbeit schon vorbereitet. Sie sprachen kein Wort, zeigten mit den Fingern auf die Gegenstände, nach denen er fragte.

Yure Bogdanovich erwartete ihn dort bereits. Ebenso wie diese Zeitung, die ihm die Notwendigkeit und Dringlichkeit des Eingriffs erklären sollte. Alles weitere erledigten die auf ihn gerichteten Waffen. Das war vor zwei Tagen gewesen.

Anfangs zitterten seine Hände trotz der routinierten Handgriffe. Er gab sich keinen Illusionen hin. Wenn seine Arbeit erledigt war, würde man ihn nicht mehr brauchen. Nicht mehr wollen. Die Laborassistenten überwachten seine Handlungen eine Weile und überprüften von Zeit zu Zeit den Zustand von Yure. Er war im Moment ein Komplize, bald jemand, der zu viel wusste.

Auf einer abstrakten Ebene kam Kane nicht umhin, den Plan von Yure und seinen zwielichtigen Beratern zu bewundern. Die Veränderungen, die seine Gentherapie herbeiführte, würden vollständig sein. Wenn Yure das nächste Mal erwachte, würde er nicht er selbst sein. Seine grobe, von dicken Poren und breiten Narben übersäte Haut würde viel feiner, heller und ohne Makel sein. In einigen Stunden konnte er aufstehen und sich im Spiegel betrachten. Würde er sich selbst erkennen?

Mit über vierzig Lebensjahren besaß man ein tief sitzendes Bild von sich selbst. Würde er es eines Tages bereuen, dass man ihn komplett veränderte?

Yure hatte sich hingelegt und Yulia oder Yana, sinnierte Kane, würde sich erheben. Niemand könnte jemals Yure Bogdanovich finden. Er verschwand völlig von der Bildfläche. Yulia wird eine andere Haar- und Augenfarbe haben, andere Fingerabdrücke und eben eine andere DNA. Sicher würden Kriminologen Yulia für eine jüngere Schwester von Yure halten, denn die Ähnlichkeit der Gene bleibt enorm. Das bedeutete, dass es für diese Menschen keine Probleme gab, an die Besitztümer von Yure heranzukommen. Ein schöner Plan, gut durchdacht und schnell ausgeführt.

Den Mediziner interessierte am meisten, wie sich Yure fühlen wird, was er denken wird, wenn er sich das nächste Mal im Spiegel betrachtete. Kane wäre zu gerne dabei, wenn dieser Patient erwachte. Doch er gab sich keinen Illusionen hin.

Er beugte sich vor und musterte mit Interesse den rechten Arm von Yure.

Die Transformation des Mannes hatte begonnen.

Es war subtil. Sein geschultes Auge konnte es wahrnehmen. Der Mann, der ihm die Pistole an den Kopf hielt, sah es bisher nicht. Dr. Kaneda hatte viel Zeit gehabt, sich mit den Äußerlichkeiten dieses Patienten vertraut zu machen. Er war sich sicher, dass er kleine Veränderungen in der Haut wahrnahm. Er lehnte sich noch weiter vor und verfluchte zum ersten Mal seit zwei Tagen das unstete Licht über ihnen. Behutsam hob er das rechte Augenlid von Yure an und lächelte. Die Augenfarbe war getrübt und würde sich bald ändern. Auch waren die Wimpern bereits blasser und länger geworden.

Yure würde eine schöne Frau sein, wenn er erwachte. Würde er damit zurecht kommen? Dr. Kaneda biss sich auf die Lippen, um nicht zu lachen.

Doch sofort wusste er, dass es völlig egal war.

Er drehte sich langsam zu dem Mann um, dessen Namen er nicht kannte und nie erfahren würde.

„Es hat angefangen."

Panik kroch in den Blick des osteuropäischen Mafiosos. Unruhig blickte er hinüber zu Yure. Lange wagte er es nicht, zu wenig verstand er, was hier geschah.

„Ich sehe nichts. Sind sie sicher, Doc?"

Dr. Kaneda nickte.

„Es hat angefangen", wiederholte er schlicht.

Der Schuss hallte durch das Containerschiff, dass über dem Atlantik in hohen Wellen schaukelte. Das bleiche Licht erhellte eine dünne Rauchfahne für einen Moment, bevor es wieder flackernd erlosch. Eine Patronenhülse rollte mit einem metallischen Scheppern über das Deck, bis sie unter einem der Holzcontainer zum Stillstand kam. Dr. Kaneda hatte sein größtes Werk erschaffen. Es würde sich selbst vollenden.

Er hatte es nie gemocht, dass man ihn den Schöpfer nannte.

Traumfrau?

Er glaubte nicht an Zufälle. Für ihn war es von Anfang an Schicksal.

Trotzdem hätte er nie geglaubt, er würde so einfach seine Traumfrau finden. Oder sie ihn.

In einer Millionenstadt, in der sich jeder um sich selbst kümmerte, grinste Diderik Alexson schon den ganzen Tag. Er war heute im Büro zu nichts zu gebrauchen und wenn gerade kein Kollege im Raum war, gab er sich vollends den Tagträumen hin.

Aurora, seufzte er immer wieder.

Eine so schöne Frau, dass ihm das Herz stehen blieb, als sie ihn das erste Mal ansah. Wie konnte er ihr überhaupt auffallen? Das Licht im Club *Bis zum Sonnenaufgang* wechselte ständig seine Farben und über der Tanzfläche flackerte es hypnotisierend schnell, sodass die Bewegungen der Tänzer abgehackt wirkten wie in einem Film, der zu langsam abgespielt wurde. Er hatte sich wie üblich an die Bar gesetzt, wo ein gelbes Licht stetig brannte und ihm Sicherheit bot, als säße er in einer anderen Welt. Er trank seinen liebsten Drink, Scotch Soda mit einer Kirsche drin, und dachte, es würde wie jeden Abend werden. Er würde die Tänzer beobachten, sich wünschen, er könnte sich bewegen wie sie, Frauen beeindrucken, statt mit seiner Leibesfülle in die Flucht zu treiben. Verärgert über sich selbst, dass ihm dieser Gedanke gleich so früh am Abend gekommen war, seufzte er auf. Sein Blick huschte über die anwesende Damenwelt, die knappen billigen Kleider, die die meisten von ihnen trugen, verführten ihn zum Träumen. Einen schwergewichtigen Bürohengst wie ihn betrachteten die Frauen kein zweites Mal, obwohl er deutlich besser verdiente als der durchschnittliche Casanova.

Es war ihm wichtig, eine Frau zu finden, die ihn ernst nahm, nicht sein Geld, nicht seine Position bei einer Investmentfirma, sondern seine Arbeit selbst. Diderik ging auf die vierzig zu und er wollte wirklich jemanden an seiner Seite haben, der sich um ihn, seinen geliebten Basset Georgie und sein Heim kümmerte. Nicht nur um der Gehaltsschecks Willen, sondern aufgrund echter, tiefer Gefühle. Wann war es mit ihm – und seinem Gewicht – aus dem Ruder gelaufen? Vielleicht sollte er sich aufraffen und mit dem Jogging anfangen. Gebrauch von der Mitgliedschaft im Fitnessstudio machen. Einfach mal öfter einen Spaziergang unternehmen, anstatt sich derart gehen zu lassen und jeden Abend in einer Bar rumzusitzen und anderen Leuten dabei zuzusehen, wie sie Spaß am Leben hatten. Was war heute los mit ihm? An den meisten Abenden hatte er Spaß daran und war kein in Selbstmitleid badender Muffel.

Er seufzte und spielte mit dem Gedanken zu gehen, als er sie erblickte. Tiefschwarzes, kurzgeschnittenes Haar umrahmte in frechen Fransen ihren Kopf. Ihr weißer Hals leuchtete weithin, doch sie trug ein dunkles Spitzenband darum, was Diderik sowohl verspielt als auch aufreizend mysteriös fand. Sie trug ein eng anliegendes schwarzes Kleid mit einem tiefen, gewellten Rückenausschnitt während es von vorne bis an den Hals brav und hochgeschlossen war. Für ihre Stiletten musste sie garantiert einen Waffenschein bei sich tragen. Sie waren sehr dünn und spiegelten das Licht wider, sodass sich Diderik nicht sicher war, welche Farbe ihre Schuhe eigentlich hatten.

In seinem Kopf speicherte er bereits jedes Detail, dass er an ihr sah, zwecks späteren Abrufens, wenn er allein zu Haus war und Georgie ins Hundebettchen gesteckt hatte.

Es sollte anders kommen.

Versunken in ihren exotischen Anblick wurde sich Diderik langsam bewusst, dass sie ihn ansah. Erschrocken drehte er sich weg, so abrupt, dass ihm ein Teil seines Drinks über die Hand schwappte. Hatte sie wirklich in seine Richtung geschaut? Und nicht nur kurz, sondern bewusst und abschätzend, wie auch er sie regelrecht studiert hatte? Einen Moment lang gab er sich diesem Gedanken hin und spürte, wie ihm das Herz in der Brust ebenfalls überschwappte. Dieses Gefühl des Abenteuers, des Verliebtseins hatte er lange nicht gespürt und war daher nicht in der Lage, seine Tagträumereien zu beenden, wo es schicklich gewesen wäre.

Eine ganze Weile später, als er das Gefühl hatte, wieder normal atmen zu können, drehte sich Diderik zur Tanzfläche.

Sie war verschwunden. Natürlich. Was hatte er erwartet? Sie konnte höchstens halb so alt gewesen sein, wie er, und war bestimmt mit jemandem verabredet. Meist kamen Männer allein oder in Gruppen in diese Bar, in der Hoffnung, die Frauen kämen ohne Begleitung. Wie er wurden sie meist enttäuscht, mussten sich vergleichen mit Männern, die beruflich weniger erfolgreich waren wie sie, dafür aber eine tolle Frau an ihrer Seite hatten. Es war ein Teufelskreis, beschloss Diderik, und dann sah er sie erneut. Sie war auf der Tanzfläche und Diderik hätte schwören können, dass sie wie ein schwarzer Engel darüber schwebte. Sie tanzte mit einer anderen Frau und beide schienen sehr fröhlich zu sein, lachten zusammen und trieben sich gegenseitig zu immer neuen Späßen zur Musik. Diderik konnte ein Lächeln nicht unterdrücken. Vielleicht durfte sie ja erst seit kurzem Trinken und fand es toll, sich dem Alkohol und der Musik hinzugeben. Er betrachtete seinen Drink in der Hand und fragte sich, wann er aufgehört hatte, Alkohol als Mittäter in einer spaßigen Nacht zu empfinden. Irgendwann wurde dieses Gefühl schal. Nach einer bestimmten Anzahl von durchzechten Nächten, Katern und Kopfschmerztabletten.

Gerade als Diderik von Neuem anfing, den Abend zu genießen, sah die junge Frau wieder zu ihm. Ohne gleich wegzuschauen. Das war erstaunlich. Er wagte ein Experiment. Wer nicht wagt, der nicht gewinnt, murmelte er, und hob sein Glas zum Gruß in Richtung Tanzfläche und schöner, mysteriöser Frauen. Ihr Lächeln verbreiterte sich und sie senkte den Kopf in einer Geste, die ihn glauben ließ, dass sie errötete. Er versuchte sich vorzustellen, wie ihre anscheinend schneeweiße Haut von zarter Röte überzogen wurde. Es gelang ihm nicht, denn das Prickeln kam zurück, in der Magengegend, in den Fingerspitzen. Wie konnte er irgendeine junge Frau zum Erröten bringen? In seinem Alter und bei seinem Aussehen. Er musste wie ein gestrandeter Wal wirken und der Barbereich wie ein Schiff voller freiwilliger Helfer, die ihn mit Wasser übergossen und versuchten in tiefere Gefilde zu ziehen. Diderik seufzte. Was für ein absurder Gedanke. Sein schräger Humor war sicher einer der vielen anderen Gründe, warum er eben nicht verheiratet war.

Als er das nächste Mal aufblickte, stand sie vor ihm.

„Hallo, Fremder", sie lächelte ihn an, mit einer nahezu kindlichen Unschuld. „Ich bin Aurora."

Diderik stotterte seinen Namen halbherzig hervor und reichte ihr eine zittrige, schlabberige Hand, dass er wieder an den Wal denken musste. Er atmete tief ein und preschte vor.

„Darf ich dir etwas zu trinken bestellen, schöne Aurora?"

Das klang gut in seinem Kopf, doch er nuschelte und befürchtete, dass er ihr im entscheidenden Moment gar nicht in die Augen gesehen hatte. Er selbst fand das unverzeihlich, aber Aurora behielt unbeirrt ihr sommerlich frisches Grinsen bei.

„Das klingt toll. Nach dem ganzen Tanzen."
Sie kicherte und schob sich auf den

Barhocker neben ihn. Sie war klein, in Dideriks Augen einfach wundervoll.

Ihre Unterhaltung war nicht mal einen Tag her, doch Diderik konnte sich nur Dunkel an die Details erinnern. Er hatte ihr von seinem Job erzählt, von seinem Leben in L. A., von seiner Kindheit in Ohio. Er war sich sicher, dass er ihr Fotos von Georgie gezeigt hatte und sie von dem kleinen Racker hingerissen gewesen war. Klar, der Hund war bei Frauen ein Pluspunkt. Solange, bis sie von seinen Verdauungsproblemen erfuhren. Diderik kam nicht umhin zu grinsen. Eine Frau, die ihn liebte, musste mit Georgie leben können.

Er versteifte sich. Liebe? Wie konnte er nach einem Abend mit einer guten Unterhaltung gleich an die große Liebe denken? Sicher, er hatte ihr gesagt, dass er jeden Abend nach der Arbeit ins *Bis zum Sonnenaufgang* kam, auch wenn er nie solange blieb, wie die Bar dem Namen nach geöffnet hatte. Und sie hatte angedeutet, sie würde am nächsten Abend ebenfalls zurückkommen. Sie hatte erzählt, dass sie Besuch von einer Freundin *aus der Provinz* hatte, und sie mit ihr viel unternehmen wollte. Sie würden sich also wiedersehen, aber Telefonnummern oder etwas Ähnliches hatten sie nicht ausgetauscht. Einen Abend, ein, zwei Stunden lang, hatte ihr Leben das seine berührt und er träumte schon von einer großen Hochzeit und Georgie in einem Anzug mit kleinem Zylinderhut zwischen ihnen in einer weißen Pferdekutsche. Tauben flogen in die Luft und Englein sangen.

Dederik Alexson war eigentlich ein realistischer und pragmatischer Mensch. Doch er war auch ein zunehmend einsamerer Mensch und das machte ihn anfällig für Träumereien.

Aurora war so schön, so elegant in ihren Bewegungen, etwas, dass sie anscheinend nicht von sich selbst wahrnahm. Sie schien den Boden kaum zu berühren, wenn sie lief, ihre Körperhaltung war selbstbewusst, ohne protzig zu wirken und wenn sie mit den Armen, den schlanken, langen Armen, jemandem zuwinkte, dann war das ... energiesparend. Diderik runzelte die Stirn. Er suchte nach einem besseren Wort. Ihre Bewegungen waren nicht ausladend und nicht übertrieben, sondern wohl gesetzt, zurückhaltend und nahezu einstudiert. Ja, er nickte eifrig in dem momentan leeren Büro mit dem Kopf, das gefiel ihm besser. Er sah auf die Uhr und zählte die Stunden, bis er sie das nächste Mal treffen würde. Erst vergingen sie zäh, wie alter Honig, und Diderik versuchte sich mit Arbeit von der stillstehenden Zeit abzulenken.

Urplötzlich war es dann doch Zeit nach Hause zu gehen, sich umzuziehen und in seine Lieblingsbar zu gehen. Würde er sie heute Abend wiedersehen? Aurora, wisperte er, Aurora Shervin. Ein Name mit der gleichen Anziehungskraft wie diese umwerfende Frau. Ach, wenn sie meine wäre, dachte sich Diderik, und lief schnellen Schrittes nach Hause, wo er völlig verschwitzt und außer Atem ankam.

Sie trafen sich eine Woche lang, jeden Abend in der *Bis zum Sonnenaufgang*. Diderik sah ihr beim Tanzen zu – ihre Freundin kam einzig ein weiteres Mal – bezahlte die Getränke und achtete kaum darauf, wie die Zeit verging, denn alles, was für ihn von Bedeutung war, war der Anblick von Aurora, lachend, strahlend, schön wie . . . nun ja, wie die Mörgenröte, nach der sie benannt war. Am Donnerstag, in der zweiten Woche ihrer Bekanntschaft, fasste er sich ein Herz und fragte sie nach einer Telefonnummer oder Emailadresse. Sie sah ihn lange nachdenklich an, ein leichtes Lächeln umspielte ihre Lippen. Wollte sie sich über ihn lustig machen? Etwas sagen, dass ihn verletzt hätte? Er war auf alles vorbereitet, nur nicht auf das, was tatsächlich geschah.

„Findest Du, dass ich schön bin, Diderik?" fragte sie, die Hände in die Hüften gestemmt und den Kopf lauernd zur Seite geneigt.

„Ja, natürlich, Aurora, wunderschön, die Schönste von allen!"

Er war nahe daran, einen Kniefall zu machen und zu beteuern, dass er nie wieder eine andere Frau betrachten würde, wenn sie beide ... Sie lachte. Lachte schallend und glasklar, wie ein Vogelzwitschern. Sogar, wenn sie ihn auslachte, war sie schön. Niemals legte sie eine Hand vor den Mund, wenn sie lachte. Diderik liebte, wie selbstbewusst sie war.

„Beruhige dich, mein Lieber, ich glaube dir ja."

Sie brauchte eine Minute um sich zu beruhigen, trank vorsichtig einen Schluck von dem Bacardi, den sie gerne bestellte.

„Weißt du, ich habe mit Männern noch nie Glück gehabt", begann sie und Diderik wurde ganz anders zu Mute. Sie und kein Glück mit Männern? Das musste ein Irrtum sein!

„Männer ergötzen sich immer an den Äußerlichkeiten. Schön sein muss es, glänzen und funkeln."

Diderik begann zu ahnen, was Aurora meinte. War sie bisher immer als eine Trophäe behandelt worden? Nun, er wäre sicher ebenfalls stolz, sie seinen Freunden, seiner Familie als sein *Schmuckstück* präsentieren zu können. Er runzelte die Stirn wie bei einer schwierigen Rechenaufgabe.

„Ich will sicher sein können, dass mich ein Mann liebt, wegen der Persönlichkeit, die ich bin, nicht wegen meinem Aussehen, oder meinem festen Hinterteil." Sie verdrehte ihren Körper, um ihr Hinterteil zu zeigen und gleichzeitig betrachten zu können. Ein schönes, festes, kleines Hinterteil, bemerkte Diderik wohlwollend. Er befand sich in einem Dilemma. Was sollte er ihr sagen? Er kannte sie erst kurze Zeit und wollte sicher nicht irgendeinen abgedroschenen Mist aus den Frauenzeitschriften, die er ab und an las, herunterbeten. Sie schien auf eine Reaktion zu warten und er griff in aufsteigender Panik auf die Weisheit der Unterhaltungsliteratur zurück:

„Ich finde, du bist ein großartiger Mensch. Wir haben uns jetzt jeden Abend hier getroffen und geredet und geredet und ich habe noch immer nicht genug. Ich möchte alles über dich, dein Leben, deine Familie und Freunde, über deine Pläne erfahren."

Er hätte vielleicht nicht alles in einen Satz packen sollen, aber es zeigte Wirkung. Aurora, die von ihrem Hinterteil unsicher aufgeblickt hatte, lächelte, wie der Sonnenschein nach dem Regen, als ob das schlechte Wetter nie da gewesen war und nie wieder kommen würde.

„Diderik! Das ist so lieb von dir!"

Sie strahlten sich an.

„Dass ich dich kennengelernt habe, Aurora, das hat mein Leben verändert, ich schwöre es dir!"

Er drückte ihr fest die Hand. Sie erwiderte den Druck ohne ihn anzusehen. Die elektronische Popmusik war derart in den Hintergrund getreten, Diderik hätte schwören können, dass ein Streichorchester an diesem Abend einen Gastauftritt hatte.

„Ich muss mir aber ganz sicher sein, mit dir", Aurora hob den Zeigefinger und wollte womöglich wie eine strenge Lehrerin wirken, aber sie sah dabei zu niedlich aus.

„Wie denn, meine liebe Aurora, wie kann ich dir beweisen, dass mich alles an dir zu dir hinzieht?"

Diderik spielte ihr zu Liebe den empörten Freund.

„Ich habe da von einem tollen, neuen Restaurant gehört."

Natürlich! Diderik hätte sich die Hand auf die Stirn geschlagen, hätte er mehr Platz zwischen sich und Aurora bringen können für diese ausholende Geste. Er hätte in den vergangenen zehn Tagen von selbst drauf kommen können, sie nicht nur zu einem Drink in dieser Bar einzuladen, sondern sie richtig auszuführen. Damit sie sich wie eine echte Lady in einem schicken Restaurant fühlen konnte. Sie wusste nicht, dass er ihr schon zugestimmt hatte, als er seine Mundwinkel zu einem breiten Lächeln verzog.

„Gerne, Liebes."

„Das ist eine super moderne Küche und ..."

„Sehr gerne, Liebes. Nenne mir den Namen und ich reserviere uns einen Tisch für den nächstmöglichen Abend."

Betreten blickte Aurora zu Boden. Einen Moment lang, wähnte Diderik schlechte Nachrichten. Er sank in sich zusammen.

„Ach, weißt Du, Diderik, Liebling, ich habe gleich eine Reservierung gemacht, an dem zweiten Abend, wo wir uns trafen."

Diderik Alexsons Herz setzte einen Sprung aus. Sein Kardiologe wäre nervös geworden, aber Diderik überwand den Schwindelanfall schnell.

„Kleines, das ist wunderbar, DU bist wunderbar, aber die Rechnung zahle ich, da bestehe ich drauf, wo kämen wir denn da hin, wo ist es denn, wann ist der Termin, wo soll ich dich abholen ... "

Auroras kristallklares Lachen hallte durch *Bis zum Sonnenaufgang* und wurde von stampfenden Füßen auf der Tanzfläche achtlos verschluckt. Doch in Dideriks Herzen berührte es eine Saite, die mitzuschwingen begann.

Sie sah umwerfend aus. Weiter fiel Diderik nichts dazu ein. Als er sie sah, wie sie um die Straßenecke bog, setzte sein Denken aus. Sein letzter klarer Gedanke war: Sie sah umwerfend aus. Ein dunkelblaues Spitzenkleid schmeichelte ihrer schlanken Figur und setzte spielerische Akzente an den Schultern und am Saum des Kleides. Ihr kurzes Haar hatte sie glatt gestrichen und mit Haargel oder Spray streng nach hinten gekämmt. Diese Strenge stand ihr gut, fand Diderik. Das Lächeln, mit dem sie ihn anblickte, ließ ihn diesen Gedanken sofort vergessen.

Er hatte an der angegebenen Adresse auf sie gewartet. Tatsächlich stand er schon eine gute halbe Stunde dort, denn er war viel zu nervös und daher zu früh erschienen. Er trug seinen besten Anzug mit einer gewagten Krawatte: Eine große, rote Rose prangte darauf, umgeben von kleineren Kopien, auf hellgrauem, beinahe weißen Grund. Es war ein Geschenk seiner Mutter und er hatte sie bisher sehr selten getragen. Er hoffte jedoch, dass diese Blume auf seiner Brust für ihn sprechen könnte, selbst wenn ihm seine Stimme versagte. Und das tat sie. Von der ersten Minute an.

Aurora warf sich um seinen Hals und küsste ihn auf die Wange zur Begrüßung. Dann nahm sie ihn bei der Hand und zog ihn hinter sich her durch die Straßen. Dabei plapperte sie munter vor sich her, über ihren Tag und wie sehr sie sich auf den Abend mit ihm freute, wie sehr sie sich auf das Restaurant freute. Sie liefen kreuz und quer durch die Straßen und Diderik verlor alsbald die Orientierung, seine Augen und Ohren, ja, alle seine Sinne waren auf Aurora gerichtet und die Welt zog an ihm vorbei, als säße er in einem schnellen Zug. Plötzlich blieb sie stehen und Diderik bemerkte es zu spät. Sie lachte, als er eine Entschuldigung murmelte, weil er sie fast zu Fall brachte, als er sie anstieß. Sie befanden sich in einer kleinen Straße, vor einem verlassen wirkenden Haus. Die ganze Straße wirkte verlassen und Diderik stutzte.

„Hast du dich verlaufen?", fragte er die junge Frau an seiner Hand.

„Nein, Darling, wir sind hier richtig", erwiderte sie und stieß eine Tür auf, die Diderik für verschlossen gehalten hätte. Er gab zu, das niedrige Gebäude wirkte wie ein Restaurant. Es besaß eine bunte, durch Alter stark verblichene Markise, die zusammengerollt über zugenagelten Fenstern in ihrem Kasten lag. Ein Aushang zeigte auf einem gelben und von Feuchtigkeit geknitterten Blatt Papier die Speisen. Doch es sah nicht aktuell aus und Diderik hätte nie geglaubt, dass hier noch gearbeitet wurde, insbesondere im Gastronomiegewerbe.

Er runzelte die Stirn. Das sah nicht Vertrauen erweckend aus. Sollte das Auroras neues, schickes Restaurant sein?

„Nun sei nicht so spießig!", fiel Aurora in

seine Gedanken ein. „Du wirst schon sehen, es ist richtig toll!"

Ihre Hand drückte die seine sanft und er folgte ihr ohne Widerstand. Sie stießen durch einen schweren, schwarzen Samtvorhang und dahinter befand sich eine andere Welt. Schlagartig fühlte Diderik sich in die zwanziger Jahre zurückversetzt. Gelbes Licht aus ausladenden Lampenschirmen durchflutete den Raum um in einem hochflorigen Teppich zu versinken. Die Wände waren mit golddurchwirkten Tapeten behangen und die Fenster – von außen durch grobe Bretter abgedunkelt – zeigten von innen Aussichten weltberühmter Städte. Abhängig von seinem jeweiligen Sitzplatz, konnte sich der Gast wie in Paris oder Rom fühlen oder direkt auf einen romantischen Strand im Sonnenuntergang schauen.

Aurora zog Diderik weiter. Sie musste einen Kellner angesprochen haben, denn sie wurden von einem Mann geführt, den Diderik bisher nicht bemerkt hatte. Er führte die beiden quer durch das Restaurant. Die Tische waren mit tiefroten Tischdecken eingekleidet und je eine gelbe Rose stand in einer schlanken Vase im Zentrum. Dideriks Magen meldete sich zu Wort und ein Blick auf die Teller anderer Gäste ließ ihm das Wasser im Munde zusammenlaufen. Das sah sehr gut aus.

Er hatte sich vorgenommen vor Aurora

nicht zu viel zu essen, aber er sah dieses Vorhaben dahinschmelzen. Er würde auf jeden Fall einen Salat bestellen und hoffen, dass ein einfacher Hauptgang ihn durch den Abend bringen könnte.

Beinahe wäre Diderik gestolpert. Aurora hielt ihn an der Hand und er achtete nicht auf seine Füße. Sie stiegen eine stählerne Wendeltreppe empor und er musste mit der anderen Hand nach Halt suchen, um nicht über die unterste Stufe zu fallen. Er hoffte, dass niemand dieses Missgeschickt gesehen hatte.

Verwundert sah er die Menschen, die Pärchen, unter sich verschwinden und fühlte sich verunsichert. Er machte sich keine Sorgen um die Preise hier, doch er wusste, dass er nicht wirklich hierher passte. Es fühlte sich zu exklusiv an.

Im oberen Stockwerk war das Licht gedämpfter und zwischen den Tischen erhoben sich hohe Trennwände, um den Gästen die größtmögliche Intimität zu gewähren. Sie passierten weitere Reihen und steuerten auf einen freien Tisch zu. Ein paar Leute drehten sich neugierig nach ihnen um. Bildete er sich das nur ein oder sprühte Aurora vor Stolz? Diderik strahlte ihren Hinterkopf an. Endlich konnten sie Platz nehmen. Anstelle von Stühlen konnten sie auf einer gepolsterten, leicht runden Bank Platz nehmen und sich aneinanderschmiegen. Diderik befand sich im Himmel.

Jeder Mensch sollte im Leben die eine Chance bekommen, sich zu beweisen. Zu zeigen, aus welchem Holz er geschnitzt ist. Dafür ist es wichtig, dass andere Menschen ihm ohne Vorurteile begegnen und ihm die Chance einräumen, aus dem Schatten des Alltags zu treten und seinen großen Auftritt zu haben.

Idealerweise wurde man im Voraus über den einmaligen Moment informiert, konnte sich vorbereiten, um dann auf Knopfdruck sein Bestes zu präsentieren.

Diderik sollte heute, ohne Vorwarnung und ohne Vorbereitung, dieser Augenblick geboten werden.

Das Abendessen war vorzüglich, aber es wurde für ihn zu einer Nebensache. Aurora nahm seine ganze Aufmerksamkeit in Anspruch. Ihr Lachen, ihre strahlenden Augen, er konnte sich nicht satt sehen. Sie amüsierte sich über seine Krawatte, seinen Haarschnitt und er ließ es sich gefallen, da ihre Hände ihre Worte begleiteten, wie ein Dirigent die Musik seines Orchesters. Sie fuhr ihm durch seine Haare, dann wieder lagen ihre Hände auf seinem Brustkorb, dann strich sie ihm über die Wange.

Sie warteten auf den Nachtisch, als Diderik sich entschuldigen musste.

„Nein, Diderik, bitte geh jetzt nicht! Das Dessert kommt jeden Moment. Bitte lass mich hier nicht allein," schmollte Aurora.

Es tat ihm weh, sie leiden zu sehen, aber sein Magen rumorte und es blieb ihm keine Wahl. Er küsste ihre Hand und entfernte sich in seinem schnellsten Trippelgang. Nervös um sich schauend, befürchtete er, dass die Toiletten im unteren Stockwerk waren. Der Gedanke, mit seinem drückenden Bauch jetzt die Wendeltreppe hinuntergehen zu müssen, war ihm zuwider. Als er den Zugang zu den Waschräumen auf halbem Wege zur Treppe fand, atmete er erleichtert auf und war mit einem zielgerichteten Sprung hinter den Schwingtüren verschwunden.

Mit einem befreitem Seufzen trat er ein paar Minuten später heraus. Er überprüfte unauffällig den Reißverschluss seiner Hose und nahm sich einen Moment Zeit, die anderen Gäste zu betrachten. Derart von Auroras Präsenz gefangen, hatte er völlig vergessen, dass sie in einem gut gefüllten Restaurant saßen. Die anderen Pärchen genossen sichtlich die Abgeschiedenheit ihrer Separées und Diderik grinste, als er einen Mann sah, der regelrecht am Hals seiner Partnerin klebte. Wäre er etwas mutiger, hätte er Aurora bereits einen

Kuss aufgedrückt, so überglücklich machte ihn dieser Abend. Dafür war es womöglich zu früh, sicher würden sie mehrere Abende ausgehen, bevor er sich das trauen würde.

Er schielte zu den beiden derart beschäftigten Gästen hinüber und sein Grinsen verschwand mit einem Ruck. Sein Blick war sofort geradeaus gerichtet. Spielte das Licht ihm einen Streich? War es eine optische Täuschung? Einen Augenblick lang glaubte er ..., doch nein, das war völlig unmöglich, ganz und gar verrückt.

Seine Knie wurden weich. Es war absurd. Ein Kellner kam in seine Richtung und er schritt zur Seite, um den Mann und sein mit Getränken gefülltes Tablett durchzulassen. Dabei nutzte er die Gelegenheit, zu dem Pärchen hinüberzusehen, dass ihn verwirrte.

Er hatte sich nicht geirrt, seine Augen taten ihren Dienst, dass wusste er natürlich, aber sein Verstand konnte nicht verarbeiten, was er sah. Kaum war der Kellner vorübergegangen, machte Diderik einen Satz nach vorn und wirbelte zu seinem Tisch. Aurora begrüßte ihn mit einem verhaltenen Lächeln.

„Ist alles in Ordnung?", fragte sie alarmiert.

Er schüttelte seine Geldbörse aus der Anzugsjacke und fummelte mit zitternden Fingern mehrere Hundert-Dollar-Scheine hervor.

„Wir gehen, bitte zieh dich an und beeile

dich!", zischte er zwischen den Zähnen hervor, als er die Geldscheine auf den Tisch warf. Das Dessert erntete einen reumütigen Blick.

„Was ist denn auf einmal los, Diderik?", verlangte Aurora zu wissen.

„Ich erkläre es dir draußen. Nun komm!"

Sie war einen solchen Ton von ihm nicht gewöhnt. Mit sichtbarem Unmut robbte sie sich aus der Ecke. Diderik wartete nicht, bis sie ihre dünne Jacke übergeworfen hatte, sondern packte sie bei der Hand und zog sie hinter sich her. Sie wollte protestieren, andererseits wollte sie keine Aufmerksamkeit auf sich ziehen, also verzog sie lediglich den Mund und schob die Lippen schmollend nach vorn.

Dederik Alexson war in seinem Leben noch nie so nervös gewesen. Er blickte stur geradeaus, ignorierte die Kellner, die ihm mit gehobener Augenbraue entgegenkamen, und steuerte zu den Treppen. Er achtete darauf, nicht bei dem Tisch vorbeizugehen, der die Ursache für sein Verhalten war und zog seine Freundin näher zu sich. Am liebsten hätte er den Arm um sie gelegt, aber es war zu wenig Platz und sie mussten hintereinander gehen. Er ließ die junge Frau vorgehen, als sie die Wendeltreppe erreichten und als einzig sein Kopf im zweiten Stock war, warf er einen letzten, schnellen Blick zu dem seltsamen Treiben hinüber. Er konnte nichts sehen, die

Trennwände versperrten ihm die Sicht und er fragte sich erneut, ob er überreagierte, ob das, was er zu sehen glaubte, wirklich real war.

Im unteren Geschoss fühlte er sich wie beim Spießrutenlauf, obwohl die Kellner freundlich nickten und einen guten Abend wünschten.

Kaum draußen angelangt, begann Aurora zu schimpfen.

„Diderik! Was ist bloß in dich gefahren? Es war doch so nett."

Hier an der frischen Luft, konnte er noch immer nicht atmen. Die Straßen waren verlassen und er fühlte sich mit einem Mal weniger sicher, als im Restaurant. Dort gab es wenigstens andere Menschen, recht viele sogar. Die Kellner mussten etwas bemerken? Sollte er die Polizei rufen?

„Du siehst gar nicht gut aus, Liebling."

Aurora schmiegte sich an ihn und er nahm sie in die Arme.

„Erklärst du mir dein seltsames Verhalten?"

„Lass uns ein Stück laufen."

Seine eigene Stimme klang fremd in seinen Ohren. Sie entfernten sich vom Restaurant und er entspannte sich mit jedem Schritt ein wenig mehr.

„Du wirst mir wahrscheinlich eh nicht glauben", begann er zaghaft. Er glaubte es selbst nicht und es würde komisch klingen, wenn er es laut aussprach.

„Was ist es denn nun? Erzähl schon", bat Aurora und zog ungeduldig an seinem mächtigen Arm.

„Ich habe gerade gesehen, wie ein Mann eine Frau getötet hat."

Diderik lauschte dem Echo seiner Worte und wartete auf eine Reaktion von Aurora. Sie war stehen geblieben und sah ihn mit großen Augen an. In ihrer Verwirrung wusste sie wahrscheinlich nicht, was sie dazu sagen sollte.

„Was", fragte sie schließlich zögerlich, „was meinst du damit?"

„Ich habe ihr Blut gesehen und ihre toten Augen. Er hat sie regelrecht ... aufgefressen."

Ein tiefer Seufzer entrang sich seiner Brust. Das Wichtigste hatte er ihr gesagt.

„Aufgefressen? Die Speisekarte bietet doch aber etwas für jeden Geschmack."

Diderik sah sie lächeln und verstand nicht, wie sie in einer solchen Situtation einen derart makaberen Scherz machen konnte.

„Ich bin froh, dass wir da raus sind!"

Aurora nickte nachdenklich. Ihr Begleiter seufzte erneut.

„Ich weiß, es klingt absurd, aber ich glaube, es war ein Vampir."

Vorsichtig sah er sie an. Es hätte ihn nicht verwundert, wenn sie ihn ausgelacht hätte, doch sie blieb ruhig. Fest drückte sie seine Hand.

„Wir sollten wahrscheinlich die Polizei rufen. Wir müssen ja nichts von Vampiren erwähnen", fügte Diderik hinzu und Aurora nickte.

„Ja, das sollten wir tun."

Aurora blickte ihm fest in die Augen.

„Danke, dass du mich beschützt hast."

Sie umarmte ihn und er genoss das Gefühl ihres Köpers, so nah und warm an seinem.

„Diderik, du bist mein Held!", seufzte sie und legte ihre rechte Hand hinter seinen Kopf, um ihn zu sich zu ziehen. Er war durcheinander und wunderte sich, ob er sich das eingebildet hatte, oder ob sie tatsächlich einer gefährlichen Situation entkommen waren. Als Auroras Kopf sich dem seinen näherte, lächelte er und schloss die Augen.

Ob sie ihn küssen würde? Den ganzen Abend lang hatte er darauf gehofft.

Er spürte ihre Nase an seinen Lippen, an seiner Wange und fühlte, wie sich sein Magen verkrampfte. Es hatte nichts mit dem Abendessen zu tun. Aufregung stieg in ihm auf und sein Herz schlug schneller.

Sanft legten sich Auroras Lippen an seinen Hals. Diderik zitterte, seufzte und schmolz regelrecht dahin. Er war im Himmel und sie war sein Engel.

Dann vergrub sie ihre spitzen Zähne in seinem Hals.

Glückssache

Der Wind raschelte ungebremst durch die kahlen Sträucher am Rande des Wassers und verwirbelte oberflächlich den trägen Sand, der auf den Felsen lag. Möwen schrien frustriert, beklagten die Unzulänglichkeiten des Lebens. Rasmus Kareson starrte auf seine blutverschmierten Hände hinab. Er nahm seine Umgebung nicht wahr, obwohl die kalte Abendluft an seiner Jacke zerrte und der Straßenverkehr nicht weit von ihm hinter losen Baumreihen vorüberzog. Wie hatte es dazu kommen können?

Er stand gedankenverloren am Pier im Strandgarten von Jægersborg und ein entfernter Teil seines Bewusstseins rief ihm zu, sein Fahrrad von dem Baum loszuketten, wo er es vor einigen Stunden befestigt hatte, und loszufahren. Weg von den Erinnerungen. Er könnte mit geschlossenen Augen Strandvejen entlang nach Süden fahren und erst anhalten, wenn er bei seinen Eltern war. Sein altes Zimmer in ihrem kleinen Apartment bei den Seen im westlichen Zentrum Kopenhagens war stets eine Zufluchtsstätte gewesen. Er könnte die Türe verschließen und diesen Tag vergessen. Andererseits könnte er Strandvejen kreuzen, sich mit seinem Trackingrad durch Jægersborgs verwildert anmutenden Tiergarten kämpfen, an der jetzt leergefegten Universität vorbei und schneller seine eigene Wohnung in Sorgenfri erreichen. Ein gequältes Lachen entrang sich ihm. Frei von Sorgen war er nicht.

Seine Hände begannen zu zittern und bald ergriff diese unkontrollierte Bewegung seinen ganzen Körper. Seine Knie drohten einzuknicken, doch er wollte sich keiner Schwäche hingeben. Nicht jetzt und nicht hier.

Er sank auf ein Knie hinab, beugte seinen Körper vor, so tief, dass er sich die Hände im dunklen, kalten Wasser des Øresunds waschen konnte. Das schwarze Blut ließ sich leichter entfernen, als er befürchtet hatte. Mit Widerwillen klopfte er die nassen Hände an seinen Sachen ab. Es half nicht viel, er war bis auf die Knochen durchnässt. Noch hatte ihn kein Schritt vom Ufer entfernt. Mit Wehmut schaute er auf die ruhigen Wellen, die mit nichts verrieten, was vor kurzem dort draußen geschehen war. Nur das kleine

Ruderboot – das Rettungsboot seiner bescheidenen Jacht – zeugte von dem Schrecken, den er überstanden hatte. Nun war es am Pier vertäut, schwankte sanft im Wind und zog an dem kurzen Tau, mit dem Rasmus es befestigt hatte. Wegen dem Ruderboot konnte er sich mit einem Rest Würde von seinem sinkenden Schiff entfernen. Es sah ihn unbeteiligt und trotzdem klagend an. Was sollte er der Versicherungsfirma erzählen? Dass er bei bestem Segelwetter die Kontrolle verloren hatte und auf Grund gelaufen war? Er hatte keinen Notruf abgesetzt. Das würden die Versicherer verdächtig finden. Seit ein paar Jahren besaß er dieses Boot und der Gedanke rief ein schwaches Lächeln auf seine Lippen. Wie alles in seinem Leben, verdankte er diesen Besitz seiner Glücksmünze.

Bereits in der Schule konnte Rasmus sich nie für etwas entscheiden. Meist überließ er es anderen Menschen, seiner Familie und seinen Freunden, sich seiner anzunehmen. Er galt als antriebslos, langsam und desinteressiert, dabei bedeutete es, dass er zufrieden und ohne Sorgen war. Selten hatte er einen eigenen Wunsch. Die Karesons verreisten häufig und jedes Mal brachten sie Kleinigkeiten von ihren Reisen mit. Die Kinkerlitzchen interessierten Rasmus wenig, einzig die ausländischen Währungen, Münzen und Scheine, faszinierten ihn. Er liebte besonders eine Münze, die er beim Bummeln durch die Straßen einer Stadt im mittleren Osten gefunden hatte. Nie hatte er sich die Mühe gemacht, zu klären, ob die seltsamen Zeichen darauf Chinesisch oder Japanisch waren. Klar war, dass diese Münze dort genausowenig hingehörte wie er selbst. Sie besaß ein Loch in der Mitte wie die meisten dänischen Münzen, leuchtete aber im Gegensatz zu ihnen in einem kräftigen, rötlichen Goldton.

Es wurde ihm zur Gewohnheit, diese Münze mit in die Schule zu nehmen. Zunächst wollte er sie seinen Kameraden zeigen und mit seinen spannenden Reisen angeben. Bald nutzte er sie, um mit einem Münzwurf Entscheidungen zu treffen. Welches Mittagessen sollte es sein? Welchen Kinofilm sollten sie schauen? Sollten sie am Wochenende baden gehen oder lieber in den Freizeitpark?

Er folgte keiner speziellen Philosophie, es war vor allem Bequemlichkeit, die ihn dazu trieb, sein Schicksal mit einer Münze zu entscheiden. Eine Münze besaß zwei Seiten, ein „ja – tu das" und ein „nein – lass es bleiben" waren häufig alles, was er brauchte, um durch den Alltag zu kommen. Zwar zogen ihn seine Freunde wegen dieser neuen Kauzigkeit auf, aber es war ihm lieber, als ausgelacht zu werden, wenn er sich bei einer Meinungsumfrage nicht schnell und eindeutig äußern konnte.

Es wurde nicht nur sein Modus Operandi, es wurde ihm zu einer zweiten Natur. Als die Fragestellungen komplizierter und für sein zukünftiges Leben wichtiger wurden, verließ er sich weiterhin nahezu blind auf das Urteil der Münze. Es war ihm egal, ob ein Gott hinter dem Münzwurf stand, ein ominöses Schicksal oder der Zufall – mit all seinen Komponenten des wann, wo, wer und wie. Wenn er an eine Gabelung in seinem Lebensweg kam, befragte er die Münze, was zu tun sei, ebenso, wie wenn es darum ging, Italienisch oder Asiatisch essen zu gehen. Die Münze beschloss, welche Schulfächer er abwählte und welche er als intensive Kurse fortführte. Sie entschied, welches Geburtstagsgeschenk er seiner kleinen Schwester machte und mit welchen Mädchen er ausging.

Seine Eltern waren bitter enttäuscht, als er sich gegen ein Studium entschied und sich freiwillig für den Militärdienst meldete. Er verbrachte einige Jahre im Ausland, in krisengeschüttelten Wüsten, und er schwörte darauf, dass ihm seine Münze ein oder zwei Mal das Leben rettete. Ein Münzwurf entschied, dass er nicht Berufssoldat werden würde, und als er zurück nach Kopenhagen kam, erwarteten ihn einige Überraschungen.

Sein Militärgehalt war nahezu unangetastet zu einem kleinen Vermögen auf seinem Bankkonto angewachsen, seine kleine Schwester hatte eine Familie in Norwegen gegründet und alle hofften, dass nun auch er sesshaft werden würde. Bei seiner Rückkehr musste die Münze wie besessen neue Beschlüsse fassen. Statt zu Hause zu bleiben, kaufte er sich eine Wohnung in Sorgenfri. Statt ein Auto zu kaufen, besorgte er sich eine kleine Jacht. Die Stunden allein im Øresund genoss er sehr. Niemand verlangte Entscheidungen von ihm draußen auf den Wellen. Von den Damenbekanntschaften, die man für ihn verabredete, nahm er manche an, manche lehnte er ab, ein paar endeten in einer überstürzten, trunkenen Nacht. Nie sagte ihm die Münze, dass er diese Beziehungen weiter verfolgen sollte.

Bis Olivia in sein Leben trat.

„. . . unbedingt Olivia treffen!"

Tante Gretchen schaute ihn erwartungsvoll an und Rasmus wurde bewusst, dass er sich mehr auf das Stück Kuchen in seiner Hand konzentriert hatte, als auf ihre Worte.

„Mmh? Wie bitte?"

„Du musst unbedingt Olivia kennenlernen! Sie ist so eine tolle Frau", Gretchen zwinkerte ihrem Neffen zu. Niemand in seiner Familie gab sich Mühe, Verkupplungs-versuche subtil voranzutreiben.

„Ich denke darüber nach", antwortete Rasmus gelangweilt. Er ahnte, dass er einen halbstündigen Vortrag über die Vorzüge dieser Olivia bereits verpasst hatte, und dankte seiner Fähigkeit, sich Tagträumereien mitten im Gespräch auf einer Stehparty hingeben zu können.

„Nein, kein Rückzug mehr möglich! Wir gehen am Freitag Mittag ins Freibad in Bellevue. Da können sich alle so richtig austoben und ihr zwei beide", Tante Gretchen kam nahe an ihn heran, sodass er ihren Atem in seinem Gesicht spüren konnte, „ihr werdet viel Zeit haben, euch kennenzulernen."

Sie zwinkerte wieder, als hätten sie eine geheime Abmachung geschlossen. Brav nickte Rasmus und versprach ihr, sich diese Olivia am Freitag mal anzusehen.

Es war ein ungewöhnlich warmer Tag, ein letztes Aufbäumen des Sommers vor dem Ende der Urlaubszeit. Das Lachen und Kreischen von Kindern rollte donnernd über den feinen Sandstrand, dass die Brandung neidisch herüberschaute. Kaum ein Flecken war frei, es wurden Burgen gebaut, Rücken mit Sonnencreme eingeschmiert, Ball gespielt, sich unter Schirmen verkrochen, Eis geschleckt, kurz, es war ein Tag in den Sommerferien, den Klein und Groß lange nicht vergessen würden.

Das Wasser war klar und Olivia schwamm wie ein Fisch darin. Rasmus war überrascht von ihrer Erscheinung. Sie war anders als die anderen Frauen, die man ihm bisher unter die Nase gehalten hatte. Ihr Haar war pechschwarz, ihre Augen dunkel und sie sprach mit einem rauhen, exotischen Akzent.

„Es freut mich, dich kennenzulernen, Rasmus."

Ihre ersten Worte an ihn, brachten seine inneren Organe zum Mitschwingen. Ihre Stimme war tief und reizvoll.

„Hallo, Olivia." Beim Händeschütteln staunte er über ihren kraftvollen Händedruck. Ihr Körper war muskulös, sicher war schwimmen nicht der einzige Sport, den sie trieb.

„Wo kommst du her?"

„Ich stamme aus Rumänien. Ich hoffe hier, in Dänemark, mein Glück zu finden." Sie sah ihn dabei offen an, kein freches Zwinkern, wie von Tante Gretchen, aber auch kein verschämtes Wegschauen. Eine Frau, die wusste, was sie wollte.

„Wieso Dänemark?", hakte Rasmus nach. Ihre Antwort überraschte ihn, hätte ihn womöglich zum Lachen gebracht, hätte sie ihn dabei nicht so ernsthaft angeschaut.

„Ein stolzes, starkes Volk, wie die Rumänen."

Seit ihrem kurzen Austausch waren sie im Wasser, genossen die Wellen, die an ihnen zogen, und die heiße Sonne, die auf ihrem Kopf brannte. Rasmus gestand sich ein, dass er diese Frau attraktiv fand, dass sie ihn faszinierte. Er folgte ihr hinaus in tiefere Gefilde und sie drehte sich nicht einmal um, ob er hinter ihr war oder nicht. Dort draußen dann, begann sie um ihn herum zu schwimmen, wie Fische in der Balz.

„Ich liebe das Wasser", sagte sie. „Es bedeutet große Freiheit für mich."

Er nickte, als hätte er genau verstanden, was sie meinte, und erzählte ihr von seiner Jacht. Erst langsam, dann immer engagierter, beschrieb er ihr die Freiheit, die er von dort genoss.

„Vielleicht möchtest du mal mit mir segeln fahren?", fragte er dann zögerlich.

Sie schwamm nahe an ihn heran, streichelte seinen Arm.

„Das klingt wundervoll." Sie beugte ihren Kopf seinem entgegen und ihm blieb der Bruchteil einer Sekunde, um ihr auszuweichen. Er hatte keine Zeit gehabt, seine Münze wegen dieser Frau zu befragen! Nie hatte er jemanden auf seine Jacht mitgenommen, und nun bot er dies einer völlig fremden

Frau an. Das verwirrte ihn und er schwamm mit kräftigen Zügen zurück an den Strand, ohne ihr eine Erklärung zu geben. Erst als er langsam aus dem Wasser stieg, bemerkte er, dass sie ihm nicht gefolgt war.

„Oh, wie furchtbar!"
Tante Gretchen faltete die Zeitung zusammen und seufzte tief. Niemand am Frühstückstisch schenkte ihr Beachtung. Erst als Rasmus' Mutter aus dem Bad zurückkam, fragte diese auf ihre große Schwester schauend.

„Ist was passiert, Greta?"
Leben kam in die alte Frau.

„Ja, mein Herz, wir waren doch erst am Freitag im Strandbad. Nun stell dir vor, an dem Tag ist ein kleines Mädchen ertrunken."

„Das ist ja schrecklich!" eiferte sich Rasmus' Mutter. „Wurde es von einer Strömung ergriffen?"

„Das weiß man nicht, das Mädchen wird vermisst, aber gefunden hat man es noch nicht. Stell dir mal vor, die armen Eltern!" Tante Gretchen schüttelte mitfühlend den Kopf und ihre Schwester teilte den fremden Schmerz mit der gleichen Kopfbewegung. Dann seufzte sie auf.

„Nur gute Nachrichten beim Frühstück! Rasmus, mein Liebling, stimmt es, dass du dich bald wieder mit Olivia triffst?"

Greta grinste, als ob es nie traurige Nachrichten gegeben hätte.

„Ja", antwortete Rasmus ausweichend. Seine rechte Hand glitt in seine Hosentasche, wo er mit der Glücksmünze spielte. Es war das erste Mal seit einigen Monaten, dass die Münze einem zweiten Rendezvous statt gab, und er dachte häufig an die dunkelhaarige Frau.

„Nun lass dir doch nicht alles aus der Nase ziehen!", bettelte seine Tante.

„Ich nehme sie mit auf meine Jacht. Wir wollen schwimmen gehen. Dieses Mal weit draußen, wo uns keiner stört. Wir werden dort zu Abend essen und den Sonnenuntergang genießen."

So oder ähnlich hatte er es Olivia am Telefon vorgeschlagen. Die beiden Frauen am Tisch nickten zufrieden und sein Vater hob schmunzelnd eine Augenbraue an. Mehr würde er sich nicht in solche Angelegenheiten einmischen.

Wie konnte Rasmus ihnen jemals erklären, was kurze Zeit später geschah?

An jenem Tag waren sie zu zweit, irgendwo zwischen der dänischen und der schwedischen Küste trieb sein Boot wie verloren dahin. Sie saßen an einem kleinen Klapptisch, ein paar Getränke in der Mitte und einige Sandwiches auf Papptellern. Olivia sah umwerfend aus. Ihre getönte Haut harmonierte mit einem knappen, schwarzen Bikini, über den sie eine weiße Bluse gezogen hatte, nachdem sie von der ersten Runde Schwimmen zurück an Bord gekommen waren. Er war hungrig gewesen, hatte den Tisch gedeckt und gut gegessen. Sie hatte kaum eines der Brote angerührt. Andererseits war ihre Laune hervorragend. Sie sprach von den Ländern, die sie bereist, von den Menschen, die sie getroffen hatte. Von den unterschiedlichsten Kulturen und Gebräuchen, die sie kannte, erzählte sie die kuriosesten Geschichten. Das Wetter war gut und manches Mal zog ein anderes Schiff oder Segelboot an ihnen vorüber. Dann winkten sie gut gelaunt den anderen Menschen zu.

„Im schwarzen Meer kann man mit den Delphinen schwimmen. Sie sind sehr zutraulich und kommen ganz nah an die Küste heran."

Rasmus hörte ihr fasziniert, fast hypnotisiert zu. Seine Augen klebten an ihren Lippen und er spürte kaum, wie seine Münze kalt vom Wasser an seinen rechten Beckenknochen drückte. Er hatte sie wie üblich in seine enganliegende Badehose geschoben, wo andere Menschen vielleicht den Schlüssel zu ihrem Spind aufbewahren würden. Wenn Olivia lachte, grinste Rasmus wie blöde, nickte zustimmend und genoss den Fluss der Zeit in ihrer angenehmen Gesellschaft. Diese Frau war wunderbar und er glaubte nicht, dass er heute seine Münze befragen musste, wie es weitergehen sollte.

Dann drängte sie ihn, wieder ins Wasser zu gehen. Rasmus wollte gerne die Unterhaltung fortsetzen und plaudern beziehungsweise zuhören, doch wollte er Olivia an diesem Tag nichts ausschlagen. Sie sprangen von der Reling ab, planschten, ließen sich treiben, spaßten und lachten. Rasmus vergaß völlig die Zeit. Als er sich kurz nach seinem Boot umdrehte, befand er, dass sie schon zu weit davon entfernt waren.

„Olivia, wir sollten in der Nähe vom Boot bleiben", rief er und drehte seinen Oberkörper nach ihr um. Olivia war nicht zu sehen. Verdutzt sah er in alle Richtungen. Wollte sie ihm einen Streich spielen und war getaucht? Bevor er überlegen konnte, was zu tun sei, griff etwas nach seinem linken Fuß. Es zog kräftig an ihm und das Wasser schoss über seinem Kopf zusammen. Er war zu überrascht, um aufzuschreien und glaubte im ersten Moment, es wäre Olivia. Was immer ihn gepackt hielt, war allerdings kalt, unmenschlich kräftig, und zog ihn zügig nach unten. Verzweiflung drohte ihn zu erstarren und er gab sich einen Ruck, endlich etwas dagegen zu unternehmen. Er verdrehte seinen Körper, sodass er seine Beine fassen und an der Schlinge um seine Fußfessel zerren konnte. Es war schnell

dunkel geworden und er versuchte krampfhaft einen Weg aus dieser Umklammerung
zu finden. Für ein Seil war es zu dick und
zu weich. Es fühlte sich elastisch wie Haut
an, war aber kalt und im dunklen Wasser
schwarz gegen seine graue, blasse Haut. Rasmus kratzte, zog und riss an der Schlinge in
blinder Panik. Sein Herz pochte laut in seiner
Brust, er glaubte, zu platzen. Er spürte, wie
seine Fingernägel Wunden rissen und sich
Schwärze unter seinen Nägeln ansammelte.
Plötzlich ließ der Griff nach und er schwamm
in kräftigen Zügen zur Wasseroberfläche. Als
sein Kopf durchbrach, schrien seine Lungen
bereits nach Luft und seine Brust brannte.
Er bemerkte erschrocken, dass er sich beim
unfreiwilligen Tauchgang weiter vom Boot
entfernt hatte, und begann sofort, zu seiner
kleinen Jacht zu schwimmen. Olivia hatte
er für den Moment vergessen. Hatte sie sich
auch in dieser Schlinge verfangen? War es ein
Fischernetz, das sich irgendwo losgerissen
hatte und nun als tödliche Falle durch den
Sund schwomm? Rasmus wollte so schnell
wie möglich aus dem Wasser raus, sich auf
das Deck setzen und durchatmen, bis sich
sein Puls beruhigt haben würde.

Je näher er seinem Boot kam, desto ruhiger
wurde er. Als er endlich nach einer Sprosse
der Aluminiumleiter an der Seite greifen woll-

te, wurde er erneut unter Wasser gezogen. Seine Hand traf schmerzhaft auf eine tiefer gelegene Sprosse und ein tief sitzender Überlebenswille riet ihm trotz des Schmerzes, fest zuzupacken. Mit der linken Hand hing er an der untersten Stufe seiner schwimmenden Insel, während sich um sein linkes Bein wieder eine Schlinge formte, die sich anscheinend fester um ihn wand und kräftig an ihm zog. Rasmus glaubte, er könnte in zwei Hälften brechen, wie ein Blatt Papier einfach zerreißen.

Er zwang sich, sich auf das Naheliegendste zu konzentrieren. Mit der rechten Hand griff er ebenfalls nach der Leiter und entgegen der ziehenden Kraft an seinem Beim und dem schmerzhaften Griff um seine Fußfessel arbeitete er sich Sprosse um Sprosse aufwärts, bis er endlich den Kopf über Wasser hatte. Statt zu atmen, schrie er auf. Die Schlinge um sein Bein schnitt in sein Fleisch und er sah vor seinem Geistigen Auge seinen Fuß abbrechen und davonschwimmen. Verbissen kämpfte er sich die Leiter hoch in der Hoffnung, dass er die Schlinge würde lösen können, wenn er sein Bein aus dem Wasser herausbekam und im Tageslicht das Problem betrachten könnte. Die Zeit drängte, denn er wusste nicht, wie lange er diese Pein aushalten konnte, bevor er ohnmächtig werden würde. Unter zunehmenden Schmerzen und einem Schlachtruf bei jeder seiner Bewegungen schaffe Rasmus es Stück für Stück die Aluminiumleiter hinauf. Als er spürte, dass sein Bein nahezu aus dem Wasser heraus war, wagte er einen Blick nach unten. Sein Verstand konnte nicht verarbeiten, was er sah, aber instinktiv ahnte er, dass er in weit größerer Gefahr war, als er zunächst angenommen hatte. Ein nachtschwarzer Tentakel hatte sich um sein Fußgelenk gewickelt. Die Haut darum war gerötet wie von einer Entzündung und Rasmus wurde speiübel beim Anblick. Unter der Wasseroberfläche ahnte er eine enorme, dunkle Masse, die versuchte, vom Boot wegzuschwimmen und ihn mitzunehmen. Einen Moment lang war er froh, dass dieses Wesen sich nicht dafür interessierte, was er unternahm, um ihm zu entkommen. Anscheinend plante es, ihn in die Untiefen zu ziehen und zu ertränken. Wahrscheinlich, um ihn danach in aller Ruhe zu verspeisen. Rasmus schüttelte sich vor Ekel. Er beschloss, dass er lange genug ins Wasser gestarrt hatte und beugte sich über den Rand des Decks. Ein Teil seiner Selbst riet ihm, nach dem orangenen Rettungsring zu greifen und ihn sich zur Sicherheit überzustreifen. Direkt darunter befand sich eine Metallkiste mit einer Axt, und der andere Teil von ihm, der wütende, der gedemütigte Mensch, der sich an der Spitze der Nahrungskette sah, spreizte seine Finger, um den komplizierten Verschluss des Kastens zu erreichen. Es dauerte einige verzweifelte Momente, bevor er endlich die Axt sicher in der rechten Hand hielt. Mit dem linken Arm umschlang er eine Sprosse der Leiter, beugte sich hinab, nahm sich einen Augenblick, um gut zu zielen – denn er wollte nicht sein eigenes Bein treffen und womöglich mehr Schaden anrichten, als der enganliegende Tentakel – und schlug kontrolliert mit der Axt zu. Er riss eine gewaltige Fleischwunde in den schwarzen Arm, der sich sofort lockerte und ins Wasser schnellte. Eine schwarze, ölige Masse blieb zurück, wo der Tentakel verschwand und löste sich langsam in den Wellen auf. Rasmus eilte die Stufen hinauf. Sein Bein schmerzte, aber er konnte es ohne Probleme bewegen.

Ein schneller Blick zurück stellte seinen Verstand erneut auf die Probe. Die Wellen glitten sanft gegen sein Boot und nichts deutete auf das schwarze Wesen hin, dass ihn eben noch gepackt hielt. Rasmus schloss die Augen und atmete tief durch. Er zitterte am ganzen Körper und zog sich ein paar Schritte zurück. Dort ließ er achtlos die Axt zu Boden fallen, drehte sich um und ging in das Innere seines kleinen Schiffs. Es war keine medizinische Gewissheit, sondern eine

Ahnung, weshalb er ein Desinfektionsmittel aus dem Erste-Hilfe-Kasten heraussuchte. Dabei verteilte er den uninteressanten Inhalt des Schränkchens auf dem Parkett. Er sprühte das Mittel auf sein gerötetes Bein und verrieb es erst sanft, dann immer kräftiger. Es brannte, doch nicht annähernd so schlimm, wie er befürchtet hatte. Obwohl er völlig durchnässt war, warf er sich sein T-Shirt und einen Pullover über. Dann stieg er vorsichtig in seine Jeans. Olivias Sachen lagen neben seinen auf seinem ordentlich gemachten Bett und erst jetzt besann er sich, dass die Frau, mit der er heute einen schönen Tag – und unter Umständen sogar eine tolle Nacht – verbringen wollte, verschwunden war. War sie vor ihm dem schwarzen Wasserwesen zum Opfer gefallen? Kurz musste er an die Zeitungsmeldung denken, die seine Tante vor kurzem vorgelesen hatte. Er erinnerte sich, dass eine Leiche zu dem Zeitpunkt noch nicht gefunden war. Wie viele Menschen waren in diesem Jahr beim Schwimmen verschwunden?

Er stieg in seine Schuhe, da krachte es plötzlich dumpf gegen den Rumpf seiner Jacht, dass er den Halt verlor und gegen das Bett stieß. Beinahe wäre er umgekippt. Seine Augen weiteten sich vor Schreck und sein Puls schlug ihm sofort bis zum Hals. Vorsichtig stieg er die Stufen zum Deck hoch. Er sah sich nach allen Seiten um, trat dann in die Nachmittagssonne hinaus und äugte über die Reling. Auf Zehenspitzen schlich er sich an den Rand des Decks und starrte mit zusammengekniffenen Augen ins unergründliche Wasser. Da stieß wieder etwas gegen sein Boot und er musste sich an der Reling festhalten, um nicht zu stürzen.

Sein Blick fiel auf die Axt, die nahe bei der Tür lag, wo er sie fallen gelassen hatte. Wenn das Wesen sich zum Angriff entschlossen hatte, sollte er sich damit bewaffnen. Gerade wollte er sich von der Reling abstoßen und nach der Axt greifen, da schnellten zwei pechschwarze Tentakel über den Rand des Decks, wickelten sich um seine Beine und brachten ihn in unter einer Sekunde auf die Planken. Er stürzte hart mit dem Körper auf das helle Holz, sein Kiefer verkrampfte sich und er biss sich in die Zunge. Der Schrei zwischen Schreck und Schmerz, der sich ihm entrang, beförderte Blutstropfen über das frisch gebohnerte Deck. Ein paar rote Spritzer davon landeten auf der blanken Klinge der Axt, die ansonsten von dem schwarzen Blut des Wesens bedeckt war. In einem Reflex schnappte er sich das Werkzeug, Wut kontrollierte jede seiner Handlungen. Die Tentakel zogen ihn zum Rand des Boots und er nutzte die Bewegung aus, um sich auf den Rücken zu drehen. Er hielt die Axt in beiden Händen, bereit, damit zuzuschlagen. Er zögerte einen Moment, weil sein Verstand vor Furcht gefror, als er dem Wesen zum ersten Mal in die Augen sah. Olivias Augen.

Ein paar Tentakel hatten sich Halt suchend um die Stäbe der Reling gewickelt und der Kopf des Wesens kroch langsam aber bedrohlich an der Öffnung bei der Leiter hoch. Es gab keinen Zweifel für Rasmus, dass dieses Wesen sich ihm einst als Olivia vorgestellt hatte. Sie liebte das Wasser, er erinnerte sich an ihr erstes Treffen und ihren anmutigen Tanz, ihre Kraft im Wasser. Wie vorher war er fasziniert, unfähig sich der Anziehung dieses Geschöpfes zu entreißen. Etwas an diesem Monstrum zog in an, lockte ihn, rief ihn zu sich wie eine Sirene. Wie seltsam langsam bewegte es sich hier, außerhalb des kalten, nassen Sunds. Die Tentakel, die ihn erstaunlich schnell durch das Wasser gezogen hatten, bewegten sich nur zögerlich, beinahe zärtlich fordernd über das Deck. Olivia?

War er ihr bereits letzte Woche entkommen? Im dem Freibad, in dem später ein junges Mädchen verschwand? Wut stieg in ihm hoch, Tränen traten ihm in die Augen. Dieses Ding war eine Abnormalität. Auf all den Reisen, von denen sie vorher gesprochen hatten, tötete sie die Menschen, von denen sie sprach? Wäre er ein Teil einer ihrer faszinierenden Geschichten geworden für ihr nächstes Opfer?

Es reichte ihm und er schlug mit der Axt nach den Tentakeln, die seine Beine umklammert hielten. Mit einem unmenschlichen Laut zog das schwarze Biest diese monströsen Auswüchse zurück. Allerdings langsam genug, dass Rasmus aufstehen und ruhigen Schrittes bis an den Rand des Schiffes gehen konnte. Ein Teil von ihm – ein vernünftiger Teil, der vom Rest seines Seins überhört wurde – wunderte sich, warum sein Boot gerade im Wasser stand, obwohl dieses schwere Monster an seiner Seite hing. Weitere Tentakel versuchten, nach ihm zu greifen, doch er fegte sie beiseite. Dann hob er die Axt weit über seinen Kopf an, so weit, wie er es vermochte. Sein T-Shirt rutschte aus der Hose und entblößte seinen weichen Bauch. Rasmus machte sich keine Sorgen mehr. Hier, im Trockenen, hatte er die Oberhand. Mit Hilfe der Schwerkraft und allem Schwung, den er aufbauen konnte, ließ er die Axt auf den Kopf des Monsters sausen. Ein letztes Mal schrie es seinen seltsamen Schrei, fast wie ein Vogelruf. Vielleicht war das Seltsamste daran, dass Wasserwesen meist stumm waren. Nein, das Seltsamste daran war, dass es ihn an Olivia erinnerte.

Das Wesen ließ endgültig von der Reling, von dem Boot ab. Es platschte laut und schwerfällig in das Wasser. Die Axt fest in seinem Kopf verankert und einen bösen Blick auf Rasmus geheftet, sank es in die Tiefe. Rasmus hatte keine Zeit zum Durchatmen. Mit dem Gewicht von der Reling losgelöst, neigte sich seine kleine Jacht gefährlich zur anderen Seite. Der Angriff des Wesens auf den Schiffsrumpf musste ein Loch geschlagen haben. Er war Dutzende Kilometer von der Küste entfernt und würde es nicht schaffen, sein Boot zu retten. Es gab nichts an Bord, das jetzt noch von Bedeutung war. Alle Emotionen verbannend, ließ er sein Beiboot herunter, stieg um und begann zu rudern.

Zitternd stand er an der Zuflucht gebenden Küste, seine Heimat im Rücken, Schweden vor sich am Horizont verhangen von einer Nebelbank. Vor seinem inneren Auge ließ er die Geschehnisse Revue passieren. Er wusste nicht, was dieses Wesen war und welche Bosheit es antrieb. Er war sich nicht sicher, ob er es getötet hatte.

Während er dort stand, bemerkte er den Druck seiner Glücksmünze gegen seinen Beckenknochen, unbeirrt von der Badehose an Ort und Stelle gehalten. Er zog sie heraus und betrachtete sie nachdenklich, wendete sie zwischen den Fingern seiner rechten Hand. Als es um Leben und Tod ging, hatte er sie völlig vergessen gehabt. Er hatte sie nicht gebraucht, um zu entscheiden, was zu tun sei.

Der Zauber war vorbei. Er wollte leben. In weitem Bogen warf er das Geldstück hinaus in den Sund, wo es geräuschlos versank. Vergessen würde Rasmus seine Glücksmünze nicht, ebensowenig wie das nachtschwarze Monster, das ihn angegriffen hatte. Nie wieder würde er blindlings dem Schicksal folgen. Von heute an, ging es jeden Tag um Leben und Tod.

Werwölfe

Ihre Kindheit war unbeschwert gewesen. Wie viele Sommer hatten sie sich faul in großen Gummireifen auf dem See treiben lassen? Sebastian war immer neidisch gewesen, dass Tamaras Familie auf einem Wassergrundstück wohnte. Schwimmen und planschen wann man wollte! Die Aussicht war sagenhaft und die Nachbarn schienen meilenweit entfernt. Tamaras Eltern besaßen auch ein kleines Motorboot, das die beiden Kinder natürlich nicht allein benutzen durften. Das machte Sebastian nichts aus. Er genoß das Prickeln, das die heißen Sonnenstrahlen auf seiner nackten Haut hervorriefen, den sanften Wind, der sie umschmeichelte, und Tamaras Nähe.

Wenn er die Augen schloss, konnte er ihre Wärme wieder spüren.

„Was ist falsch daran, einen Werwolf zu küssen?"

„Na, *alles*! Werwölfe sind gefährlich..."

Seit Jahren hatte er nicht mehr an ihre unsinnigen Gespräche gedacht. Sie waren vierzehn oder fünfzehn Jahre alt gewesen, als sie anfing, ihn mit diesem Thema aufzuziehen. Er konnte sich nicht erinnern, ob ein Buch, ein Film oder eine Fernsehserie der Auslöser dafür war. Sebastian ließ es über sich ergehen, denn er war lieber bei ihr als woanders.

„Werwölfe sind nichts weiter als Männer und sie sehen gut aus", fügte Tamara ihrer Antwort hinzu, nicht ahnend, dass Sebastian sich durch solche Kommentare in seiner aufkeimenden Rolle als Mann in dieser Welt völlig ignoriert fühlte.

„Jeden Monat verwandeln sie sich für eine Nacht in eine gefährliche Bestie! Dann willst du bestimmt nicht in der Nähe sein...", hielt er schwach dagegen.

Tamara lachte vergnügt.

„Frauen sind eine Woche jeden Monat gefährliche Bestien!"

Sie kam sich sehr erwachsen vor, als sie das sagte, während Sebastian krebsrot wurde und stur in den Himmel starrte, damit sie nichts bemerkte. Er betete für einen Themenwechsel.

Dem folgten viele ähnliche Sommer mit unzähligen solchen Debatten. Tamara wusste, dass Sebastian sich über dieses Thema ärgerte und stichelte ihn gerne damit.

Er lächelte verhalten. Wahrscheinlich hatte sie seine Loyalität damit getestet, überprüft, wie weit sie bei ihm gehen konnte, ohne dass er ihr die Freundschaft kündigte.

Heute, mehr als zwanzig Jahre später, tat es immer noch weh, daran zu denken, wie sie ihn stets behandelt hatte. Er konnte sich nicht daran erinnern, ob er ihr jemals gesagt hatte, wie er über sie dachte, was er für sie fühlte. Wenn er es getan hatte, dann wohl mit einem Flüstern, dass sie gar nicht hörte. Vielleicht mit einem Tonfall, der einen Scherz andeutete, sie könnte gelacht und es gleich wieder vergessen haben.

Die Anderen an ihrer Schule nannten Sebastian ihren Butler, denn er hörte auf jeden Wink von ihr und half aus, wo er konnte. Diese Bezeichnung ließ ihn puterrot anlaufen und das war es seinen Freunden wert, ihn ständig damit aufzuziehen. Glücklicherweise nicht, wenn Tamara in der Nähe war. Das wäre eine zu große Schmach gewesen.

Niemand zweifelte daran, dass Tamara eines Tages ein Filmstar werden würde. Ihre gesamte Familie war aus Film und Fernsehen, dem Radio und dem Theater bekannt. Tamara begann während ihrer Schulzeit in ersten Filmen mitzuspielen. Ihre Zukunft lag klar und golden vor ihr.

Ihre Jugend war wie ein prächtiger Tagtraum an ihnen vorübergezogen.

In den ersten Jahren nach dem Abschluss schrieben sie einander ab und an Briefe. Sebastian freute sich jedes Mal, wenn sie ihm schrieb, obwohl er nie die richtigen Worte zu finden schien, wenn er ihr antwortete. Einmal erwähnte sie dieses abstruse Thema. Es war ihm im Gedächtnis geblieben, weil ihn dieser Brief seltsam berührt hatte. Er begriff, dass sie keine Kinder mehr waren, egal wie sehr sie es versuchten.

„ Lieber Sebastian,

Ich denke oft an unsere Schulzeit. Wie wenig wussten wir damals vom Leben? Wie wenig von „echter" Arbeit? Wir haben immer Glück gehabt, findest Du nicht? Jetzt habe ich so viele Projekte, dass ich Leute brauche, die sich um meinen Terminplan kümmern. Jedenfalls dachte ich neulich daran, wie Du Dich immer aufgeregt hast, wenn ich davon sprach, dass ich ohne zu zögern (!!!) einen Werwolfsmann küssen würde. Die sind einfach super sexy, so animalisch *zwinker, zwinker*, gut gebaut, muskulös, groß und wild *zwinker, zwinker* ... na, Du kennst ja meine Argumente ˆ_ˆ . Außerdem kann eine Frau JEDEN Mann zu einem besseren Exemplar seiner selbst erziehen!

Ich wollte Dir bloß sagen, dass ich immer noch dazu stehe. Ein Mann, der die Frau an seiner Seite liebt, würde ihr NIE weh tun! Er wäre immer ehrlich zu ihr, hätte gar nicht erst irgendwelche Geheimnisse und würde NICHTS tun, was sie verletzen könnte. Aber ihr Männer seid ja alle gleich, seit alle Bestien. Eure Herzen sind nutzlose Instrumente in Eurer Brust!

Entschuldige, wenn ich mir meinen Frust von der Seele rede (schreibe?? ˆ_ˆ). Ich vermisse Dich! Du bist ja zum Glück kein Mann, sondern einzig mein bester Freund!

Ich hoffe, es geht Deiner Familie gut. Bitte grüße Deine Mutter von mir und sage ihr, dass ich ihre Fleischbällchen vermisse und für die besten der Welt halte (ja, immer noch!).

Bitte lass von Dir hören!

Auf immer,

Deine Tamara

Er hätte schon damals begreifen sollen, dass er sie niemals würde beschützen können. Nicht vor sich selbst. Er war sich nicht sicher, ob er ihr auf diesen Brief geantwortet hatte.

Es kam eine Zeit, da Sebastian Neuigkeiten aus Tamaras Leben nur aus den Boulevardblättern erfuhr. Ihre Filme, ihre Versuche eigene Parfüme, Schmuck und Kleidung zu vermarkten, ihre Auftritte bei großen Sportveranstaltungen, an der Seite von einflussreichen Männern. Die Gerüchte um

Alkohol, Parties, Ihre Launen und peinlichen Ausrutscher in der Öffentlichkeit. Die vielen Männerbekanntschaften.

Wenn er sie in einer Talkshow sah, wie sie über einen neuen Film sprach, erkannte er sie kaum. Das unbekümmerte Gemüt des Mädchens, mit dem er aufgewachsen war, war verschwunden. Ein falsches, schrilles Lachen, zu viel Make-up im Gesicht und groteske Kleider verbargen ihre natürliche Schönheit und schufen ein überzeichnetes Modepüppchen mit einer oberflächlichen Persönlichkeit. Sie war süchtig nach Applaus, süchtig nach der Aufmerksamkeit.

Er nahm sich vor, sich nicht mehr um sie und ihren Lebensweg zu kümmern, sich nicht zu sorgen. Es würde schon gut gehen für sie, auch wenn er keine Rolle in ihrem Leben spielte und sie ihn nie wieder um seine Hilfe bitten würde.

Er drängte sich dazu, den Fernseher oder das Radio abzuschalten, das Magazin in seinen Händen zuzuklappen. Doch er schaffte es nie.

Es war Halloween vor ihrem Schulabschluss, als sich einige Schüler ihres Jahrgangs auf die Party von Universitätsstudenten schlichen.

Tamara sah umwerfend aus mit ihrem langen schwarzen Haar und dem knappen

Hexenkostüm. Ihre Beine steckten in solchen Strumpfhosen, die im Dunkeln leuchteten und die Knochen eines Skelettes darstellten. Ein echter Hingucker, nicht nur für Sebastian. Einer der Studenten war als Werwolf verkleidet, eine grässliche Gummimaske vor dem Gesicht. Sebastian war entsetzt als er bemerkte, dass Tamara seine plumpen Annäherungsversuche nicht zurückwies.

Bis zu ihrem gemeinsamen Abschluss, als sich ihre Lebenswege endgültig trennten, malten ihm seine Mitschüler in ihrer blühendsten Fantasie die schmutzigsten Dinge aus, die sich abgespielt haben mussten, als Tamara mit dem Studenten in eines der Zimmer nach oben verschwand. Keiner von ihnen freilich wusste, dass sie seit einer Weile keine Jungfrau mehr war.

Sebastian versuchte, sie zur Rede zu stellen, ihre Motive zu hinterfragen.

Sie lachte seine Besorgnis aus.

„Ich wollte nur deine Theorie überprüfen. Weißt du, in einem Punkt hattest du Recht. Er hat sich gleich auf mich geworfen und fressen wollen." Sie lachte lauthals, ein frühes Echo der Filmdiva, die sie Jahre später sein würde. „Wie du siehst, habe ich es überlebt." Sie zwinkerte ihm kokett zu.

Er sprach sie nicht noch einmal darauf an.

Oft fragte er sich, wann er sie verloren hatte.

Hatte sie nie auf ihn gehört? In all den Jahren?

Wieso waren sie überhaupt Freunde gewesen, wenn er keinen Einfluss auf sie hatte? Wenn er zu irgendeinem Zeitpunkt während ihrer frühen Filmkarriere das Telefon genommen und sie angerufen hätte, hätte er irgendetwas in ihrem Leben bewirken können?

Ihm war bewusst, dass es für ihn und Andere gar keine Möglichkeit gab, sie direkt zu erreichen. Sie war von einer Riege von Agenten und Personal wie mit einem Schutzschild umgeben. Doch vor was konnten diese fremden Menschen sie beschützten? Waren sie nicht alle davon angetrieben, aus dem hübschen Mädchen und ihrem Erfolg so viel Geld herauszupressen wie nur irgend möglich?

Er wollte Tamara an die wichtigen Dinge erinnern und von den Exzessen, die ihr Leben seit der Schulzeit ausfüllten und vermeintliche Bedeutung gaben, abbringen. Hätte er ihr Leben herumreißen können? Hätte er sie vor der Suche nach immer neuen „Werwölfen" abhalten können?

Vielleicht würden ihn solche Fragen den Rest seines Lebens quälen. Wenn er dafür das letzte Bild von ihr aus seinem Kopf verbannen könnte, es würde ihm nicht einmal etwas ausmachen.

Als Kommissar der Kriminalpolizei wurde Sebastian häufig mit der abscheulichsten Seite der Menschheit konfrontiert. Auch nun, als er in die Knie ging um Tamaras Leiche näher zu betrachten, verriet kein Muskel in seinem Gesicht den Schock des Erkennens, die übermächtige Welle der Erinnerungen und die tiefe Trauer um eine Schulfreundin, die viel zu früh aus dem Leben gerissen wurde.

Die Sensationsreporter waren bereits am Absperrband der Mordkommission erschienen. Ihre Rufe drangen nur schwach in die geschäftige Welt der Polizisten vor, doch die Lichter ihrer Fotokameras erhellten die schmale Gasse wie das Vorzimmer eines Zahnarztes.

Ihre Augen waren schreckgeweitet, der Mund zu einem stummen Schrei aufgerissen. Ihr greller Lippenstift war verschmiert und die Abdrücke an ihrem Hals verrieten Sebastian, dass ihr Mörder mit seinen Fingern ihren Mund berührt haben musste. Hatte er sie erkannt? Vielleicht erst nach dem Mord? Es noch bereut oder die Situation um so mehr genossen?

Ein klarer Fingerabdruck befand sich an ihrem Hals, sie würden den Mistkerl also mit hoher Wahrscheinlichkeit erwischen.

Sebastian wusste, er hatte ihr nicht das

Leben bieten können, nach dem sie sich sehnte. Doch er hätte sie stets beschützt.

Er stand auf und begann mit seiner Arbeit. Es galt einen weiteren Werwolf jagen.

Der Segen

Schon als kleinem Jungen gefiel es Brighton Palmer seiner Fantasie freien Lauf zu lassen und Dinge zu erfinden. Er tüftelte Brettspiele aus und gestaltete die Vorder- und Rückseiten von Handkarten, bastelte Würfel aus Papier und überlegte sich sonderbare Zeichen, die auf den Seiten zu sehen waren. Es überraschte daher nicht, dass er, kaum in der Grundschule angekommen und mit den ersten Buchstaben bewaffnet, seinen früheren Erfindungen liebevoll gestaltete Anleitungen beigab. Er ersann Abenteuergeschichten von Piraten auf der Schatzsuche, von Unterwassermetropolen, die von sprechenden Fischen besiedelt waren und von geheimnisvollen Steinen, die den Untergang der Menschheit heraufbeschwören würden, sollten sie alle an den gleichen Ort gebracht werden. Brightons Erzählungen wurden von den anfänglichen

Comics, die er als Kleinkind zeichnete, zu immer längeren Fantasiekonstrukten und er genoss diese ersten Schritte in der noch unbekannten Welt des hingekrakelten Wortes.

Er liebte es ebenso sehr in die Welten Anderer einzutauchen, zu lesen und zu entdecken, was Andere mit nur einer Schreibfeder erdacht haben. Früh stand für ihn fest, er wollte unbedingt ein berühmter Autor werden und weil er, trotz der frühkindlichen Fingerübungen, nicht viel über das Schreiben wusste, beschloss er, sämtliche Techniken in Theorie und Praxis ausgiebig zu studieren.

Während seiner Zeit im College las er beinahe wöchentlich ein Buch, um dadurch von den größten Autoren aller Zeiten zu lernen, notierte sich ihre Metaphern, ihre Alliterationen, ihre Oxymorone und beschrieb im Detail, wieso sie ihm gefielen oder weshalb nicht. In den Kursen fiel er kaum auf, war ruhig und unbekümmert, widmete sich stoisch dem Studium der Worte Anderer. Er kannte bald alle Tricks und Kniffe und seine Lehrer waren zufrieden mit dem, was er im Rahmen von Hausarbeiten produzierte. Es gab jedoch ein wesentliches Problem.

Er hatte einfach kein Talent, etwas Außergewöhnliches zu produzieren.

Mit der Zeit wurden seine Arbeiten solider, verfeinert durch die Techniken, die er an der

Hochschule lernte, aber selbst er sah, im Vergleich zur Weltliteratur, sie waren nichts Besonderes. Sie waren nicht originell. Insgesamt zwar gut konstruiert, ergaben sie durch ein Durcheinanderwürfeln von Sprachelementen manches Mal überhaupt keinen Sinn.

Leise Verzweiflung schlich sich in sein Gemüt.

Diese Krise der Selbsterkenntnis traf ihn völlig unvorbereitet.

Seine Eltern, seine Lehrer in der Schule, sogar die wenigen Freunde, denen er seine eigenen Geschichten präsentierte, zeigten sich begeistert von seiner Kreativität. Sie spielten seine erfundenen Karten- und Brettspiele, würfelten mit ihm um die Wette. Machte sie ihre bedingungslose Liebe blind gegenüber seiner Talentlosigkeit? Waren sie allesamt Heuchler, dazu verdammt, einem Kind, einem Heranwachsenden nie ihre wahren Gefühle zu zeigen, aus Sorge, den jungen Menschen zu verletzen? Aus den Büchern, die er las, lernte er, dass nur frühe Enttäuschung eine junge Seele auf das Leben in stoischer Realität vorbereiten konnte, stets im Wettkampf mit Millionen anderer, ebensowenig talentierter Menschen. Brighton aber war nie enttäuscht worden. Nicht einmal die Professoren an der Hochschule wagten es, ihm im direkten Gespräch zu sagen, dass er nichts Besonderes war, dass er in der Masse der Literaturstudenten untergehen würde.

Er fühlte sich betrogen.

Das Erwachsensein nahm bedrohlich die Züge eines traurigen Theaters an, dass man wegen sinkender Zuschauerzahlen hatte schließen müssen. Er sah sich darin als den zurückgelassenen Hausmeister, der zum Zeitvertreib an den Kurbeln drehte, die die Kulissen verschoben, der klassische Musik von seinem Telefon abspielte und von den besseren Tagen träumte, während er versuchte den Staub des Vergessens mit einem alten Besen aufzuhalten, der jeden Tag eine Borste verlor.

Er spürte, er sollte etwas in seinem Leben ändern und den Mut haben, sein zukünftiges Glück vom Schicksal zu verlangen, statt mit ausgestreckten Händen wie ein Bettler darauf zu warten, dass es ihm in den Schoß fiel. Noch war er jung und konnte die richtigen Bahnen finden, auf denen die großen Ideen durch das Universum reisten. Seine Vermutung war, dass ihm die Lebenserfahrung fehlte, dass er zu viel Zeit mit sich und seinen Büchern verbrachte, anstatt auszugehen und sich mit anderen Menschen auszutauschen. Nie hatte es ihm nach solcherlei Abwechslung verlangt, er zog das Lesen und mühselige Schreiben, den komplizierten Ritualen des Zwischenmenschlichen vor. Die Zeit allein, mit seinen Gedanken, seinen Ideen, war ihm bisher das höchste Gut gewesen. Nun nahm er sich vor, nach Geschichten bei anderen Menschen zu suchen.

Sehr zur Überraschung seiner Mitbewohner begann er, mit Mädchen auszugehen und sich aufzudrängen, wenn seine Freunde ein Bier trinken gingen oder einen Abend im Kino verbrachten. Es fiel ihm schwer, darin einen Gewinn zu sehen, aber er sagte sich, dass er wachsam sein musste und dass es ihm helfen könnte, die eine Beobachtung zu machen, die zu einem großartigen Einfall beitragen und ihn aus der Masse des Durchschnittlichen katapultieren würde.

Sie gingen auf einen Jahrmarkt, seine Verabredung hieß Cindy oder Sandy, und mit einem Mal standen sie vor einem bunten Zelt, irgendwo in einer vom Zentrum des Trubels entfernten Ecke, in dem eine Wahrsagerin auf Kundschaft wartete. Sandy bestand darauf, sich die Zukunft aus den Handflächen lesen zu lassen, oder Tarotkarten zu legen oder in eine Kristallkugel zu schauen. Nichts davon interessierte Brighton, doch eine innere Stimme riet ihm, wegen der Lebenserfahrung, einzutreten und mitzumachen.

Cindy, nein, es war Sandy, bestimmt, rutschte ungeduldig auf ihrem Stuhl herum, während sie eine verschwitzte und von Bier und Zuckerwatte klebrige Hand ausstreckte. Die Wahrsagerin hatte sich viel Mühe gegeben, ein paar gängigen Vorstellungen von Zigeunern zu entsprechen. Ihr Haar war pechschwarz und rauschte in wogenden Wellen bis an ihre Hüfte hinab. Sie trug ein sehr breites, buntes Tuch als Stirnband und riesige Anhänger schmückten und beschwerten ihre Ohren und Handgelenke. Die Hände waren voller Ringe und ihr Kleid verdiente die Bezeichnung einer Tracht. Sie war nicht alt im eigentlichen Sinn, aber sie war sicher älter als die beiden jungen Menschen zusammen. Brigthon schaute enttäuscht zu, wie sie Sandys Hand studierte und ihr zufällig erscheinende, generische Zukunftsvorhersagen machte. Er seufzte. Auf diese Erfahrung hätte er verzichten können. Ihm fielen mehrere Bücher ein, in denen er bereits von so etwas gelesen hatte. Als Cindy aufstand, winkte die Wahrsagerin Brighton an ihren Tisch. Er wollte schon verneinend den Kopf schütteln, als er sich einen Ruck gab, sich aufraffte und einen Schritt auf sie zu trat.

„Sagen Sie, Madame Mystique", sagte er, nicht ohne selbstgefällige Ironie in der Stimme, „verstehen Sie sich auch auf das Verzaubern? Können Sie meine Zukunft beeinflussen, anstatt sie nur zu lesen?"

Madame Mystique besah sich den Burschen von oben bis unten. Sandy hielt aufgeregt die Luft an, sie fand die Aussicht auf ein neues Spektakel toll.

„Sicher kann ich das, aber bist Du es auch wert, Junge?"

Brigthon war nicht klar, was sie damit meinte. Er war schließlich kein schlechter Mensch. Etwas eigenbrötlerisch vielleicht, aber daran arbeitete er ja bereits. Mit der Überzeugung eines jeden Neunzehnjährigen sagte er:

„Natürlich, bin ich das. Wie kann ich es Ihnen beweisen?"

„Setzt dich, Junge, und gibt mir deine Hand."

Mit einem lauten Seufzen nahm Brighton widerwillig Platz und reichte seinen Arm mit einem übertriebenen Augenrollen über den Tisch.

„Ich sehe", sagte die Wahrsagerin in beiläufigem Ton, „dass du bisher ein sorgenfreies Leben geführt hast und dies auch in Zukunft so bleiben wird."

Ihre Augen, tiefblau wie ein Ozean, ruckten von Brigthons Hand zu seinem Gesicht. Sie betrachtete ihn eine Weile neugierig und fragte dann:

„Bist du dir sicher, dass du daran etwas ändern möchtest, Junge?"

Es ärgerte Brigthon, dass sie ihn stets *Junge* nannte. Sandy verfolgte die Szene mit großen Augen und knetete nervös ihre krampfhaft verschränkten Finger.

„Ich möchte nicht nur ein sorgenfreies Leben, ich möchte ein außergewöhnliches Leben."

Madame Mystique rollte genervt mit den Augen und schob Brigthons Hand fort.

„Du solltest lieber gehen, Junge."

Anstatt auf ihren gut gemeinten Rat zu hören, zog Brigthon eine zehn Dollarnote aus der Tasche und legte sie vor die Wahrsagerin.

„Also, hören Sie genau zu. Ich brauche eine großartige Idee, um eine Reihe von Romanen schreiben zu können, die mich berühmt machen werden."

Cindy oder Sandy kicherte. Brigthon errötete. Er spürte selbst, wie kindisch das klang. Es war seit jeher sein Kindheitstraum.

„Außerdem", fuhr Brighton scheinbar unbeirrt fort, „heißt es ja immer, dass die besten Geschichten aus dem echten Leben stammen, es soll also keine abstruse Fantasievorstellung sein, sondern eine Geschichte von echten Menschen, lebendig oder tot." Hier hob die Wahrsagerin interessiert eine Augenbraue. „Ach so, und natürlich will ich immer schreiben können, egal wann, egal wo, egal wie. Ich will ohne Unterlass Ideen haben, die sich so stark in den Kopf drängen, dass ich gar nicht mehr aufhören kann, zu schreiben."

Brigthon sah Madam Mystique trotzig in die Augen. Diese zog langsam den Geldschein vom Tisch und steckte ihn in ihre Rocktasche. Dann lächelte sie ein beängstigendes Lächeln.

„Ganz wie sie wünschen, Mr. Palmer."

Gut, es stimmte, er hatte der Wahrsagerin zu keinem Zeitpunkt seinen Namen verraten, nicht mal den Vornahmen, das war in der Tat beeindruckend gewesen. Doch der Hokuspokus, der dann folgte war lächerlich, weshalb er sich schnell von seinem Schreck erholte. Sie kramte eine Weile in einem Schrank herum, kam mit ein paar Kräutern und einem Mörser zurück und stampfte alles zu einem Pulver zusammen. Das zündete sie dann an und schob es Brigthon unter die Nase. Es roch widerlich. Süßlich und hölzern und ganz und gar nicht gesund. Er versuchte, standhaft zu bleiben, unterdrückte den Husten und sah die Wahrsagerin fest entschlossen mit geröteten Augen an. Sie murmelte irgendwelche Zauberformeln in einer fremden Sprache oder zumindest sollten sie das glauben. Cindys Augen waren groß und mit Tränen verschleiert, da der Rauch beißend war, aber sie wollte nichts von all dem verpassen.

Es gab keinen großen Knall oder dergleichen. Die Wahrsagerin beendete ihren Spruch, löschte die Glut in dem Pulver und schickte die beiden nach draußen. Brigthon war verwirrt, verärgert wegen dem verschwendeten Geld, lachte hysterisch und machte sich ein wenig Sorgen.

Seit jenem Abend war Brigthon Palmer wie verändert. Er bemerkte es nicht, wollte es nicht wahrhaben, wollte nicht glauben, dass eine Zirkusnummer die Schleusen seiner Fantasie geöffnet haben sollte. Die anderen sahen seine neue Verbissenheit, kannten aber nicht die näheren Umstände dahinter und glaubten, er wäre zu seinem alten, verschlossenen Selbst zurückgekehrt.

Er schrieb. Er schrieb ohne Punkt und Komma und sah kein Ende kommen.

In seiner Freizeit saß er häufig auf einer Bank. Ob im Park, in einem Einkaufzentrum, am Strand, bei einem Spielplatz oder in den Semesterferien am Abend auf der Veranda seiner Eltern, er liebte es mit einem Block in der Hand dazusitzen und zu schreiben, was ihm in den Sinn kam. Es waren endlose, aufeinanderfolgende, wie ein Fluss von Gedanken voneinander losgelöste Satzfolgen. Er schrieb über die Dinge, die er sah, stellte sich vor, er wäre ein Maler, der mit seinem Stift die Gesichter von Menschen, ihre

Geschichten und Gefühle in Worten malen konnte. Es gelang ihm. Bald wurden seine Lehrer auf ihn aufmerksam und erkannten das enorme Talent, das scheinbar plötzlich in ihm erwacht war. Neugierig, gaben sie ihm allerhand Aufgaben, um es zu testen, ihm zu sagen, wie er es lenken sollte.

„Schreibe ein Traktat über den Kaffee am Morgen."

„Beschreibe das Geräusch, dass ein zugefrorener See macht."

Er konnte es. In realistischen oder abstrahierten Worten, aus den unterschiedlichsten Perspektiven, und mit erstaunlich wenig Aufwand.

Eines Tages dann kam ihm die Idee, auf die er sein junges Leben lang gewartet und gehofft hatte. Er würde die Lebensgeschichte eines Menschen von Anfang bis Ende erzählen, von dessen Geburt bis hin zum Tod. Er würde nichts auslassen, jedes Gefühl der Freude, Überraschung, Trauer, des Schocks und Mitleids, jeden Moment von Hochmut oder Angst würde er bis ins kleinste Detail beschreiben. Sein erster Roman über einen Sklavenjungen im alten Ägypten erhielt einen Achtungserfolg. Seine nächste Arbeit verhalf ihm zum weltweiten Durchbruch. Er handelte von einem Mädchen, dass unbedingt Klavierspielen lernen wollte, doch feststellen musste, dass sie kein besonderes Talent besaß, und sich letztlich als Klavierlehrerin neben ihrem Beruf als Putzhilfe durchschlug, um ihren Traum nicht völlig aus den Augen zu verlieren. Damit schuf er eine neue Art von Biographie, detailreich, ehrlich, unbarmherzig und nah am Menschen, die seine Mitmenschen ansprach. Er wurde berühmt, wie er es sich nie erträumt hätte. Wenn ihn jemand fragte, was das Geheimnis seines Erfolges war, dann antwortete er stets:

„Eine Mischung aus Talent, Sturheit und harter Arbeit. Eigentlich sehr viel harter Arbeit und noch mehr Sturheit."

Oft dachte er an die Wahrsagerin, nie erzählte er jemandem von ihr. Ein Teil seines Selbst war davon überzeugt, dass er alles ihr zu verdanken hatte. Der andere Teil fürchtete sich vor der Bedeutung und den Folgen einer Realität, in der solch ein Segen möglich ist.

Er war bereits auf Seite 127 seines neuesten Romans, als eine Ahnung seinen Nacken entlang kribbelte. Etwas ging nicht mit rechten Dingen zu. Seit seinem Studium, seit seinen ersten Erfolgen waren über dreißig Jahre ins Land gegangen und schlagartig wusste er, dass er endlich erfahren würde, was damals mit ihm geschehen war. Die Geschichte, die er schrieb, handelte von einer Frau, eine Roma, die als junges Mädchen in die USA gekommen war, weil ihre Familie, ihr ganzes wanderndes Volk in ihrem Heimatland verfolgt wurde. Ihrer Wurzeln entrissen, klammerte sich ihre Familie an die Traditionen ihrer Vorfahren und das kleine Mädchen, obwohl es zwischen amerikanischen Teenagern heranwuchs, bewahrte sich gleichfalls eine kalte Unnahbarkeit, eine wilde Sehnsucht nach ihrer Heimat. Ihre Eltern verstarben und die junge Frau fiel in eine tiefe Depression, die sie mit Drogen und Alkohol in den Griff zu bekommen versuchte. Mehrere Jahre verbrachte sie in Gefängnissen, weil sie Geld stahl, um sich ihre Sucht leisten zu können. Der Staat bezahlte ihr eine Entwöhnungskur und sie war eine Frau im mittleren Alter, gebrochen und illusionslos, als sie ihr Leben neu begann. Sie eröffnete einen Esoterik-Laden und bot den Menschen ihre spezielle Lebenshilfe an. Sie nannte sich Madame Mystique und sagte die Zukunft voraus.

Seit Jahren hatte Brigthon jeden Tag lang wenigstens eine Handvoll Wörter geschrieben. Jetzt schloss er alle Stifte weg und verschrieb sich eine Auszeit. Doch er hielt es nicht lange aus, wie ein Drogensüchtiger zog es ihn zu Stift und Papier. Eine neue Geschichte konnte er nicht ohne Weiteres anfangen. Er musste diese eine erst beenden, sie wollte erzählt und nicht zur Seite gelegt werden, und er ahnte, dass die Geschichte, an der er gerade schrieb, kein gutes Ende für ihn haben würde. Alles in ihm drängte ihn zum Schreiben, zum Fortfahren. Er konnte nicht aufhören und wenn er längere Zeit nicht schrieb, brach ihm der Schweiß aus. Notgedrungen setzte er seine Arbeit fort. Mit jeder Seite, die er belanglose Jahre im Leben der Madame Mystique niederschrieb, zog sich ihm der Magen krampfartig zusammen. Jedes Mal, wenn zwei junge Leute auf einem Jahrmarkt ihr Zelt betraten, wollte er aufschreien.

Sie war in der Tat eine Wahrsagerin. Wenn sie jemanden kurz ansah, der unschlüssig vor ihrem Zelt lungerte, kannte sie deren Namen und halbe Lebensgeschichte und fühlte, ob die Person eintreten würde oder nicht. Das faszinierte Brigthon. Er war beunruhigt, obwohl er recht schnell lernte, ob jetzt die beiden jungen Menschen in ihr Leben traten, auf die er seit ein paar Tagen Schreibarbeit wartete. Dann war es tatsächlich soweit und ein Schauer durchdrang seinen Körper, der es ihm fast unmöglich machte, weiterzuschreiben. Die Madame Mystique in seiner Geschichte sagte einer jungen Frau namens Mindy die Zukunft voraus, in den gleichen Worten, die auch er vor einigen Jahrzehnten gehört hatte. Die ganze Zeit lang hatte sie sehr abschätzige Gedanken über ihn, sah in ihm einen reichen, stolzen, verzogenen Bengel.

Sein Wunsch, trotzig vorgetragen, genauso wie in seiner Erinnerung, sein Wunsch überraschte sie. Manchmal wurde sie um einen Fluch gebeten, weit seltener um einen Segen. Sie entschied sich, dem rotzfrechen Burschen beides zu geben. Als er das Kapitel von der Begegnung, die sein Leben seit Jahrzehnten bestimmte, beendete, weinte er bittere Tränen. Die Verzweiflung, die sich seiner bemächtigte, würde ihn nie wieder loslassen.

Er schrieb noch immer.

Mit gekrümmtem Rücken saß er weit nach vorne gebeugt an einem niedrigen Holztisch und schrieb. Sein linkes Bein war mit einer eisernen Kette an ein Stuhlbein und ein Tischbein gekettet. Diese Maßnahme war allerdings unnötig. Er hätte nirgendwo hingehen können. Sie hätten ihn verfolgt. Sie und ihre Geschichten.

Wo er sich befand, wusste er nicht. Es sah nicht nach der Hölle aus, aber es fühlte sich so an. Eine peinigende Ewigkeit schrieb er ohne mehr als ein paar Minuten Ruhepause nach Stunden ununterbrochener Arbeit. Sein Handgelenk tat weh. Es hörte einfach nicht auf. Er konnte nicht aufhören.

Hier brauchte er nicht mehr mühselig die Geschichten des Lebens aus der dünnen Luft greifen, angestrengt den flüsternden Stimmen lauschen und über Wochen und Monate aufschreiben. Nun standen sie in einer langen Schlange vor seinem Tisch, ungeduldig darauf wartend, ihre Geschichte erzählen zu können. Ihre Geschichten waren von Grausamkeiten gekennzeichnet, die meisten waren todlangweilig. Die Leben der Kinder waren schnell zu Papier gebracht, doch umso schmerzhafter zu verarbeiten. Er musste sie alle aufschreiben.

Ihm gegenüber stand ein Sessel und darin saß bequem ein Greis – es waren überhaupt viele Greise in der Warteschlange, ihre Geschichten waren lang und häufig langweilig, aber sie mussten aufgeschrieben werden, sie mussten ALLE aufgeschrieben werden – und berichtete davon, wie man zu seiner Zeit ein junges Fohlen zuritt. Später verwendete er den selben Ausdruck um sein von Leidenschaft geprägtes Mannesalter zu beschreiben. Brighton hatte nicht mal genug Zeit zu seufzen. Die Erzählung dieses Alten musste er aufschreiben, ebenso wie von jedem anderen der wartenden Menschen. Eine nicht enden wollende Ansammlung von Verstorbenen, die brav in einer Reihe standen, denn sie alle hatten die elendige Ewigkeit zur Verfügung.

Als Brighton bewusst wurde, welches Schicksal die Wahrsagerin ihm auferlegt hatte, trennte ihn weniger als eine Stunde von seinem verfrühten Ableben. Er hatte sich geweigert, ihre Geschichte zu Ende zu schreiben. Das unscheinbare Feuer eines Streichholzkopfes zerstörte die Seiten, auf denen mit seiner Handschrift der Wortlaut von Madam Mystiques Segen in ihrer Muttersprache stand. Ihm war instantan bewusst, was ihre Worte bedeuteten. Jede Geschichte, die er in den letzten Jahren niederschrieb, entsprach der Wahrheit. Er erinnerte sich, dass er es sich von Madame Mystique gewünscht hatte. Das Feuer verzehrte die Seiten, aber nicht seine Erinnerung daran und nicht die Stimmen in seinem Kopf, die hysterisch lachten. Der Drang, sich sofort zu setzen und das Zerstörte erneut zu Papier zu bringen, war stark wie eine Flut, die alles mit sich schwemmte. Die Idee, sich zu widersetzen, um dem Ganzen zu entkommen, präsentierte sich klar, und anstatt das brennende Papier in dem metallenen Eimer neben seinem Fuß friedlich verkohlen zu lassen, hob er ihn an und verteilte wie ein Besessener den Inhalt seines Papierkorbes über seinem Schreibtisch.

Zögernd züngelten die Flammen an dem gebeizten Holztisch, gierig griffen sie nach weiteren Papieren. Der Fotorahmen mit dem Bild von seinem Universitätsabschluss reflektierte das kleine Inferno bis das Glas in der erstärkenden Hitze zerbarst.

Brighton griff sich an den Kopf und rief zum wiederholten Male:

„Lasst mich in Ruhe! Geht weg! Lasst mich in Frieden!"

Er schrie die drängenden Stimmen in seinem Kopf weiter an, als er selbst in Flammen stand. Er spürte kaum, dass er starb. Leider war es damit nicht für ihn vorbei. Brighton Palmer wünschte sich oft, er hätte das sorgenfreie, vielleicht langweilige Leben gewählt, das er nie gehabt hatte. Dann hätte er heute sicher in Frieden ruhen können.

Die Vergessenen, die Geister jener, die weit vor seiner Zeit verstorben waren, hatten ungeduldig darauf gewartet, dass seine eigene Lebensgeschichte endete, damit sie ihm endlich ihre berichten konnten. Wo sie herkamen, wusste er nicht. Wohin sie gingen, wenn sie ihre Erzählung beendet hatten, wusste er nicht. Wieso sie dieser innere Drang zu ihm trieb, er konnte es nicht sagen. Sie kamen und gingen, allein er blieb hier und schrieb ohne Unterlass. Sein Handgelenk tat ihm weh, seit einer gefühlten Ewigkeit. Er wusste nicht, ob dies eine Form der Hölle war. Doch er ahnte, dass er nicht aufhören durfte, zu schreiben. Etwas stand hinter ihm und beobachtete ihn. Seit er hier angekettet saß, starrte es in seinen Rücken und lächelte in geheimen Triumph.